**Emma Grae** is a Scottish author and journalist from Glasgow.

She has been writing in Scots since she was a student at the University of Strathclyde, tipsily coauthoring poems with fellow writer Lorna Wallace before moving on to write fiction in the language.

She has published fiction and poetry in the UK and Ireland since 2014 in journals including *The Honest Ulsterman*, *From Glasgow to Saturn* and *The Open Mouse*.

As a journalist, she writes under her birth surname and has bylines in a number of publications including *Cosmopolitan*, the *Huffington Post* and the *Metro*.

*Be guid tae yer mammy* is her first novel.

*be guid tae yer mammy*

# be guid tae yer mammy

## Emma Grae

unbound

This edition first published in 2021

Unbound

TC Group, Level 1, Devonshire House,
One Mayfair Place, London, W1J 8AJ

www.unbound.com

ISBN (eBook): 978-1-78965-118-8

ISBN (Paperback): 978-1-78965-117-1

Cover design by Mecob

Printed and bound in Great Britain by Clays Ltd, Elcograf S.p.A.

*To Mum*

*'They're a rotten crowd,' I shouted across the lawn.*
*'You're worth the whole damn bunch put together.'*

# Super Patrons

Stefan Armitage
Autumn Aurelia
David Baillie
Alex Ballantyne
Stephen Bruce
Sarah Buchanan
Laura Buckley
Jan Cabral-Jackson
Stewart Campbell
Sue Clark
Gary Coghlan
Louis Collins
Robbie Corrigan
Phil Crocker
Paul Dawson
Keith Dickinson
Ryan Duffy
Lewis Eason
Anne Gallagher
Daniel Arthur Gallagher
S. R. Gerhardt

Morgaine Gerlach
Brendan Gisby
Emma Grae
Claire Grant
Eamonn Griffin
Geoffrey Gudgion
Anne Guinness
Edward Guinness
Eeilidh Guinness
Maureen Guinness
Victoria Guinness
William Guinness
Diamond Hands
Maximilian Hawker
David Hodge
Paul Holbrook
Nicole Horlings
Christopher Hounsom
j.ardshiel jack
Villager Jim
Fraser J Kerr
Ewan Lawrie
Chris Lewis
Ruth Lowry
Jonas MacArthur
Milcah Marcelo
Kerr Matheson
Susan Mcmanagan
Aidan McQuade
John Mitchinson
Alexander Mulholland
Iain Nicol
Jenny Bruce Nicol

Jerry O'Leary Cutler
Kate Orson
Kerrie Power
Jakob Christof Rad
æ Rininsland
Richard Rose
Daniel Rough
Burkhard Schafer
Deborah Schauffler
Jannes Schuiling
Sheena Scott
Scottish Andy
Kirstie Sivapalan
Craig Smith
Janice Staines
Bobby Stevenson
Mary Stirling
Margaret Stone
Lars Stumpp
Sean Townsend
Natalie Trotter-King
Jackie Walker
James Wilkins
Tom Woodman
Jacob Woolf
Amber x

# Prologue

## STAR O THE SEA

### JEANNIE, 1958

Black smoke fae the ferry's funnel billows up intae the grey sky. The pains o Hell take a hold o me and ease as ah breathe in the salty air. Ah follow the weans through the rows o motors wi ma bump, gold cross danglin, remindin masel that any lassie who is fruitful and multiplies will go tae Heaven. Ah focus ma eyes oan the skyline, oan hame. Grey and broon dots clustered at the bottom o green and yella hills. Fae there, the ferry would look like a huge, black dragon, belchin smoke and steam. The baby kicks beneath ma white blouse and black skirt, and ah shut ma eyes tae make the sign o the cross. God bless us and save us, ah hink. Mammy always said that fur every daft Jeannie there's a daft Johnny, and fur aw Donald drinks like a fish, he's naught but guid tae me and oor lassies.

'Cannae wait till oor son gets here, Donald,' ah say wi a haun oan ma belly.

'As lang as the wean's healthy.'

Donald takes ma haun, warmin it instantly. He's gat thick, black, curly hair and a clean-shaven face wi rare cheekbones.

Ah couldnae believe ma eyes the nicht ah saw him at the dancin. If ye hudnae known better, ye'd huv thocht he'd walked straicht oot o a picture and no the yards.

'Ah've heard boys are easier tae rear than lassies,' ah say.

'It'd be nice tae huv a wean tae play fitbaw wi,' Donald replies. 'Ah cannae lie.'

'Here's hopin yer son turns oot tae be a Celtic supporter an aw.'

Donald laughs. 'Ah should bloody well hope so.'

Oor lassies look like porcelain dolls. Sandra hus Donald's black hair and ma crystal blue eyes. Cathy's gat ma eyes and licht broon hair. Ah've always hud a soft spot fur hur because she's ma spittin image. They're wearin dark blue jaikets wi shiny gold buttons. Their hair is like straw hingin oot o midden bins noo ah'm too far gone tae brush it properly. But wance ah'm back tae masel, there willnae be a curl oot o place.

A photie o Sandra beamin away in a white dress and socks in front o a river wan Thistlegate's 'Most Bonnie Baby' competition. Ah couldnae hink aboot enterin Cathy. She'd be ma absolute double if she didnae huv a touch o Dumbo aboot hur.

'Mammy!' Sandra says, tuggin oan ma coat and pointin at a decrepit seagull. 'Mammy! That poor wee burd's gat a stump insteid o a fit!'

'Could that happen tae the baby?' Cathy asks.

'Maybe we could call him Stumpy!' Sandra jokes.

'He'll be gettin named efter wan o the disciples,' ah snap.

'Come oan, ye two,' Donald says. He wis wearin his guid reid jumper, a white shirt and black troosers. 'Let's gie yer mammy some peace.'

Donald picks the lassies up so they kin look ower the gate, past the ramp and doon the water.

Whether ye come by land, sea or sky, ye know ye're in Thistlegate when the yards come intae focus, makin any Glasgae heart swell wi pride. The orange and green tram trundles alang the cobblestones, past the tenements, taeward the Clyde. The cranes are so tall they look like they're touchin the sky.

Ah shut ma eyes and unbutton ma jaicket so the sea air kin cool me doon. It's like huvin a heater attached tae ma body.

Ah'm a guid Catholic lassie, and God always smiles oan the richteous. A wind that would take a dug aff a bone howls across the Clyde. Fur the first time this day, ah feel like ma auld self again. The lassie who wants naught mair than tae be a star – a star like Doris Day, dressed up tae the nines oan a rickety carriage singin aboot the black hills o Dakota.

Ah open ma eyes as a cramp shoots through ma doonstairs. The cramp sharpens. Ah jump taeward the haundrail tae stoap masel bucklin, near enough sendin ma white haunbag flyin. It's nae picnic expectin, and ah'm a guid Catholic, ah tell masel again.

A sticky feelin oan ma hauns makes me realise they're covered in warm seagull shite. Ah've been gettin warnin cramps fur days noo, so know ah'll be meetin ma son soon.

'Fur puck's sake,' ah say, rubbin the shite aff ma gold weddin ring and back oantae the ferry.

Donald turns, puts the lassies doon and rushes ower wi a tissue. Even when he wis flustered, he still looked every bit a tall, dark and handsome man. Ma lip curls as ah wipe the worst o the white and broon sludge aff.

Ah take oot a bottle o Barr's ginger beer, unscrew the metal cap, and gulp.

'Daddy, is the baby comin?' Sandra whispers.

'No, no, yer mammy jist needs tae put hur feet up when we get hame, which means ye two need tae be guid wee lassies.'

'Yer brother's gaun'ae be some character,' ah say.

The bottle wis supposed tae last aw day; we've no gat money tae burn, especially as Donald loves a drink, but ah finish it quicker than an alky gettin their first drink in months. Ah gasp. Sommat is drippin oantae the deck.

'Ma waters huv broke!' ah say.

Donald's eyes grow so big ah hink they're gaun'ae pop oot o their sockets. The lassies' hauns turn reid wi the amount o pressure he's puttin oan them.

He does whit any guid man would and tells the lassies tae be oan their best behaviour and rushes ower. They nod and follow us intae the passenger area. Ah hink o the dove above St Margret's altar and pray tae it fae a distance. The lassies willnae be so keen oan playin mammies wi their dolls efter this. Mind ye, Sandra's five year aulder than Cathy and already growin oot o it, despite me and Donald gettin hur a wooden doll's hoose fur Christmas.

Ah'm daein ma best no tae scream until ah huv tae. The first wumman tae clock ma reid face and bump rushes tae get help.

'Dinnae worry, missus!' she says. There's a look o excitement oan hur face that kin ainlie belong tae a wumman. 'Ma sister hud hur wean oan a tram, and she'd nae bother!'

Ah open ma mouth tae smile, but moan instead. It's Baltic, ah hink, lookin up at the green and yella hills. Donald sits me doon.

Ah look oot the four square windaes and doon the water. Mair water gushes oot o me at the soond o the tannoy.

'Ladies and gentlemen, a passenger has gone into labour,' the captain says. 'Can anyone with medical knowledge make their way into the port seating area immediately.'

Noo it's Donald's haun's turn tae go reid. It must be uncomfortable, but he doesnae flinch, even when his fingers turn purple.

Ah look at the wooden door at the end o the passenger area. Folk are rushin oot it faster than they bolted durin the Blitz.

Thank God they've a bit o respect aboot them. Ah take a deep breath.

'Yer wee brother isnae waitin fur anywan,' ah say.

The lassies look mair excited than they've ever done oan Christmas mornin.

'It's awricht,' Donald says. He wis a handsome man but bloody useless in a crisis. 'Sandra and Cathy cleared the way.'

'It's no a puckin slipway, Donald!'

The door bursts open. A flustered lookin man in a suit flings his briefcase oantae the flair.

'Hello, my name's Doctor Lowry,' he says, openin his briefcase and pullin oot a stethoscope. 'I'll make sure baby's delivered safely.'

Donald's skin turns fae a ghostly white tae a mair human colour. The doactor looks at Sandra and Cathy, watchin wide-eyed in silence.

'Oh good. Baby's not your first,' he says, poppin the stethoscope intae his ears. 'Do you have any idea how long it's been between your contractions?'

'Son, ah'm aboot tae pop oot ma third wean oan a ferry and thocht ma husband wis gaun'ae cut the cord wi a puckin Stanley knife!'

Ah gesture fur Donald tae leave wi the lassies. It's nae place fur a man who's no a professional. Donald's oan tenterhooks awready. The doactor takes aff his jaiket and swings it oantae the seat.

'Ah'd nae bother wi ma lassies,' ah say, takin a deep breath. 'Trust ma son tae come oan the Clyde.'

'We're going to have to start counting how long there is between your contractions. Mrs…' he pauses.

'Brennan,' ah say, tryin and failin no tae scream.

'Mrs Brennan, I'm counting that as one, two, three…'

The doactor micht huv been willin tae sacrifice his jaiket,

but ah'm no willin tae sacrifice mine. Ah move, so the bottom o it isnae quite under ma arse.

Maist coats would be hingin by a thread efter ten year. Ma guid jaicket is the best hing ah've ever owned. As much as ah'm wearin a gorgeous pinny and white toap. The jaicket hud cost me six weeks' wages – wages ah thocht would be the best investment o ma life. Fur aw they say a pretty face suits the dish-clooth, the green jaicket's mink collar shines as much as it did the day ah walked oot o Copland and Lye in it.

*** 

Lassies like me wurnae encouraged tae dream and ah gat wan chance – auditionin fur *The Showgirl and the Sailor*. Ah looked the part in ma jaicket and wis naive enough tae hink ah'd mair magic in ma eyes than Lizzie Black.

She'd wis lang gone by the nicht o the Blitz, and ah wis expectin. Back in 1941, the air raid siren went aff every nicht as regular as clockwork, and until then, they'd aw been false alarms. But awbody wi mair than two brain cells tae rub taegether knew that Thistlegate wis a prime target fur the Jerries because o the yards. It wis ainlie a matter o time.

'It's a bomber's moon the nicht,' Donald said. 'They willnae miss.'

Ah wis daein the dishes while he hud a rare dram. It wis his birthday. Ah wis ainlie a few month gone, but ah wis already showin.

'Will ye be awricht oan yer ain fur a wee while, Jeannie?' Donald said. 'Ah'm gaun oot tae investigate.'

'Yer gaun tae the pub,' ah said. 'It's fine.'

He's always loved a drink, nae wonder he's photied hauldin wan maist o the time, and didnae object.

Ah put ma feet up next tae the fire. But it wasnae lang before ah hud tae go tae the toilet again. Ma bladder wis like a sieve. If ah hudnae been desperate, ah'd huv clocked the clouds o smoke puffin oot o Singer's factory as ah scuttled across the concrete.

Ah slammed the privy door and started peein like a racehorse. There wis a bang. A bomb. It and many mair took the lives o the poor souls in the mass grave at the cemetery, which ah've made a point o visitin – ma ain flesh and blood are planted nearby. Ah made the sign o the cross before ma eyes rolled tae the back o ma heid.

Their lids eventually stirred in the mornin licht. Ah begged fur the Sacred Heart tae pray fur me. A fireman wis standin ower me. Ah looked up. Ainline the tenements' chimney stalks wur standin – the rest wis reduced tae rubble. At the Royal, ah gret at the sicht o reid and broon blood.

***

That wis the first o three miscarriages. God wasnae guid tae me then, and ah never imagined livin tae pose fur a photie wi ma weans. The thocht makes me grateful fur the pain ah'm in. Ah still cannae understand why God would let a wean come intae the world and aw o a sudden take them oot again. It does naught tae ease the pain though, and ah've nae idea hoo ah'm still conscious. Nae wonder Mammy calls it the pains o Hell.

The doactor looks at his watch. 'OK, Mrs Brennan. That's two minutes between your contractions.'

Thank God ah'm wearin a knee-length dress that gies him easy access. He makes his way tae the bottom o it.

'I'm going to have to check how far down baby is,' the doactor says.

The ainlie man who's meant tae see me doon there is Donald, but beggars cannae be choosers. The doactor tells me ah'm a few inches dilated.

The metal seat vibrates wi the roarin o the ferry's engines. Ah look up at the square lichts dotted alang the flat, white ceilin.

'Hail Mary, full o grace,' ah say.

Ah fix ma eyes oan the lichts. The pain is overwhelmin but no enough tae conk me oot. A distraction is a distraction.

Ah imagine whit Lizzie's daein right noo. She'll either be oan a picture set, learnin hur lines or livin the life o Riley. She's the envy o Thistlegate and nae wonder.

The next contraction stings mair than when ah picked up Daddy's razor as a wean, cuttin ma haun tae the bone. Ah looked so happy oan ma weddin day; if ainlie ah'd known it would lead tae this. Ah mind lookin at the blood spillin doon fae the tip o ma finger.

'OK, Mrs Brennan, that's a minute between your contractions. Hold off pushing a little longer, and baby will be with us in no time.'

Ah cannae mind bein in so much pain wi ma lassies. It wis a case o bein uncomfortable fur a guid few hour then it wis ower.

Ah moan. If bein born at sea is an omen, ma son will huv a rare life. Maybe he'll follow in his faither's fitsteps and become a richt high-flyer in the yards.

'That's baby crowning,' the doactor says, smilin.

'Ye kin see his heid?' ah say, face scrunchin up in pain.

'Yes, Mrs Brennan!'

Jesus tellt Simon, Peter and Andrew tae put doon their nets and become fishers o men. Ah'm gaun'ae gie ma son a disciple's name. Ah huv tae honour God's plan fur me. Ah love Clark efter Clark Gable, but it's a daft notion noo.

A comfortable life wi a guid man and weans is never gaun'ae be enough fur me, ah hink as ah let oot a scream, but ah should huv realised by noo that there's a reason why that's the maist lassies roond here hope fur. We live in whit is and whit will always be a poor toon.

The next contraction hurts like hell. It's time tae push.

'Perfect, Mrs Brennan. You're doing brilliantly.'

The ainlie explanation fur ma dream wis that ah wis meant tae help Lizzie achieve it. But as much as ah should huv known better, ah set a glimmer o hope oan it happenin until the day Donald first raised a haun tae me.

If ye'd swatched us in those days, ye'd huv thocht we wur both destined fur mair. We wore troosers like real tomboys, but the best o style wis the best o style. Ah said mair power tae us whenever we gat a judgemental glare. We drew oor eye-broos oan in whitever shape wis aw the rage in Hollywood. Ah put ma broon hair intae the ticht curls that fell doon ower ma shoulders. Ah looked braw oan ma weddin day, but back then, it wis every day. Lizzie wore hur dark broon hair in a poodle cut. Ye'd huv thocht we wur never oot the hairdresser.

'Baby's head is almost born!' the doactor says.

Ah shut ma eyes, pushin wi every ounce o strength ah've left. As the pain lessens, the doactor's eyes widen.

'One more push Mrs Brennan and baby will be here!'

Ah make the sign o the cross, gatherin aw the strength ah huv left. There's a stone Virgin above St Margret's, and ah make the sign o the cross, feelin as almichty as hur. Sommat's comin oot o me, and ah've nae idea if it's blood, pish, water or the wean.

'That's it, Mrs Brennan! Baby's head is born!'

The baby cries so hard ah jolt, giein him the final push he needs. He's gat some pair o lungs. God is guid.

The doactor wraps the wean up in his jaicket, and ma heid flops back.

'Congratulations,' the doactor says. 'You've got another beautiful baby girl.'

Ma heart sinks. 'Another lassie?'

The door swings open. The doactor haunds the wean tae Donald.

'Another lassie,' ah repeat.

Donald smiles. Ah catch a glimpse o the wean's face. She's gat blue eyes and rosy cheeks like Sandra and Cathy and Donald's black hair. This world is a test – a test tae see if ye are worthy o the next life. Dreams o daein mair arenae part o God's plan. No fur wummen anyway. Whit happened tae Lizzie wis a fluke, and ah wis richt tae let go o ma dream. Donald nudges me wi his elbow.

'Jean,' Donald says. 'We kin always try again.'

Ah force a smile. That's another sausage aff ma plate – and another few years ah'll huv tae make dae wi the same flooery, cream apron. Ah'd been fruitful and multiplied. Ma eyes tell him there's nae way we're tryin again. Ah'm a guid Catholic, but we kin barely afford four mouths tae feed.

'It's a girl!' a voice shouts fae ootside. People begin tae cheer.

'So whit we callin hur?' Donald asks, beamin.

'Stella Marie,' ah say. 'Star o the sea.'

# Bring Ye Tears

## MARIE

It's a Thursday night, and ah can see the twinkle in Maw's eye already. She gied it laldy oan the phone, because everyone and their granny is comin tae Cathy's sixtieth birthday party the night. Any excuse fur a good drink and natter.

Me and ma family pull up tae Maw's hoose. Ah hear Da in ma ear the moment the car comes tae a halt at the concrete steps.

*'Enough's enough, Marie, ye need tae stop lettin that auld witch away wi bloody murder.'*

Da's been pushin up daisies fur near enough a decade, but he's never far fae ma mind. Ever since hings huv looked like they are aboot tae come tae a head wi Maw, he's been in ma ear whenever she's around.

Maw hus cream blinds tae affset the grey o the buildin. She peeks through them, face like thunder. They may as well be as black as hur heart. Ah look at the clock. We are late.

Little does Maw know, we almost hudnae turned up – fur all she thinks family parties are the be-all and end-all. Me and David sit in each other's company at hame, we dinnae want tae be keepin each other company at a supposed social event an aw. Ah'm a hairsbreadth away fae tellin the Clan, as ah like tae call them, tae stick their parties where the sun doesnae shine. The cheap bar wasnae enough tae get Isla excited aboot comin even though she's never oot the clubs. Kate refused.

David toots the horn twice, and Maw's face disappears. She'll be huvin an Annie Rooney. She's soon hobblin doon the steps, deliberately takin hur time. By the time Maw steps in the car, kitten-heeled foot and haunbag first, she's shakin hur head.

'Oor Cathy'll be wonderin where ah am!' she shouts.

'The Clydesider's only five minutes away,' ah say.

'Ye should huv phoned tae say ye'd be late.'

She slams the door wi such force it's hard tae believe she's ninety-three.

'Are you looking forward to the party, Mrs Brennan?' David eventually asks.

Isla adds, 'Got your eyes peeled fur Aunty Cathy's sexy polis pals?'

'Look at the state o hur!' Maw continues, ignorin them.

Ah look oot the windae. Dressed in a long, dark oversized coat and woollen hat, Maw's neighbour Hazel is strugglin tae drag hur shoppin trolly along the street. A tottie rolls behind hur, as hur wig threatens tae fall over hur face.

Maw hus curled hur white hair, painted hur thin lips bright pink and is wearin a white, knitted jumper and a tartan skirt. The gold cross around hur neck glints in the sun. But fur all she claims tae huv hud the best o style in hur day, she's happy tae go around like a tinker in hur old age. At least ah can fling an ootfit taegether, ah hink, lookin at ma black ensemble.

Maw took a shine tae a pink suit in the Co-Op, so ah bought it fur hur birthday, but it wis a waste o money. Ah've never once seen it oan hur back.

'Where's your Kate?' Maw asks, lookin around.

'She wasnae feelin well.'

'Ye'll need tae sort that lassie oot.'

'She's allowed tae get sick!'

Maw crosses hur arms. 'God gave me ma cross tae bear wi ye, Stella Marie.'

David sighs and starts the engine, drivin us oot o the street better known as Jurassic Park. Isla points tae the Masonic Hall. Weeds are growin oot o its crevices, and a tree hus taken root oan top. It's a dive, but you can tell it hus seen better days.

The Masonic wis Maw's favourite haunt in hur glory days. She said people would come fae all over Glasgow tae spend a few hours oan its dance floor. Lookin at the council curtains, it's hard tae believe the queue could be a hundred strong, but Maw wis pally wi a doorman who let hur in the back door.

\*\*\*

Da's favourite haunt, the Clydesider, is a stone buildin wi tinted brown windaes and wooden shutters. By the time we arrive, Maw's in hur element. She says she wasnae just the best dancer in Thistlegate, she wis the most eligible bachelorette. Ah hate tae admit she hus a point. She wis a lovely lookin wumman in hur day.

Ah believed hur when she said men wur fallin over themselves tae ask hur oot. But the way she talks, you'd huv thought she'd lived a life like Lizzie Black's.

Thistlegate wis a different town back then – a quieter town. Mair people walked along its streets than there wur cars oan the road. The tram drivers wouldnae dare pass each other without a wave, and Barr's carts would be parked ootside shops. Those wur the days.

'Happy Birthday' buntin is draped across the Clydesider's chipped wooden door. Deflated balloons hang limply fae it. Two middle-aged wummen are addin tae their wrinkle collections ootside, cigarettes balancin between their fingers.

Maw unclips her seatbelt and hur thick, white hair is ootside before David's even hud a chance tae put the breaks oan. She's wearin a thick, gold necklace as well as hur cross, but still couldnae go intae hur pocket fur a taxi here. Ah cannae remember the last time she said thank you.

'Hoo ye keepin, Mrs Brennan?' one o the wummen asks, lookin up and offerin hur a draw.

'Put it this way,' Maw says, takin a draw. 'Ah saw a reflection o masel in a shoap windae and tried tae help it across the street.'

'Ye dinnae look a day over twenty-one.'

She smirks, haundin back the cigarette.

David steps intae the Clydesider's porch and opens the black door fur us. Maw first.

Each o the lights hus clusters o dead flies at the bottom o it, and the chessboard carpet is covered in God knows whit. The only hings in the Clydesider that wurnae around in 1973 are the oot-o-place palm trees in its lobby.

Maw shimmies in front o the DJ station then licks hur thin lips. The buffet is full o the usual selection o cucumber and tuna sandwiches, mini sausage rolls, chicken wings, vol-au-vents, and the remnants o the cake that reads 'Happy Birthday' in blue icin.

Every birthday cake ah've seen since Da died reminds me o the last cake ah bought him. It wis a few weeks before he passed away, and he could only eat the softest o foods, so ah got a red velvet cupcake fae the City Bakers. Cathy called me a tight arse when she saw it. But Da said never waste food while there are poor starvin children in the world.

Ah wis the family skivvy, and God knows they still treat me like ah'm only useful fur one hing – cleanin – so ah wis happy tae care fur Da an aw at the end. It wis expected o me because ah'm too sick tae work. If ah dinnae toe the line, ah've an inklin ma family will get rid o me. It's only natural tae want their acceptance. It doesnae matter whether it's wheelin in their bins or gien Maw's kitchen a lick o paint, ah dae it without question.

Life wi a stoma is difficult at the best o times. Ma troubles began when ah hud ma Kate. Fast forward six months, and ah hud a stoma. Hings went fae bad tae worse a decade later. It started wi a cough, and ah went fur an X-ray o ma lungs. It wis horrendous. The doctors hud nae idea whit wis wrang wi me, but they worked it oot eventually. Ah've got eosinophilic pneumonia – a rare lung condition.

Ah'm used tae both o them by now, but ah wish ma illnesses wur hings people could see. Oot o sight, oot o mind. That lot are mair than happy tae brush whit they cannae see, whit they dinnae understand, under the carpet.

Sandra rushes up tae Maw, sweet sherry in haun. She's wearin a loose purple dress, hur signature, heavy eyeliner, and hus recently dyed her short hair a dirty blonde. It's nice tae see hur makin an effort. Hur world wis turned upside doon when Robert came back fae Iraq wi PTSD.

Maw gulps the sherry then hugs Sandra like they huvnae seen each other in years. Ah resist the urge tae roll ma eyes. Sandra doesnae make eye contact wi me or ma family.

'That's your seat beside Cathy,' she says tae Maw.

No one hus thought tae save ma family a seat. Usually, ah can brush aff how ah'm treated, but tonight they've gone a step too far, pushin their tables taegether tae form one giant close-family table.

There's nae room tae swing a cat elsewhere. They know fine well ah've a stoma, so ye'd huv thought they could o saved at least one seat. Cousins and aunties and second cousins are squeezed intae the pub like sardines. They cannae get enough o the drink. David's near enough teetotal. We dinnae huv a chance o fittin in wi that lot.

Ma cousins, Mick and Phil, are at each other's throats already. The drink always brings oot the worst in them, but ah doubt they've ever considered stoppin. Ah catch a line o their conversation.

'It wouldnae kill ye tae go intae yer pocket fur wance!' Mick shouts.

In the corner, a lassie ah've never met, a girlfriend probably, is adjustin hur boobs fur a selfie. Hur and ma Isla would get oan like a hoose oan fire. She loves posin fur photies.

*'Enough's enough, Marie,'* Dad repeats in ma ear. *'They dinnae gie a shite aboot ye.'*

Ah look around the pub. Isla retches as she gestures taeward the men's bathroom. The smell o pee is overwhelmin. Ah'm gaun tae huv tae sit at the only empty table ootside it. Ah'm no fit enough tae stand all night.

'Happy Birthday!' ah exclaim tae Cathy.

She's wearin a black cocktail dress and a cream cardigan. Hur husband, Jamie, hus been coaxed oot o his signature salmon polo necks and intae a shirt. He's as bald as an egg, but ma David's still got a full head o dark broon hair.

'You look lovely tonight,' David says tae Cathy, smilin.

She gulps hur rosé wine. 'Thanks,' she replies.

Jamie looks David up and doon in disapproval, but Cathy's no prize. She got aff lightly compared tae Sandra and Maw fur smokin all hur days. They both huv a face like a dog chewin a wasp. Workin as a police officer helped Cathy stay young enough. She's as fit as a fiddle fur hur age. But hur long, dyed broon hair ages hur terribly, and ah dinnae know where tae start when it comes tae hur ears.

Sandra pulls oot Maw's seat, and Maw takes her place in between her and Cathy, puttin a haun oan hur thigh and lookin dead intae the camera to pose fur a quick photie. There's a few seats left, but they've been marked aff wi nameplates fur

Cathy's children, Gary and Leanne, hur grandson Lewis, and Leanne's oan-and-aff boyfriend, Ian.

'Here's a wee sommat fae us,' ah say, haundin Cathy a glittery silver bag. 'Ah saw that lovely silver gemstone necklace you hud oan in a photie o ye and Lewis so…'

She looks at it curiously before openin it. It's a clown necklace. Silver wi a rainbow tunic. Ah bought it because she loves the circus.

'Ye cheeky bitch,' Jamie slurs. 'Ye callin ma Cathy a clown.'

Cathy holds the necklace up tae the light, ignorin him. 'Thanks.' She smiles wi the thin lips we share. 'It's pretty.'

Maw gasps so loud she startles the DJ.

'A clown?' she questions. 'That'll bring ye tears. Ah didnae let ye bring anyhin like that in the hoose fur a guid reason.'

Cathy rolls hur eyes. 'Anyway, there's one free drink fur everyone oan a tab,' she says.

Isla grins. She hus perfectly straight pearly whites after years o braces. 'Thanks, Aunty Cathy!' she says, turnin tae walk over tae the bar.

'Aunty Marie, Uncle David,' a voice says.

Ah turn tae ma nephew, Gary, who's smilin a crooked grin. He's wearin a shiny, grey suit wi a thin, black tie and growin oot his black stubble. He hus a bottle o Budweiser in each haun. He puts one under his arm so he can shake David's haun. David obliges. He's always been good tae ma family.

'Gary,' ah say. 'How are you?'

'Naw too bad,' he says, gulpin his Budweiser. Ah smile before sommat behind me catches his eye. 'Is that the buffet open?' he says tae Cathy.

'It's been open fur an hour,' she replies.

'Mint,' he says. 'See ya later, Aunty Marie and Uncle David.'

He smiles at Gary. Ah wish ah'd hud a boy as David would huv been a great father tae one. Ma eyes fall oan Maw. She's gettin stuck intae the paper plate o vol-au-vents, cocktail sausages and mini sausage rolls, castin an occasional dagger at the clown necklace. Sandra must huv prepared a plate o finger food fur hur when she realised we wur gaun tae be late.

'Ah kin mind the day ye wur born like it wis yesterday,' Maw begins, burpin so loud the loose skin around hur face shakes. Maw wis never a big wumman, but she's gettin thinner by the day.

Ah nudge David wi ma elbow and gesture tae the only free table. None o us huv the heart tae tell Maw we've heard hur stories a hundred times before.

'Speak tae you later,' ah say tae the back o Maw's white hair. 'We'd better get a seat before there's none left.'

Before ah'm oot o earshot, ah hear the word clown again. Ah cannae dae anyhin right by that wumman. She's never taken ma illnesses intae consideration.

*'Grow a bloody backbone!'* Da shouts in ma ear.

The only free table is a dumpin ground fur empty glasses. Paper plates o half-eaten finger food are scattered next tae them. Ah dinnae look at the chair before sittin and squirmin when ah feel sludge against the exposed part o ma thigh.

Isla puts hur coat over an empty chair and sets tae work minglin.

She's straightened hur light broon hair tae perfection and is wearin a modest, knee-length red dress wi a thin, gold belt around hur waist. Kate would huv suited that dress mair, but naught ah say will coax hur oot o wearin skinny jeans.

Even if ah wanted tae, ah cannae get ma dancin shoes oan. Ah'd be breathless before long wi ma bloody lung condition. Ah can walk and dae most hings well enough, but it hus tae be at ma ain pace.

'What do you want to drink?' David asks, pickin up the stacked glasses.

'A small glass o red wine,' ah reply.

If it wasnae fur David and ma illnesses, ah fear, ah'd be as bad as that lot when it came tae the drink. But ah know ma limits. Da liked a drink and then some, and it put me off overindulgin fur life.

David nods and walks tae the crowded bar. Ah look intae the mirror behind it. The flashin lights o the puggy lull me intae a welcome trance.

\*\*\*

Even when she wis a wean, Cathy treated me like sommat she'd found oan the bottom o hur shoe. She wis the biggest fish in the Brennan sister pond, and she bloody well knew it. Aw because she wis Maw's spittin image as a wean, and later, because she wis the only one o us tae bring a boy intae the family.

'Jesus hus gone missin!' Cathy shouted wan mornin ah've never been able tae forget.

She pointed up at the empty, gold frame. Naught wis sacred tae hur.

Ah gulped. The Sacred Heart wis Maw's prized possession, and she rarely said she'd hur sorrows tae seek wi any wean but me. She'd already said the hoose wis like Annacker's midden that mornin – even though it wis long before hur plant pots were filled wi weeds instead o flowers. But efter ah mopped the floor, and Cathy deliberately stepped oan it wi hur muddy shoes, ah told hur aff. Sandra wis oot huntin fur stray Barr's bottles she could sell back tae the offie fur a shillin a pop.

'Ah'm gaun'ae huv an Annie Rooney if ye dinnae find it quickly!' Maw shouted, shakin hur thick, broon curly hair.

Cathy smirked. Maw's eyes darted tae the empty, golden frame and then tae me. A great believer in spare the rod, spoil the child, she raised a haun before lobbin me wi a slipper instead. Ah'd nae fat tae soften the blow. Lettin me mind the frame while gaun tae look fur Jesus wis oot o the question. Ma legs stung when she hit me across the ankles, but ah blinked back ma tears. Ah wis never gaun tae let that bugger win.

Cathy could dae nae wrang, even when she kept forgettin tae make the sign o the cross wi the right haun. And ah could never dae anyhin richt, even before ah wis relyin oan a day-o-the-week pill box tae keep me goin. She wis the golden child, and ah wis a lassie too much, efter a tinker assured Maw a son wis oan the way in exchange fur a bag o sugar. God knows how Maw would huv treated me if ah hudnae danced tae hur tune. So ah cleaned the two-bedroomed, semi-detached hoose she and Da struggled tae cobble taegether the rent fur. Ah'm the family Cinderella, and ah've happily played the role fur fifty years. But it's gettin tae the stage noo where ah've been walked over one too many times.

David never hud a chance o fittin in wi that lot fur mair than wan reason. He loved boats, not football. He grew up in London, and fur all he's been in Scotland since he wis twenty-three, his accent husnae changed. When Robert asked, 'Celtic or Rangers?' David's face went blank.

The only one tae take a shine tae David wis Da. Maybe it wis the reason he didnae dump me efter his first Brennan-family party. Da shook David's haun like he wis already his son-in-law and insisted oan buyin him a drink. Da's warmth appeared tae pass aff oantae the boys, Jamie and Robert, and they got oan like a hoose oan fire – fur a few hours anyway. Then David found Jamie wi his head slumped deep intae a toilet pan, throwin his guts up.

'Here mate, drink this,' David said, offerin him a glass o water.

'Unless there's vodka in there, ye'll never fit intae this family,' Jamie slurred.

David told me Jamie swung fur him, knockin the glass oot

his haun. Ah couldnae apologise enough, convinced David wis gaun tae end it.

Maw said it wis unlucky fur two brides tae leave the hoose in the same year. That wis one old wives' tale that turned oot tae be true. Cathy and Sandra both walked doon the aisle in 1978 in the same aff-white, meringue weddin dress.

Jamie struggled wi the drink fae day one, and Robert and Sandra soon discovered they couldnae huv a family. Robert's tour o Iraq wis the final nail in their relationship's coffin. Ma heart broke fur Sandra the day he packed up and left. Fur aw oor relationship's no been perfect, we've hud some guid times together, and ah still tear up at the thocht o hur loss.

*\*\*\**

David puts an ice-cold glass o Coke oan his side o the table and a wee glass o red wine in front o me. His drink hus a candy-cane straw in it.

'Looks like Granny's still kicking off about that bloody necklace,' he says. 'She's some woman when she gets a bee in her bunnet.'

We sit in silence. The sound o a blue cocktail clinkin oan our table brings me back intae the moment. It's Leanne. She extends an arm across the table fur a hug before sittin doon in Isla's empty chair. Cathy's children huv mair aboot them than their parents, ah hink, admirin hur cream dress which accentuates hur enviable figure.

'How are you doing?' she asks.

'Great,' ah lie. David nods in agreement. 'How's Lewis?'

'He just loves the nursery!' she replies, twirlin hur strawberry blonde hair extensions. 'How's Isla findin hur NVQ in carin?'

Ah smile. 'Much better than last year. That's hur cut doon hur hours in Tesco, so she can focus more on carin. She's lookin forward tae hur final placement in October. Maybe she'll end up in Honeybrook Lodge wi you again.'

'That's good. Ah wis sorry tae hear that she wis strugglin. Ah mean, ah did it wi a baby so it's not, y'know…' She trails aff.

'Isla's mair than capable o anyhin she puts hur mind tae,' ah snap.

Ah turn the subject back tae Lewis. Leanne cannae help hursel. Anyhin tae put doon ma girls fur not makin the mistake o gettin pregnant at eighteen like hur. Ah cannae believe that Kate's twenty-two years old, and Isla's near enough twenty.

Leanne struggles tae hold eye contact wi us fur mair than a few seconds at a time. She should huv known ah wouldnae stand fur hur puttin doon ma girl.

Ma eyes drift tae Maw. Ah narrow them. Even fae a distance, ah can see she's put a prayer card and miraculous medal oantae the blue necklace box.

It's no secret that ah'm the black sheep o the family, but no one ever said anyhin aboot it until recently. Hings must be gettin worse. Efter Maw's birthday last year, ma neighbour, Bettie, asked if there hud been a fallin oot wi ma sisters. Ah said we didnae always see eye tae eye. It wis easier tae pin it oan them.

Maw's the root o ma problems wi ma family. There's nae doubt aboot it. As far as she wis concerned, ah'd got 'mad notions' when ah told hur ah didnae want tae leave school at sixteen like Sandra and Cathy. Ah wanted tae stay oan fur ma Highers so ah could become a nurse.

Isla comes back tae the table. She says Leanne made a snide comment in the ladies' toilet aboot hur failin one o hur carin assessments, and Isla's called a taxi so she can salvage the night wi hur pals oan Jelly Baby's dance floor.

'Shall we stay for another hour and then make a move?' David asks before goin tae the toilet.

'Yeah,' ah reply.

Ma eyes are drawn tae Maw. She's always gein it laldy at family gatherings, a hink, mindin a photie o hur singin karaoke and another o hur grinnin away wi ma Isla, balloons in the background. But she didnae even huv the decency tae gie me a normal name. Who in their right mind calls their child Stella Marie? When David comes back, his face is blank.

'We should make a move,' he says, furrowin his dark brows, and then whispers, 'Jamie's been sick in the men's and just called me a wanker for trying to help him up off the floor. Honest to God, some things never change.'

*'That lot make me look like a social drinker,'* Da says in ma ear. *'This is it, Marie. Enough's bloody enough.'*

Ah sigh. 'Someone needs tae drag that man tae AA.'

Ah still huv a good half a glass o wine left and finish it in one gulp.

'Let's say bye tae Cathy and then leave,' ah say.

No one will notice us slippin away, but ah know better than tae underestimate ma family and the ridiculous standards they hold me tae.

They've managed tae squeeze in another chair at the top table fur Jamie's Dad. The poor bugger lives in a nursin hame, and he's come dressed in his veteran's jaiket.

'Hoo many Jerries did ye kill?' Maw asks.

He puts a shakin, liver-spotted haun oan his beer. 'Ah dinnae want tae talk aboot it.'

'Come oan, tell us! Awbody hates the Nazis!'

Ma eyes move tae Cathy, who is dancin wi Leanne. She soon stops tae open a bottle o prosecco. God knows she's partial tae a drink.

When foam erupts fae the bottle, Maw shouts that she knew the necklace would bring tears. Cathy ignores hur as Maw holds oantae hur cross fur dear life. Everyone bursts intae applause. The only hing that's bruised is Cathy's ego. Once the foam hus settled intae bubbles in each o their glasses, ah tap Cathy oan the shoulder.

'Thanks fur huvin us,' ah say. 'David hus tae get up early fur work so we're gaun tae call it a night.' He nods. 'Enjoy the rest of your party!' David forces a smile.

'Thanks fur comin,' Cathy replies.

Ah look at the necklace, partially visible below a picture o the Sacred Heart. Anyhin's worth a try tae keep hings holy, and ah'm usually the same, which is why there's an angel in the girls' room.

*'There's ainlie wan clown in this room,'* Da says. *'And it's ye.'*

\*\*\*

The shrill cry o the telephone sends ma heart racin. Ah take a deep breath and wipe the sleep fae ma eyes. Ma digital clock's blue numbers come intae focus. It's half six in the mornin. Phone calls at this time only ever spell trouble, and ah'd fallen asleep before Isla got hame, exhausted in every sense o the word. Ah look at ma Saint Joseph statuette and pray that she got home safe. Ah rush doonstairs, narrowly avoidin trippin at the curve in the staircase that once broke Kate's arm.

By the time ah reach fur the phone, ma haun's shakin.

'Where the puck did ye disappear tae last nicht?' Maw shouts. 'Efter bringin the Devil tae the party…'.

The phone vibrates. Pain shoots through ma ear. Ah swear internally.

'David needed an early night,' ah lie, distractin masel by lookin at the farm at the back o the garden. 'He hus tae get up early oan a Friday.'

The fact he'd slept through the phone wis proof o how tired he wis. Ah wis glad. The last hing he needed wis tae spend the day bleary-eyed because o Maw.

'Ye promised ye'd gie me a lift hame. Ah hud tae get a taxi efter the party, and the robbin bastart charged me a fiver!'

'That's good fur a taxi!'

'Ah'm a pensioner!'

It's the last straw – five pounds is naught tae hur.

'Count me oot o family gatherings. Ah'm aboot as welcome as a fart in a space suit, as the Big Yin says, and and you only want me there tae be your taxi driver.'

Maw's breathin grows deeper, angrier.

'Be guid tae yer mammy, and ye'll get yer blessings,' she spits.

# Talk of the Steamie

## KATE

September 1st

Granny Jean said God doesn't always give you what you want, but he gives you what you need. Found an old picture of myself holding a newspaper almost as big as my body this morning – the *Thistlegate Primary Post*. Was smiling a baby-faced, toothy grin. It was the first paper to publish me. I've always loved telling stories. Lit a candle at church tonight for my good intention. Will be up the creek without a paddle if I don't get back on that path. After mass, Granny said Granda Donald would be 'ashamed o ye aw' unless we put on a face at Aunty Sandra's gathering tonight. Mum reminded her we were through with family do's. Granny repeated that we'd be letting Granda down, despite rarely having a nice word to say about him. Mum made her excuses and dropped her off. Granny slammed the car door so hard the air freshener fell down.

September 3rd

Reckon the trouble in my family is karma getting Granny

Jean back for all the gossiping she's done over the years. Will be having ten kittens now her and Mum's fallout is 'the talk o the steamie'. Granda Donald once said, 'Ah'd need a lead tae keep yer granny under control.' No wonder he was a drinker. Half-heartedly writing in Starbucks, watching raindrops make circles in the puddles outside. Want nothing more than to work on my script. But I won't hold my breath. Paralysed by anxiety, especially when it comes to the things that mean the most to me, and God knows the script means the world to me. Made myself scarce this afternoon after Isla's friends came over to practise their Halloween make-up – even though it's almost two months away. Wanted to splash out on similar stuff, but it would be a waste of money. Only party I have is the office's – a reminder of my dead-end HR role. Suppose it's better than nothing. Granny said I'm 'a lassie who needs tae get hur dancin shoes oan'.

Gave up on the script because it means so much to me. It's about Granda Joe, on the other side of the family, saving a woman up north. It has everything – bothies, mountains, howling winds and legends. The only way I could cope with the ambition was to have it mean nothing at all. It consumed me. Every time I sat to work on it, the conditions around me had to be perfect. Started innocuously as well. Switched off the internet while writing because I didn't want anything to influence me. Took perfectionism to a whole new level, but it made me feel safe.

Wish I could take a permanent chill pill. Antidepressants are out of the question… I think. Doctor diagnosed me with generalised anxiety disorder and OCD before referring me to a counsellor, so antidepressants are an option.

Was in the job centre before I got my degree. Almost burst into tears. Thought I was smart enough not to make life decisions that would lead me to the dole queue. First job out of uni was a zero-hours contract in a sports shop. Manager told me that if anyone robbed the shop, we were to just let them get away with it. That's Thistlegate for you. Supervisor used to search my bag after each shift on the off-chance I'd robbed some golf balls. Barely lasted six weeks. Did a PGDE after that but dropped out halfway through. Got told that my biggest weakness was communicating with other members of staff. Had no problem with the kids, but I can't face the thought of going back to teaching even though I hate HR.

September 4th

There's no life for me in Thistlegate. Felt myself turning green with envy as I looked at everyone else's social lives online tonight. The universe is pushing me to leave. London's always appealed to me after I went there on a school trip. It's not short of creative copywriting jobs either. Was dazzled by the glinting lights of the West End. Decided that if I was going to do anything with my life, it would be writing stories for the stage and screen – with a creative day job. But at the rate I'm going, it'll never be more than a pipe dream. Dickens wrote that 'no lad of spirit would ever want in London', but don't feel like I've got much spirit about me these days. Got no life in Thistlegate, so what bloody chance do I have in the Big Smoke?

Want to get the hope I had as a little girl back. Should start saying my prayers more often. That or sell my soul to the Devil. OK, maybe not the latter, but anything's worth a shot. Mum said I thought anything was possible until my first day at primary school. Wanted to be friends with everyone, but quickly realised that's not how the world works – not when you're the girl with the stammer. Still wore my heart on my sleeve. At high school, made no secret of the fact that I wanted to move away and become a scriptwriter. Hate the fact that I talked such a good job but didn't make it a reality. Just never had the lady balls.

My bed's below a window. Lost count of the number of times I've fallen asleep looking at the darkened sky. There's a flight path past the rows of higgledy-piggledy houses and trees. From my bed, the planes look like electric stars. Remember watching them and thinking, if I was content to just do my job, nothing my brain taunts me with would be relevant anymore. My brain always finds something new to latch onto. OCD is as chronic as diabetes. The notepads filled with writing that only makes sense to me and thousands of pictures on my phone have done little to make me less anxious. Can't help but dream of more. Will only be free if I let go and accept the uncertainty of everything. There's something in Granny Jean's saying that 'whit's fur ye, will no go by ye'.

September 10th

My brain is wired a bit differently, and I need to accept that it's a part of me, no different from the colour of my hair or my eyes, instead of trying to make it go away. Doctor referred me to a counsellor this year. I'm not sure if it helped, but I guess it could be worse. At least I'm physically healthy, even if my heart misses a beat most days. Getting stuck on bad thoughts is just how my brain works. I'm running in circles in my mind, and I want to get off the hamster wheel. Always been a worrier, but things escalated in high school. Waited for my toast to pop up in the mornings and told myself that if it did so within a certain time, no one would make fun of my stammer that day. Couldn't see a single magpie without saluting and asking how his wife and family were.

Reckon it's why I've sympathy for Aunty Cathy.

Extended an olive branch by visiting her today, despite

everything that's gone on with Mum. If the three of them put their differences aside, they'd realise they're not so different. Aunty Sandra and Mum would do anything for Granny Jean – in another life, they might have been joined at the hip. And just like Mum's suffered with her health, Aunty Cathy's been haunted by Dumbo taunts her whole life. She's had her sorrows to seek with Uncle Jamie too, and Leanne gave her a hard time before Lewis came along. For all Gary isn't perfect, he's her saving grace. Wish Aunty Cathy could learn to take the bitter with the sweet. Unlike Mum, her health is her wealth.

Didn't expect Aunty Cathy to be alone today, so I dragged Isla along. It was payback time for me posting my credit card through the letterbox so she could pay for a taxi she couldn't afford. 'Fur coat and nae knickers' as Granny would say. But when we arrived at Aunty Cathy's, she was at home alone and already in her pyjamas.

Face lit up when she answered the door, and after welcoming us inside, she walked off to get a bottle of wine. Must have been hiding it from Uncle Jamie. He could drink anyone and everyone under the table. But I suppose everyone's got their vices, as Isla loves the bloody dancing and the hundreds of OCD videos aren't exactly normal. Got on with Aunty Cathy until we were well into the bottle. Was tipsy but not drunk enough to forget what she said. She went into a rant about Mum. I know Mum wants to help others because she feels guilty about being sick, but Aunty Cathy said she only does it because she's controlling and always has been. She was firing on all cylinders and said she'd have never married Uncle Jamie at eighteen if she hadn't been desperate to get out of Gran's house and away from Mum. Isla rolled her eyes, and I gulped my wine.

September 12th

It's easy to forget how sick Mum is until she has one of her bad days. She couldn't catch a breath after cleaning the house this morning. Sometimes I worry Granny Jean will outlive her. For all Granny Jean's mind looks like it's starting to go, physically, she's as strong as an ox. But even on Mum's good days, her cocktail of pills is a reminder of her ill health. No one would pop a pharmacy worth unless they had to. Mum always spared Granny the grisly details about her illnesses. Wouldn't have been so bad if Mum had taken risks with her health, but she hadn't. Was just unlucky, and she looked as physically healthy as anyone. Even the doctors don't know the long-term effects of her meds. For all we know, she could be up the creek without a paddle in the near future.

September 13th

Opened Facebook on my lunch break. A wall of text by Leanne was at the top of my timeline, and it was about my family. Froze. Knew she was a keyboard warrior, but it's one thing to indirectly slag people off, it's another to name and shame your family. Started shaking. Leanne wrote that Mum's a 'lady o leisure who doesnae work or want', I'm 'a bold-faced liar', Dad's a 'weirdo' and Isla's a 'bitch'. Never had a run-in with Leanne before, unless I count accidentally ripping her Westlife poster when I was wee. Have nothing in common, but thought we hit it off laughing at Granny Jean about her funny ways. She thought it was as funny as I did when Granny framed a picture of Luke Skywalker thinking it was Jesus.

But it turns out Leanne was still loyal to her high-school bestie who ripped the piss out of my stammer for a good year at school. Mentioned getting bullied at work after a colleague stuttered through a presentation. Rachel told me she was mortified afterward because people sniggered. Said I thought she was brave for continuing to speak anyway and opened up about what happened to me. Always empathise when jitters get the best of someone. Mum's such a good Catholic that she thinks God can help me there, but I'm not so sure. Had no idea Rachel and Leanne were gym buddies. Rachel told her about what happened, and Leanne took it the wrong way. Said I made it up for attention.

Wish I'd kept my mouth shut now. Thistlegate's is a town where everyone knows everyone, and I know my heart was in the right place. Leanne knew I had a hard time at school, and I hadn't named and shamed her bestie. Old enough now to forgive and forget. A commenter on Leanne's Facebook post asked what had happened, and she dragged Isla into it. Leanne wrote that when the 'truth' got around, no one would stand for a Stirling working in a local nursing home. Could feel my blood running cold. Leanne said Isla was as lazy as my dad when it came to caring. All because he didn't say no to Granny's homemade dinners when Mum was in hospital. It was all so cruel when Mum had a stoma, a lung condition, and generally doesn't keep well. I've never hated anyone like I hate Leanne.

September 15th

The Devil might find work for idle hands, but he finds work for idle thoughts too. It's why I keep myself busy when I'm not at work. Since I stopped working on my script, this has meant walking around Thistlegate. Knew its park had been done up so visited today with Mum. 'Lives not knives' remains scratched into the dodgy tunnel we walked through from the station. The flower beds have been tarted up with marigolds and petunias. Admired them and recoiled at the sight of a used condom. But getting the momentary boak didn't matter as long as the walk kept my brain and Mum's body healthy.

Mind you, the storm in my mind doesn't hold a candle to the one in Mum's right now. Her family are almost all she talks about when she's well enough to think about anything other than her pain. They've never given her the time of day. Mum tried to clean and scrub and three-bags-full her way into their hearts, especially Granny Jean's. Found a picture of what looked like Mum slaving away in Granny's garden on Google Earth. Roped me and Isla into it too. But no matter how many times we cleaned Granny's house, it always ended up covered in crumbs, ash and hardened chewing gum again. She wasn't grateful. She brought wine to my aunts' houses. All she brought to our house was gossip.

The play park had been given a lick of paint and a merry-go-round, so naturally, it was swarmed by kids. Mum stopped dead in her tracks when it came into view at the top of the hill. Aunty Cathy and Leanne were pushing Lewis on a swing. Paused and stupidly didn't stop Mum marching toward them by keeping my distance beside a random tree. Was frozen to the spot. Lewis's swing stopped moving when they turned to face Mum. She was walking toward them in a way that could only spell trouble.

Mum pointed at them and said they were the last people who'd a right to question her illnesses. A few years ago, her throat had started bleeding when she was on the phone to Aunty Cathy. She'd hung up, but thankfully, Aunty Cathy had the nous to investigate. I couldn't hear much of Mum's conversation with Aunty Cathy and Leanne – just 'you're fucked up' and 'there's a reason you've never been a part o this family'.

Mum was fighting a losing battle. Leanne pulled Lewis from the swing and threw him into his pram like a rag doll. Mum followed, asking what she ever did to merit their abuse. They rolled their eyes. 'You don't know what it's like to live with a stoma, never mind a lung condition to boot,' she said. Mum should have known better than to try and talk sense into them. Leanne laughed and said she'd no idea children Mum's size were allowed in the park. Instead of reading them the riot act, Mum gave up and walked away. Our family was already fucked and a wave of anger rushed over me, and I screamed, 'Fucking bitch!' Aunt Cathy said she'd be reporting it to the police.

*\*\*\**

My jaw's on the floor after tonight. There was a bang on the door after dinner. Mum's eyes widened when she opened it. They'd called the police. Knew I'd never associate with any of them again as long as I lived. Took a picture of them on my phone after they sat and told Mum she was getting charged. Needed proof it was happening. Didn't look at me or ask for Mum's side of the story. Said they'd normally issue a warning, but her sister had insisted they charge her with a breach of the peace, because she was 'shouting and swearing in front of children'. Stuttered as I told them the truth, but kept my lips sealed about swearing. Said I'd stood too far back to be a witness. My face must have said it all, and they added that Cathy's word counted for more because she's a police officer. Dumbstruck.

# Granny's Stories

## ISLA

Ah arrive home, and ma heart's goin like the clappers. Mum and Kate are sittin in the livin room, starin off intae space. We finally make eye contact when ah sit down. It's so quiet you could hear a flea fart, and ma head's mince. Mum looks like she's aboot tae huv a nervous breakdown, twiddlin the cross around hur neck. She's holdin a large, white piece o paper that looks like a shoppin receipt.

'Ah got charged wi a breach o the peace,' Mum says.

'A breach o the peace?' ah say.

'Ah swore in the park,' Mum says. 'Well, Kate did.'

She laughs as hur eyes glaze over wi tears. Ah laugh too, oot o shock. Mum looks at the picture o the Sacred Heart under the stairs.

'You can get done fur swearin?' ah question. 'In Glasgow... How is this even possible? Is this because Aunty Cathy's an officer?'

A tear rolls down Mum's cheek.

'Yup,' Kate says. 'Her word counted for more because she works in a position of trust.'

'Oot o everyone in the family, Mum... The odds o you gettin a record must huv been the slimmest,' ah say, lookin at the gold cross around hur neck. 'You're never oot the chapel!'

'You should challenge it,' Kate says.

'But you're involved too,' Mum replies tae Kate. 'And they spared you. Not that it wis much o a mercy, but it probably helped them justify their actions. Ah dinnae work. You dae. They know the trouble this can cause fur a person.'

Ah ask exactly whit happened, and Mum tells me, hur face turnin redder and wetter wi ever word. Ah tear up. It's like she'd convinced hursel that whit happened isnae real and just tellin me is bringin it back. Kate is silently traumatised, unconsciously pulling hur hair wi one hand and bitin the nails o the other.

There's nought ah can say. Ah tell Mum ah need tae go back oot again tae clear ma head.

Ah fink o Granny. Me and hur wur the best o pals, set apart by smooth skin and wrinkles. She loves the boys as much as me and the dancin even mair. We huv a whale o a time, talkin and eatin shite. She always rehashes the same stories aboot the dancin and workin in Copland and Lye, but ah never get tired o listenin tae them. She sits oan hur couch like the Queen o Sheba, puffin away oan a Silk Cut cigarette while hur gold clip-on earrings swing tae and fro whenever she gets too excited aboot a story. When ah wis wee, Granny let me fish a glowin butt oot o hur ashtray. Ah retched, and she laughed so hard hur falsers fell oot. She's always been a character. When we went tae the panto, she called John Barrowman 'a waste o a guid man' after discoverin he wis gay.

It's easy tae forget how old Granny is. She says it's time she wis away. Last Christmas, she hud a fuzzy moment and asked me tae sign hur Christmas cards because she'd forgot how tae write hur name. Ah told Mum, and she said Granny must huv hud one too many sherries, but she hudnae touched a drop.

Nae wonder she says that now all hur pals are dead, she's just bidin hur time waitin fur God.

That's why, when Mum phoned me up tonight tae say the police wur in oor livin room, ah didnae immediately fink the worst o Granny. It wis just another family tiff, or so ah thocht. Ah know the early signs o dementia, and she's a perfect candidate. Maybe she doesnae understand whit's happened. She's only had Aunty Cathy and Leanne's side o the story, and it's not like it's the most believable o charges.

That's it, ah conclude. Mum's always said go wi your gut instinct. Always go wi your gut instinct, because that's your soul tellin you whit you should be doing. So that's whit ah dae. Ah'm gaun tae call Granny. Go wi your gut instinct, ah repeat. Granny's line cannae ring fast enough.

Ah walk tae the empty bus stop at the end o the street and sit down.

'Hello,' Granny says.

The crackle in hur voice tells me she's been smokin a lot that day.

'Whit huv they told you?' ah ask.

Granny sighs. Almost two decades o friendship huv been undone by sommat as simple as Mum sayin she wasnae comin tae anymair family do's. Granny takes a deep breath.

'Yer Maw's gone mad oan the change o life. It's as simple as that.'

'Leanne and Aunty Cathy got the police oan hur because she stuck up fur hursel. She didnae dae en'in. Nought you lot huvnae done a hundred times before anyway.'

'Yer Maw's never known when tae toe the line… ever since she wis a wean.'

'All she did wis object tae gettin ignore and now she's been kicked oot the family. They dinnae know the pain she's in every day.'

'Listen here, Isla. Ah've hud a harder life than the lot o ye put taegether, and ah kin tell ye this fur naught, yer Maw wouldnae be able tae clean ma hoose fae top tae bottom and take hur sisters' bins oot like the neighbourhood skivvy…'

'Skivvy. Exactly. Sick or not, no one deserves tae get treated like that.'

Granny grunts. Even she cannae argue wi that.

'So, you thought it wis OK fur them tae get the police involved? This family's hud worse arguments. If we dealt wi them all that way, we'd all be behind bars.'

Ah fink o the rumour Leanne spread around high school that Kate wis gay after she got a fail o a pixie cut.

'Stella Marie should huv let sleepin dugs lie.'

'Aye right. That's rich comin fae the woman who threw a lit cigarette intae the neighbour's bin because hur dog did a shite in your garden. The fire brigade got called, and Mrs Gillespie ended up in hospital wi smoke inhalation.'

'Mrs Gillespie and yer mammy hud it comin. Dae ye know whit yer family should dae?'

'Whit?'

'Move away fae Thistlegate.'

Those words hit me like a brick. After everyhin ah've done fur Granny, all those nights we've spent laughin and jokin, she only hus loyalty taeward hursel. It sums up hur weak-minded attitude tae every inconvenience: oot o sight, oot o mind.

But Kate's good tae Granny too, and even though she wasnae, Granny put hur down as gay. It wis gossip fur gossip's sake.

'There's a reason your Kate's single at hur age,' Granny had said tae Mum. 'No that it makes a difference in this day and age, but mark ma words, there's a reason.'

Ah look up. The orange sky is the only fing breakin the darkness. If it wasnae fur the rain, it would feel like a dream.

Granny growls oan the other end o the phone.

'If you'd treated Mum wi a little respect this would huv never happened,' ah say.

'Whit are ye oan aboot?' Granny replies.

Ma mind floods wi gossip she'd no right tae tell me or anyone else. Granny told Aunty Sandra, Aunty Cathy and anyone else who'd listen that Mum is as fit as a fiddle. She isnae, but it justified hur treatin Mum like a skivvy.

'You've been a walkin-talkin gossip magazine fur years, and now it's caught up wi you,' ah say.

'Ah kin—' Granny stops abruptly. Even she cannae justify hur behaviour.

'Ha.'

'It's a mammy's joab tae know everyhin gaun oan in their family.'

'But no tae pass it oan!' ah protest.

'Isla, ye listen tae me. Ye've got too big fur yer boots.'

'Too big fur ma boots? You should be sayin that tae Leanne and Aunty Cathy.'

Ah'm stunned intae silence. Granny's graspin at straws.

'Ye've got a fake accent,' Granny continues. 'Stop actin like ye're sommat special!'

Ah sigh. Kate and Dad sound proper, but ma accent is as common as muck. 'Ah dinnae sound any different fae anyone else in the family.'

Ah know ah'm wastin ma breath, but ah cannae bring masel tae back down.

'Ye've gat nae style eether.'

'Sure, Granny.'

She's the last person who's any right tae talk aboot the clothes oan ma back. Dad says hur style husnae changed since the 1980s.

'And dinnae get me started oan yer eyes,' she continues. 'Did ye never learn tae put oan make-up properly?'

'Ah'm not the one who goes around wi lipstick oan ma falsers!'

Granny laughs.

'Ah bet ye've gat nae mirrors left in the mornin. Ye probably go aroond sayin mirror mirror oan the wa, who's the fairest o them aw, and the damn fings crack.'

Granny hangs up before ah've a chance tae reply.

\*\*\*

Ah look up the street toward Aunty Sandra's house. Ah'd gie anythin no tae live so close tae hur. Family's the only fing that keeps folk in Thistlegate. Granny always said she needed a hand, and Mum couldnae say no tae hur, especially in hur old age. But if Dad's job situation hudnae been so up in the air, they'd huv been long gone before Granny got too old and Mum too sick. After that, they wur anchored tae this shithole forever.

Ah didnae fink it wis possible, but Thistlegate hus gone further tae the dogs over the past few years. Almost every ootlet in the shoppin centre now sells shite because people cannae afford en'in else. It's Poundlands galore. Builders huv given up investin in the area. The only properties that are regularly up fur sale are ex-council houses.

Me and Kate hud nae idea there wis a world elsewhere until we started school. Holidays wur oot o the question until the *Daily Record* ran a voucher competition fur cut-price caravans in Blackpool. The caravan hud three bedrooms, and Mum invited Granny because Granda Donald wasnae long dead. She wisnae lettin Granny want fur a fing. Granny wis all we hud left after Granny Ruth and Granda Joe oan Dad's side o the family passed away before we could talk. It wis yet another attempt tae win Granny Jean's affection.

Ah sat in the backseat between Granny and Kate, and except fur smokin in the car, Granny wis pleasant the entire journey. She kept me and Kate entertained. She'd been tae Blackpool dozens o times. Once we crossed the border, even though it wis still hours away, she told us tae look fur the Blackpool Tower. She pulled a two-pound coin oot o hur purse and said it wis the prize fur whoever spotted it first.

Me and Kate's eyes popped oot o their sockets when we stepped intae the holiday complex. The tower wis just a needle oan the skyline, but the flashin games machines wur sommat else. The only interactive game ah'd played until then wis Pokémon oan ma cousin Gary's Gameboy – and he'd snatched that back after five minutes. Mum and Dad joined the queue o holidaymakers which stretched oot o the reception and intae the arcade. Granny indulged us, takin us tae the penny-falls machines.

'Richt, ye two, ah've been at this since ah wis a wean,' she said, openin hur blue, leather purse and reachin in past hur prayer cards fur a pile o two pences.

She held a two pence in each o hur hands and slid them intae the machine's silver slots simultaneously. She rubbed hur hands together. They rolled oantae the movin pile o rusty two pences. She smirked. Moments later, a flashin winner alarm went off above the machine, and a large pile o two pences and a Blackpool Tower keyring fell intae the silver tray. Granny gestured tae the pile o rusty two pennies, and we scooped them up like a lottery win.

We wur soon ticket rich, and even mair cash poor. We bought a light-up skippin rope wi the tickets and hud the time o our lives oan Central Pier that night, skippin our way along the wooden planks while Granny followed, stuffin hur falser-free face wi candy floss. Mum and Dad took the rare opportunity tae huv a quiet drink. Lookin back, Granny earned hur keep oan that holiday.

We passed an old roller coaster that Dad called the boneshaker. But Granny told me it wis called the Grand National. Granny and Granda hud never been oan a ride until they sat down in one o its wooden carriages. She said she hud almost jumped oot o hur skin when it rushed along its rickety track, and Granda hud tae take hur dancin at the ballroom at Blackpool Tower tae cheer hur up afterward.

At night, the Pleasure Beach smelled o warm doughnuts and candy floss. Men in flat caps wur shoutin 'Every ticket's a winner!' fae game stalls. The air wis alive wi the sounds o laughter, screamin, chatter, and the crankin and creakin o rides.

Granny as good as shite hursel when she spotted a clown in a box and told us it hud been here fur cuddie's years. Everyhin aboot it wis a massive nope. Ah'd huv been less scared walkin through the derelict farm behind oor house at night. The paint oan its eerie face wis cracked, its orange hair matted and its ootfit moth-eaten. But worst o all, it hud a creepy miniature version o itself sittin oan its lap like a ventriloquist's doll. The sign above it read 'Laughing Man'. When ah looked away, ah realised Granny hud rushed ahead. She wis takin nae chances.

But as much as ah loved the Pleasure Beach, nought dazzled ma eyes mair than the illuminations. Granny wis in hur element, tellin us that she'd been in the crowd when Jayne Mansfield switched oan the lights. She wis a wrinkled encyclopaedia o everyhin you'd ever want tae know aboot Hollywood's Golden Age. Ah always wondered how she managed tae watch so many pictures wi three children.

Ah guess Mum and Dad wur naive tae think people who'd never moved mair than a few miles ootside Thistlegate would be happy fur them when Dad got a job in America a few years later – and that wis wi the caveat that me, Mum and Kate couldnae join him. The rest o the family wur seein red when they found oot. Da hud a one-year fixed-term contract in San Francisco as a buyer in the computer industry. Granny said the Yanks wur full o shite and that he'd come back wi a heart problem because God knows they loved tae stuff their faces.

***

Aunty Sandra is walkin down the road toward the almost empty bus stop. She lives oan ma street, but she's the last person ah want as a neighbour. Rufus the dog is toddlin behind hur. We make awkward eye contact under the flickerin light o a streetlamp, and she shakes hur head.

'Don't you start as well,' ah say.

She pulls Rufus's lead like a horse's reins.

'That's exactly whit's wrang wi your family,' she spits.

'You've all got too much tae say fur yourselves and look whit it's led tae.'

Rufus whimpers.

'Leanne started this oan Facebook, and you wurnae slow in likin the bloody status!'

'It's one hing tae air criticisms oan social media, it's another tae go mental in front o the local weans. Your mum should be ashamed o hursel.'

'Mental. If you fink Mum wis mental that wis stage one. Ah'll show you whit stage seven mental looks like right now!'

Whit she's sayin blurs intae white noise. Rufus raises his leg over hur white trainers. She's oblivious until the piss soaks through hur shoe. Aunty Sandra looks down angrily at the grey pavement, and ah laugh. Things really have taken a turn since we all did the Ice Bucket Challenge fur a giggle.

'Ah'm no even wastin ma breath oan you,' Aunty Sandra says.

She turns and walks back in the direction o hur house. At least hur feet will be warm oan the way there, ah smirk tae masel. Then, just as ah'm a few steps away fae gettin home, Leanne drives down the street. There's no escapin this lot, wi Aunty Cathy livin nearby an aw. Hur car comes tae a halt at ma driveway, and the window opens wi a buzz.

'Good luck workin in this town now your mum's got a record.'

Ah know better than tae reply. There arenae enough swearwords in the Scots language. Ah just look hur dead in the eye, turn and walk away.

Ah should go home. But ah'm disgusted. Ma family is fucked, so ah begin the twenty-minute walk tae Granny's house.

Leanne couldnae resist gettin hur two pence in wi me. She gives aff the impression that if she hudnae fell pregnant at eighteen, she'd be in medical school or sommat like that by now. She wishes. The only common ground she his wi Granny is that they're mammies. But she's given Granny none o hur time – not like ah huv.

This hus put some dampener oan the high ah wis oan fae yesterday. Ah'd a final-stage interview fur a summer job at Disney. Ah'm determined tae leave this shitehole before it's too late, even if it's just fur the summer. Ah'd applied a few weeks ago. Ma retail experience fae Tesco stood ma application in good stead.

Ah want tae see the world before settlin down. Ma carin qualification is just aboot in the bag, and ah sent off ma application tae study nursin at uni last night. Ideally, ah'll blow off steam at Disney before startin the next chapter o ma life.

Dad hit the jackpot when he got a job in America. Ah huv tae at least try ma luck too. Granny said ah wis aboot tae enter the best years o ma life when ah turned eighteen, and ah dinnae want tae waste them. Ah want tae make memories that'll last a lifetime.

Ah've done well gettin this far wi Disney, even if it doesnae work oot. The application process began wi a face-tae-face interview wi a representative in Glasgow. They wanted tae suss oot ma character. Aboot a week later, ah hud a phone interview, and then the heid o the retail department and somebody fae Disney's International Program interviewed me ower Skype. Noo, aw ah can dae is hope fur the best.

Granny's door is always open, and ah walk straight intae hur livin room uninvited. There's a wooden table in the corner o the room, and ah could tell you if wan o its chairs went missin. Ah know this room so well ah could name the order o cassettes in the glass cabinet. She stands, and ah burst intae tears. TCM's always hur background noise, but the TV is aff. Even by Granny's standards, hur ashtray is ridiculous – butts are piled upon butts.

'Granny,' ah say, forcin ma voice not tae crack. 'Leanne and Aunty Cathy gettin Mum done doesnae make any sense. She wis just stickin up fur hursel, fur us.'

Granny hugs me. It's a standin-up hug that lasts longer than any other ah remember havin wi hur. It's like ah know ah'll never hug hur again.

When she pulls away fae me, ah know fings are never gaun tae be the same between us. Ma phone buzzes fae inside ma jacket pocket, and ah take it oot, finkin it's Mum. It's an automated text fae bloody Disneyland.

Oan any other day, ah'd be too scared tae open it, but ah'm not and bite the bullet. Granny doesnae know the first fing aboot phones.

**'Congratulations. Your application to work at Disneyland has been successful. Enclosed is the follow-up email for the next steps in the process.'**

Ah look intae Granny's milky, blue eyes. If fings wur different, ah'd tell hur, lightin them up. But ah dinnae love hur anymair – not after today. She's a shadow o the Granny ah thought ah knew, and it breaks ma heart.

'The polis didnae gie hur a record,' Granny says. 'Ah huv it oan guid authority that the polis jist gied hur a warnin.'

Ah put ma phone back intae ma pocket like ah've just received any other message. 'Granny, ah saw the charge… and the fine.'

'Ah didnae fink ye wur wan tae talk oot yer arse as well.'

Leanne could take a curly shite oan hur picture o Jesus, and Granny'd put a flower in it. Rain's batterin off the windows like thousands o tiny hammers. She's a lost cause.

Eyes waterin, ah turn and walk away.

*Peter Pan*'s ma favourite Disney film. If it's taught me en'in, it's tae fink happy thoughts. God knows ah need them. Ah shut ma eyes. Ah imagine Disneyland perfectly. There's a giant rollercoaster, wi a Mickey Mouse loop, in the middle o the park, flowers oan a ride that bobs up and down. The thought o skin wi a sun-kissed glow sends a shiver o excitement down ma spine. Nae wonder people call it the Happiest Place oan Earth.

# Wan fur Sorrow

## MARIE

'You're a stupid girl who'll never amount to anything!' Miss Bert growled as she pushed me against the milk crates ootside the school.

Ah jolt awake. Ah'd thought Miss Bert flew tae St Margaret's oan hur broomstick. She wore a long, heavy coat tae hide hur manly frame and never cracked a smile wi hur thin lips. She scared the livin shite oot o hur class. Wee Eddie said she'd a face a dog wouldnae lick. He wisnae wrong. Fae above hur half-moon glasses, hur beady eyes wur always lookin fur a reason tae punish even though the school wis richt next tae the chapel. Ah wis never the brightest crayon in the box, but when ah got one too many wrong oan ma spellin test, she grabbed me by the collar, draggin me ootside chokin. Every mornin, before passin through the school gates, ah looked doon the road and oantae the blaes pitches, countin doon the days tae the next gala. Anyhin tae distract me fae that prison o a buildin.

Ah found a picture o ma teachers oan Facebook before bed tonight. Someone ah didnae recognise hud commented sayin they still remember brushin Miss Bert's dandruff aff their shoulders.

Miss Bert hated me, but she hated everyone else in hur class too. She didnae huv a sympathetic bone in hur body and ruled hur class wi an iron first. They called hur Miss 'Three Strikes' Bert, because she never hit anyone wi the belt just once. But she pulled a flaky like no other when the new girl Sheena called hur Mr Bert and Bobby laughed.

That wis Sheena's first and last day at St Margaret's. Miss Bert used the belt sparingly efter that. Sheena's parents wur the first tae put their foot doon and stop Miss Bert fae gettin away wi bloody murder. Maw knew, because she worked in the corner shop doon the street fae St Margaret's, but she'd no idea whit she put me through – even then. She said brains are all very well, but confidence will get you places. Da wasnae ignorant like hur, but Maw still wouldnae huv allowed him tae take time aff tae come in and complain. Every penny counted too much.

Ah look at David. He's oot fur the count, snorin away like a pig. Ah tellt him no tae make a martyr o himsel if he's ever no feelin up tae his work.

Now, all ah allow masel tae remember aboot that school is cracked blue paint, concrete and crisp packets. There wis a chipped, wooden, parquet floor in the dinin room. Ah'll never forget sittin oan it, legs crossed, havin just made the biggest mistake o ma early life. Ah'd followed Mrs Nichols tae communion, even though ah wasnae due the sacrament fur years. Efterward, Mrs Nichols came up tae me. She told me no tae worry aboot ma wee mistake. Maw said she got the sack fur no usin the belt.

It's time fur me tae get up, so ah put oan ma dressin gown and go doonstairs tae make a cup o tea. Ma back's achin. Ah turn the kettle oan wi a click then open a cupboard, bend doon and take oot the biscuit tin. Pot luck's inside.

Ah hink o the tin ah treasured as a wean – unlike Cathy, who hud a miniature toy kitchen. Maw always got tins o Quality

Street fur Christmas. She made use o them fur bric-a-brac until there wur too many tae be useful. Ah couldnae believe ma luck the day ah found one rakin in the bins.

***

Ah'd been gien a decent Christmas present fur once, a little plastic crocodile, and hud been oan the hunt fur a hame that wasnae made o card. Maw's still got a photo o me grinnin away, Snappy in hand. Ah'd some imagination and hunted fur just the right twigs, rocks and grass tae turn it intae a miniature Amazon.

Snappy wis ma favourite toy. Ah wis in a different world when ah took him oan Amazonian adventures, which in Thistlegate, meant splashin him aboot in the ash-filled pond at the cemetery, occasionally takin shelter in its willow tree – the perfect giant tent fur when it rained. Da knew Snappy would be a hit. Ah've always loved animals.

But ma joy wis short-lived. Ah shared a bed wi Cathy and Sandra. They wur old enough tae go tae the dancin, and as they put oan their faces, smokin, ah left the Amazon unattended oan the bed and curled ma hair wi their tongs. It wis normally like rats' tails, hangin ower ma face, which is why ah rarely looked up in photies. Ah've always been a skinny bugger, so any volume oan ma top half would o been an improvement. Even though Cathy knew that tin meant the world tae me, she lived like an animal and tossed a glowin butt intae it as she left. It went up in flames, and the blaze quickly spread tae the bed.

Ah watched the flames grow higher, rooted tae the spot wi panic before ah got help. Maw rushed in wi hur biggest soup pot filled wi water. She always said she wis as strong as a butcher's dog and proved it when she threw aw that water oantae the bed. Once steam wis risin intae the air, she turned tae me and frowned. Ah kin still remember the blue cardi and grey skirt she wis wearin that day. Ah could kiss goodbye tae gaun oot tae play wi ma pals doon the quarry fur at least a week.

'It wasnae ma fault!' ah said, holdin oot the remains o the Amazon and poor Snappy and pointin at a cigarette butt.

Maw couldnae argue wi the evidence. 'Ah'm naw happy aboot this, Stella Marie,' she said, shakin hur head, which wis full of thick broon curly hair in those days. 'Ye'll huv tae go wi'oot a birthday present next month tae pay fur a new set o sheets.'

But our neighbour hud a spare set, and they wur oan our bed by the end o the day. Ah breathed a sigh o relief, assumin ma Snappy replacement wis well oan its way. The Amazon kept me quiet, just like Cathy's wan-eyed fox teddy did when she wis ma age. Maw must huv appreciated that when she wis runnin efter so many weans.

When ma ninth birthday came around, ah wis up at the crack o dawn, half-heartedly watchin *Tom and Jerry* as ah waited oan Maw wakin up. When she stepped intae the livin room, ma face lit up, and ah smiled fae cheek tae cheek. She didnae force a smile back, let alone gie me a present, she just said, 'Happy Birthday,' and lit a cigarette.

Ma eyes wur heavy wi tears, and ah darted upstairs tae the bathroom – the only place ah could cry wi'oot question. It wis full o the baby pink tiles Maw insisted oan, and ah sat doon oan the white throne tae break ma heart.

Ah'd almost run oot o tears by the time there wis a gentle knock oan the door. Ah knew it wis Da before he opened it wi a creak. He always hud a wee lie oan a Saturday before gaun tae the bookies fur a flutter and his local fur a pint. He loved a drink, but fur wance, he knew ah needed him mair. Ah wis sittin oan the pan, face red and wet. He rushed in, scooped me up and gave me a big hug.

'Whit's wrang, hen?' he asked. 'Did yer mammy naw gie ye

yer present?' Ah looked doon and shook ma heid. Da sighed an angry sigh before takin one o ma hauns in his and smilin in a way that told me he wis gaun'ae make it better.

He walked me doonstairs intae the livin room, parked me oan the couch and told me he'd be back in flash before gaun intae the kitchen. 'Jean, where's oor Marie's present?' Ah stared oot the windae at the garden fence, which wis fallin doon even then.

'Ah didnae buy hur anyhin,' Maw said. 'She's the reason the bed in the lassies' room went oan fire. Ah needed the money tae pay fur a new set o sheets.'

'Fur fuck's sake. Ye cannae dae that tae a wean! Ah'm gaun oot, and she's comin wi me.' Da stormed oot o the kitchen, slammin the door shut. Ah wis sittin nervously wi ma arms folded, hidin behind ma hair, eyes still fixed oan the fallin doon fence. 'Mon, Marie,' he said softly, 'get yer coat. We're gaun tae the pictures.'

He didnae huv tae tell me twice.

As we made our way through the steam intae Central Station, Da told me tae take his haun. He wis wearin a blue shirt and grey jacket. We walked like a giant intae a newsagent where he bought the biggest bag o Liquorice Allsorts oan sale. We wur so poor back then we didnae know how poor we wur. A McVitie's Digestive wis a rare treat, never mind a box o Liquorice Allsorts tae masel!

Ah looked up at the brown and gold clock hingin fae the platform ceilin as we joined the crowds spillin ootside, castin ma eyes past the higgledy-piggledy concrete buildings oantae the grey sky. The sound o an accordion brought ma eyes oantae an old man. He took aff his cap and smiled at me.

Even though it wis a dreich day, it didnae deter the people o Glasgow fae queuin up ootside the La Scala picture hoose. Ah mind seein a photie o them years later standin under their brollies. At the time, ah remember hinkin that the tops o their umbrellas looked like the lily pads in the cemetery pond.

We went tae the pictures, and ah pointed tae the poster o the film ah wanted tae see, *The Jungle Book*.

Glasgow's subway is a simple circle. Me and Da jumped oan the inner line fae Buchanan Street tae Kelvinbridge. At the museum, ah patted a bust's head like a dog.

'Ye're some girl,' Da laughed. 'Noo, Marie, kin we keep this oor little secret?'

Ah nodded and never breathed a word.

***

Ah turn oan the telly then hit the mute button before lookin oot oantae the garden, which ah'd filled wi ma family fur the girls' communions – it seems like a lifetime ago now. It's a Saturday, and ah want everyone else tae huv a lie in. Big Rab C. Nesbitt's bein interviewed. Da couldnae get enough o him. Hings like that brought oot the best in Da, while others, like the drink, brought oot the worst.

Whenever he came hame wi a richt good drink in him, Maw would go off hur nut and they'd argue.

'If the wind changes, yer face will stick like that, Jeannie!' he once shouted fae the gairden.

Ah'd get woken up and rush doonstairs tae try and get him aff o Maw. Wan night, ah lobbed him ower the heid wi a fryin pan and tae his dyin day, he'd nae idea it wis me.

That wis the end o that. Da knew he'd crossed a line when wan o his weans knocked him oot, and it wis fur the best. He still liked a drink, but he kept his hauns tae himsel.

***

There's a large see-through slidin windae at the back o the hoose that's seen many a casualty over the years. A bird flies intae it wi a bang. Ah wince as it flies aff, feelin the bugger's second-haun pain. Ma eyes are drawn tae a statuette o the Virgin Mary, and they well wi tears. Maw brought me intae the world, and ah dinnae hink ah could live wi no reconcilin.

Ah can see ma face in the windae. Maw's hoose would probably gie me the boak now.

She's always been a lazy bugger. Me and David almost emigrated tae Canada, but it fell through at the last minute. When ah told Maw, she said the grass isnae always greener oan the other side and not tae get above masel. She just didnae want tae lose hur lacky.

It didnae make sense at the time, but ah'm a great believer that everyhin happens fur a reason. Ah discovered why when ah got sicker. No insurance company in their right mind would gie me cover. But fur all the girls got tae hear aboot another side tae life when David worked in America, ah wish they'd got tae see it first haun.

Me and Maw's relationship's always been up and doon, but it wasnae all bad. She developed whit ah can only call a fondness fur me efter ah flew the nest. So ah pretended ah'd hud a great childhood, reminiscin aboot the stuff ah did wi Da, all so we could huv an amicable relationship. It made the last months o Da's life so much easier tae deal wi.

***

Ah look at the sideboard, at Da's framed funeral mass card. Maw chose a rare picture o him fur it. He wis beamin and looked the picture o health, even in his old age wi his thick, curly, white hair. He got a smashin send aff an aw. He'd finally been put oot o his misery.

Fur all Da hud his faults, he didnae deserve tae suffer like he did. At the end, his paper-thin skin barely clung tae his bones, bulgin purple and green veins and arteries. Da hud always been a healthy twelve stone, but he couldnae huv weighed mair than seven. Maw wasnae kiddin when she said old age is a bummer.

Da wis mortified the day he coughed up brown fluid that didnae look like any kind o sick ah'd seen before.

Ah took Da tae vigil mass when he wis dyin because it wis quieter. He desperately tried no tae cough durin the sermon. Ah could see his chest inflatin. 'That's a terrible cough you've got there,' a man said. He replied, 'Oh aye,' playin it aff. The only consolation he hud wis the chippy we'd pick up fae the shop a stone's throw away fae the chapel.

Da never got the same supper twice fae the chippy tae begin wi. Kate wis in awe o how extensive the menu wis. We only ever got fish or sausage suppers. He tried everyhin oan the menu at least once in a bid tae get his weight up. Efter a while, he accepted he could only eat a few morsels o his tried and tested favourites. Some nights it would be deep-fried haggis, others it would be steak pie. There wis a day when he'd huv wolfed it doon.

None o us made it obvious, but we would all watch Da eatin, hopin against hope that he'd get his old appetite back. It didnae matter that he liked a drink anymore. It's funny how you dinnae forget some hings. There wis a square telly in the corner o the room. Da didnae acknowledge a programme called *50 Movies To See Before You Die* startin. Ah hoped he didnae notice.

Da taught me a lot o hings, but the biggest lesson wis how tae die. Even when ah visit him in the cemetery and remember Da at his weakest, he's still a strong man in ma heid. He told me that there's a life fur the livin and a hole tae bury the dead in.

The last time ah saw Da, his face wis lit up by the sunlight streamin intae his bedroom, and we said a happy goodbye. As ah hugged him, ma nose twitched at the smell o Old Spice. His big brother's eftershave o choice. It wis like he'd come fur Da.

\*\*\*

There's a knock oan the windae. We've a slidin door at the back o the house. It's a rare day when anyone uses the front door. Everyone knows tae come around the back. Ah'm glad tae huv a distraction. The years might roll by, but the pain fae Da's death is as fresh as the day ah got the call. Ah turn around, wipin the tears fae ma eyes. It's ma elderly neighbour, Bettie. She always gets up at the crack o dawn and is leanin precariously oan hur multicoloured walkin stick. Ah rush tae the door.

'Bettie, come in!' ah exclaim, smilin.

'Sorry tae bother you, Marie,' she replies, barely able tae shuffle hursel through the door and oantae the couch. She's the warmest person ah've ever met but avoids makin eye contact wi me.

'Not at all,' ah say, gesturin tae ma tea-stained tartan nightdress. 'Ah just wish ah wasnae in ma nighty!'

Ah ask Bettie if she wants a cup o tea when she sits, but she shakes hur head and pats the empty cushion next tae hur. Ah sit. Hur salt-and-pepper hair is curled tae perfection. Even though she's sick, she still does hur hair, unlike Maw who insisted ah took hur tae the hairdressers every week. Ah admire Bettie's long, grey skirt and cream blouse.

Bettie looks like death warmed up. She tells me the chemo isnae doin its job, and the doctors are operatin next week tae try and gie hur mair time. Ah gesture tae a photie o the Virgin Mary fae the Missionary Society and say ah'm prayin hard. Bettie said she swears by holy water fae Lourdes and refuses tae rub anyhin else oan hur bruises. They've gone fae a dark purple colour tae a greyish black.

She looks straight through me and asks why ah'm no talkin tae Maw. Ah nervously focus ma eyes oan the farm ah can see fae the garden. Ah didnae hink tae drop Bettie a line sayin ah'd changed ma number. When she called, she got a message sayin it wasnae in use anymair. She'd called Maw tae ask fur ma new one, and Maw didnae huv it. Bettie's as sharp as a razor and a great pal. She's even got a wee silver trinket that reads, 'A friend in need is a friend indeed.' Ah say it's a long story, and she says she's willin tae listen.

Ah tell hur aboot whit happened in the park, how it hud led tae me gettin the most unlikely criminal record in Glasgow, that as God is ma judge, ah didnae dae whit they said ah did.

Ah say Isla hud it oot wi Maw over the phone then went tae hur hoose last week. They'd both fired shots at each other, and Maw hud the nerve tae tell me tae move away. Changin ma number wis the only way ah could distance masel fae Maw and the Clan, livin barely a stone's throw away fae Sandra and Cathy.

Bettie furrows hur brows and takes ma hauns. 'Why in God's name would they dae that?'

'Ah defended ma family efter Leanne attacked us oan Facebook,' ah say.

'Ma Malcolm tellt me he'd seen sommat funny oan the Facebook. Ah'm tellin ye, the internet lets the Devil intae yer hoose.'

'Ah confronted Leanne in the park. She wis wi Cathy, and they said ah wis shoutin and swearin in front o Lewis and the other kids when ah wasnae.'

'Hardly a reason tae call the police,' Bettie says, shakin hur head.

'Cathy's word counted fur mair because she's in a position o trust.'

'A position she shouldnae be abusin!'

'Kate wis wi me,' ah add, 'but the officers said she wasnae a proper witness because she wis standin back. You know she's no the type o person tae get involved in an argument, so it wis two against one. Ah got charged wi a breach o the peace, and ah can only clear ma name by gaun tae court, but ah dinnae want tae escalate a family dispute tae that level.'

'Ah dinnae know whit tae say.'

'You know ah'm the black sheep o that family, but they hud no right tae attack ma girls too. Maw condoned the whole hing. Ah've no spoken tae hur since.'

'Ah cannae believe whit ye're tellin me,' Bettie replies, open-mouthed.

Ma face scrunches up and tears stream doon ma cheeks. Guilt spills aff ma tongue. Ah tell hur Sandra will huv tae pick up the slack now ah'm gone. Cathy only does the bare minimum. Sandra stepped up tae the mark when ah hud pneumonia, but once ah wis well enough tae get oot o bed, she took a step back again. Ah say ah cannae reconcile not talkin tae Maw wi ma faith. Ah'm supposed tae honour ma Father and ma Mother.

'Ah willnae be in the right until ah gie Maw ma side o the story,' ah conclude. 'You never know, she might be willin tae apologise.'

'Ah dinnae hink ye should,' Bettie says. 'These hings happen in families, and ye've gat a better reason than most.'

'Ah know, ah know, but she's an old wumman.'

'Age is no excuse. Ah've no said this tae ye before, but ah've never hud much time fur yer maw. She's always been a richt warmer.'

'Sommat happened last weekend…'

'Whit?' Bettie says.

'Kate went tae night mass alone oan Sunday night, and Sandra and Maw accidentally sat in front o hur. When it wis time tae make the sign o peace, Maw turned tae shake Kate's haun, but Sandra pulled hur away. You know how nervous ma Kate gets. Ah hink whit Sandra did hus put hur aff gaun tae mass.'

'Sandra's gat some cheek! Efter everyhin ye did fur hur too.'

'Ah hink ma sisters are manipulatin Maw.'

'That might well be true, but ah dinnae hink you should go near hur.'

Bettie unclasps ma hauns and reaches intae hur blouse. Hur haun emerges holdin a tattered scapular o the Virgin Mary. She raises hur arms tae put it around ma neck, tellin me it's blessed by the pope. Ah appreciate the gesture, but ah'm no takin sommat like that aff a frail, old wumman. She willnae take no fur an answer. She knows how highly ah hink o the Virgin and says she'll gie me strength in ma hour o need.

'Kin ah get yer new number? Ah'd best be aff in a minute. Ah need tae let Sam oot intae the gairden fur a pee.'

'O course,' ah say. Ah scribble it doon oan a stray receipt and see hur oot. Ah smile. 'Thanks fur listenin.'

'Ye're no like any o them,' she says, smilin. 'And trust me, that's a guid hing.'

Ah slide the door shut and slump back oantae the couch. Ah dinnae know whit tae dae. A magpie is hoppin around the garden. Maw foisted hur superstitions oantae me. The only one that made me feel good wis wan fur sorrow, two fur joy.

# A Guid Catholic

'Can ah pull intae the cemetery?' Gary says. 'It's Granda's anniversary.'

'Aye, awricht,' ah say, lookin up the hill at the heidstones and crosses.

It's a richt dreich day, but ah kin never say naw tae oor Gary, the blue-eyed boy o the family. Ah never hud a son, and ma Donald never gat ower it. His brothers wur too fond o the drink tae marry, so he saw it as his responsibility tae pass oan the family name. When Gary wis born, Donald wis ower the moon. Him and his granda used tae go aw ower Thistlegate gettin up tae aw sorts. They smashed glass bottles doon the burn next tae the chippy before gettin a pizza crunch – and if Donald wis flush, a beer fur himsel and a Tango fur Gary. God knows, boys will be boys. Then went doon the golf course tae find stray baws in the river tae sell back tae the golfers. Gary thocht the sun rose and shone oot o his granda's arse. Ah've no seen hide nor hair o him in weeks. Ma Cathy couldnae take me oot fur ma messages the day so she gat hur Gary tae dae it instead.

Ah took pot luck in ma kitchen this mornin, because ah've

been eatin like a horse tryin tae get ma weicht up. The loose skin roon ma neck is gettin worse. It's a guid hing ma Cathy's awfy considerate. When she wis a wee lassie, she'd always save up hur pocket money tae get me fags fur ma birthday. Donald ainlie ever gat me a bottle o scent, even though he wis a well-paid engineer at Yarrows. He wis too busy drownin his sorrows fur aw ah prayed fur God tae lead him no intae temptation. Efter he retired, he funded his habit by workin part-time as a gravedigger in Clydeview cemetery. Wan nicht, when he stayed oot pissin oor money against a wa, ah locked him oot. He hud naewhar else tae go and ended up in the cemetery. Ah thocht that sleepin next tae the deid would teach him, but it didnae.

'Ah've nae fear o them,' Donald said. 'The livin will dae ye mair harm than the died ever will.'

Ah've been well aff since he died. Ma weans know that if they're guid tae their mammy, they'll get their blessings. Well, they did until recently. Ah look oot the car windae in the direction o Stella Marie's hoose. If ah squint ma eyes, ah kin just aboot swatch the rowan tree in her garden. That lassie's gaun'ae be the death o me.

Stella Marie's took the hump wi me efter Cathy's party, and noo she's gat it intae hur heid that she's been done by the polis. But ah huv it oan guid authority that she ainlie gat a warnin. Cathy and Leanne hud nae option efter she started shoutin and bawlin at them in the park. The change o life sends some wummen loopy.

Aw ah kin dae is hope that by the time ah get planted the trouble in ma family will be lang sorted. They're aw ah huv tae leave tae the world.

Ah thocht ah'd be kickin up the daisies lang ago, but here ah am at ninety-three and still gaun strong. That's no tae say old age doesnae come alone. Ah huvnae hud control o ma bladder fur years, ma hauns sometimes shake and ma skin bruises like a peach.

But ah thank God that ah kin get up in the mornin and dress masel. Rearin ma weans wis no picnic. No when ah'd barely two pennies tae rub taegether and a man who drank like a fish. Ah thocht the nicht Stella Marie clouted Donald ower the heid wi a fryin pan would o been burned intae hur mind.

*** 

'Ye expect too much!' he slurred wi a raised fist.

'Donald,' ah replied, cowerin in the corner o oor kitchen. 'Stoap it!'

'Why dae ye never fuck me?'

'Ye kin keep yer puckin sex!'

Ah'm a guid Catholic. Efter three weans and three miscarriages, there wis nae way ah wis openin ma legs again. Especially when Donald raised his haun tae me. Lie oan yer back and hink o Scotland, that's whit Mammy said, but it didnae take ma mind aff the pain fur lang. Efter that, ah turnt a blind eye tae the porny magazines under the bed. He wasnae gettin near me again.

Takin up wi him wis the biggest mistake o ma life. Love's blind, but marriage is the eye-opener. Maybe if ah'd gone tae America wi a soldier, ah'd huv still found ma way tae Hollywood. Even though Donald worked in the yards and liked the dancin, he tellt me he wis never gaun'ae be wan fur the drinkin. He'd seen it ruin too many lives. Famous last words. Ah should huv realised nae Glasgae man wis gaun'ae stay away fae the Devil's Water fur lang.

*** 

Gary's drivin as slow as a day in the jail. It's a five-mile-an-hour zone. New Clydeview Cemetery is a pathetic excuse fur a cemetery. It isnae surrounded by high metal railings and stone walls, but hedges and trees. It's full o daft-lookin heidstones and dinnae get me started oan the plastic flooers.

Donald tellt me that they've started plantin folk oan a wee hill sloapin doon tae the motorway.

'Nane o the coffins stay in their plots fur lang,' he said. 'If ye're planted here, ye're automatically entered intae a race wi the other deid bastarts tae see who kin reach the motorway first. The winner gets dug up.'

Ma Stella Marie hus a photie o him workin in the graveyard, and ah hink o it as ma eyes fall oan the biggest heidstone. Ah say heidstone, it's a big pillared hing wi an urn oan the toap and a Clyde view. It belongs tae Lizzie Black's mammy. It's bigger than the room and kitchen she reared hur in wi'oot two pennies to rub together. Lizzie'd a guilty conscience fur no comin back fur hur mammy's funeral.

Ah'd huv callt hur fur everyhin, but Mrs Black tellt awbody, oan hur deathbed, Lizzie wasnae comin tae the funeral because she'd tellt hur no tae. Some gawkers would be nosey enough tae go jist tae see hur. Ah said Lizzie deserved tae get haunted, as ye should never forget where ye come fae.

Ah look oot the motor's windae at the broon and green hills. Ah tear up. Lizzie's the ainlie person left alive who knew ah wanted tae be a star an aw. Donald wis planted here cuddies years ago noo, in a guid spot near a blossom tree, and the bugger never hud a clue. Even noo, efter aw these years, ah kin mind the big audition we went tae like it wis yesterday.

\*\*\*

Ah'd laid oot the best o ma gear at the end o ma bed. Then ah paced up and doon ma room repeatin ma lines ower and ower tae masel. Ah did it under ma breath. Ah wis a guid Catholic lassie who'd wan purpose in this world. Mammy and Daddy still joked aboot me singin intae a hairbrush as a wean, but efter ah went tae the big school, ah knew better than tae mention ma dream again.

'Maybe ye'll get yersel a nice joab in a fancy shop,' Mammy said.

Ah couldnae blame hur. Whit business did a lassie fae Thistlegate huv o dreamin o Hollywood? Ah wore a cross around ma neck, and it felt like a chain.

Granny said ah'd mad notions when ah tellt hur wan day it'd be me and Lizzie's names in lichts. We even moved the gold letters oan the picture hoose board tae spell oot Jeannie Kelly and Lizzie Black. We knew we'd get a chance and that day wis finally here.

It made aw the difference huvin a pal wi the same dream, and it wis startin tae be jist that when an American picture company advertised fur Scottish lassies in the *Glasgow Herald*. As soon as ah saw it, ah rushed through the cobblestoned streets that wur filled wi flat-capped men tae Lizzie's hoose. Gaun alone wouldnae huv sat well wi me, even though they wur ainlie auditionin fur wan part. It wis ma time o the month, and ah'd looked at the blood-stained toilet paper resentfully before leavin the hoose that mornin – another reminder that ah wis destined for wan hing.

Even though it wis the opportunity o a lifetime, Lizzie wasnae sure if she wis gaun'ae go fur it, but ah talked hur intae it. It's whit guid pals are fur.

Mammy and Granny wur richt aboot wan hing: there wurnae many options fur lassies like me and Lizzie, no in those days. So ah wis terrified ah wis gaun'ae puck hings up and prove ah should o never dreamed o mair than the cranes and funnels oan the horizon. Ah'd left school wi a few brain cells tae rub taegether, and as far as awbody wis concerned, done well fur masel gettin a joab in Copland and Lye.

'The best shoap oan Sauchiehall Street,' Mammy said. 'Ah'm so prood o ye, Jeannie!'

Ah wore ma guid grey and cream heels there tae buy ma ootfit, stoppin tae look at the black and gold clock. Ah wis a guid Catholic lassie, but that didnae mean ah couldnae dream o mair. Wance ah'd gien Mammy ma digs, ah saved every spare penny ah hud fur six month. She couldnae believe hur eyes when she saw ma jaicket. Ah rubbed ma hauns over its mink collar, green fabric and pleated buttons. If naught else, ah'd look the part.

Father Murphy said God doesnae know whit ye want unless ye ask. That nicht, ah prayed wi the ad ah thocht wis gaun'ae change ma life in ma haun. Ah wasnae a bad lassie; ah wis guid tae ma Mammy. Aw ah wanted wis a chance tae make ma dream come true.

Sunlicht wis streamin intae ma bedroom. God bless us and save us, ah said, joltin at the thocht o huvin slept in. But when ah looked up at the clock, ah smiled and made the sign o the cross. The hauns hud ainlie jist past hauf six in the mornin. Ma heart went fae punchin ma ribcage tae tappin against it.

Efter daein ma ablutions, ah sat doon in front o the mirror. Ma sponge curls hud set perfectly beneath ma hairnet, and ah pulled them oot wan by wan before powderin ma face and streakin ma cheeks wi blush. There wis a photie o Katharine Hepburn pinned tae ma mirror and ah did ma best tae make masel look like hur.

Then Mammy came in and took wan look at whit ah wis wearin and said, 'Jeannie, whit the puck are ye daein wearin that guid coat tae work?'

'Well ah huv tae wear it somewhere. Copeland and Lye is where ah bought it anyway. They've some gorgeous coats oan the flair below the resteraunt.'

'Awright, but dinnae put any mair slap oan. Folk'll hink yer oan the game.'

Mammy's words knocked ma confidence fur aw o five seconds, until ah thocht, yer made o stronger stuff than that Jeannie Brennan. Ah painted ma lips a little reider, grabbed ma haunbag, and heided oot fur the tram.

Lizzie looked as dolled up as me when ah met hur at the stoap, and we linked arms. She wis wearin a reid coat wi a black collar that wasnae quite as nice as mine but nae far aff. Hur black hair wis curled tae perfection, and she wis wearin a wee, grey hat like the kind ye see oan monkeys at the shows. Every pair o eyes followed us as we took a seat oan the tram. Ah blushed at the sound o a wolf whistle.

'Jeannie, ah'm so scared that ah'm gaun'ae forget ma lines,' Lizzie said.

'It's jist nerves talkin. Ye'll be grand.'

Ah remember the auld tram route intae Glasgae like the back o ma haun; we gat the Number 20 intae Clydebank, before jumpin oan the Number 9 tae Argyle Street.

The audition fur *The Showgirl and the Sailor* wis bein held near Central Station. As ah walked past its green and gold sign, ah took in every detail, knowin this wis a day ah'd remember fur the rest o ma life. A man in a pawn shoap windae wis eyein up ma coat. Ah breathed in the smell o salt and vinegar as we passed the chippy. Even though it wis a sunny day, ah swore ah could see steam comin oot the station windaes.

It wis less than a minute's walk tae the address. Ah hudnae swatched a single lassie in hur Sunday best and fumbled fur the ad, scared we'd gone tae the wrang place. But unless the *Herald* wis huvin us oan, we wur exactly where we needed tae be.

'Well, this is it,' ah said as we stopped ootside a decrepit door oan Jamaica Street.

'B-beaut-tiful,' slurred a man.

We looked doon and made eye contact wi a jaikey. He'd a broon, paper bag in wan haun and a shoe that looked like it hud been eaten by a dug in the other. He smiled whit would o been a toothy grin, but he'd ainlie wan cackle between his gums.

'Are ye sure this is it?' Lizzie asked, voice lowered.

Ah pulled the smudged ad oot o ma poacket and haunded it tae hur.

'Here goes naught,' ah said, pushin the metal bar o the door open.

The creak o the door echoed as we looked up at a lang, grey and metal staircase. Whit a day tae be wearin heels, ah thocht, tempted tae kick them aff but knowin that gettin holes in ma tights wouldnae be worth it. Me and Lizzie ascended.

By the time we reached the tap, ah wis so worried that ah'd sweated ma make-up aff that ah didnae notice hoo many other lassies wur there at first. We aw thocht the world wis oor oyster, so there wis nae room tae swing a cat. The walls wur mirrored, makin it look busier than Sauchiehall Street. The lassies went dead silent when me and Lizzie stepped in.

'God's guid,' ah said under ma breath.

Nane o them wur as well dressed as us.

A wumman wi thick, broon hair and a block fringe tapped oan ma shoulder. She wis wearin glasses and hud a spiral notebook in hur haun. There wis nae way she wis here fur the audition.

'Can I ask you two a few questions?' she said. 'It's for the *Glasgow Herald*.'

'Fire away,' ah replied, admirin masel in the mirrored wall.

'Is acting something you've always wanted to do?'

'Ah jist love—' Lizzie said.

Ah interrupted hur wi a haun. Nae offence tae Lizzie, she'd

a massive foreheid. They'll probably want ma photie fur the paper insteid, ah thocht.

'The actin's in ma blood, hen,' ah said. 'Fae ah wis knee-high tae a grasshopper, ah practised in front o a mirror. The other lassies at school didnae get a look in – nae offence, Lizzie – when the teachers wur castin the Virgin Mary in the nativity play.'

She smiled, and ah couldnae help but notice that she hud an overbite. 'Thanks for your time. Good luck!' she said and walked aff.

We hud tae wait fur a guid two or three hour before we wur called in, and ah resisted the temptation tae spend that time wi a fag between ma fingers. There wis three parts tae it: photies, dancin and actin. Ah went first.

As soon ah wis in front o the white screen, ah posed fur Scotland. The photographer didnae huv tae tell me whit tae dae.

'Beautiful,' he said. 'Just like a professional.'

Ah grinned wi ma mouth and eyes, which curled like wee hauf moons, and twirled wan o ma broon curls. He gestured fur me tae move oantae the next part o the audition. Ah cast Lizzie a reassurin glance, but she wis starin at the groond and pickin hur nails. Ah felt bad and guid. She wis ma biggest competition.

By the time ah turnt ma heid back roond, a young man wi a trim beard and slicked-back, black hair wis walkin up tae me smilin a blindin white smile. He could o been a model and a picture star, if he'd been few inches taller. He extended his haun, and ah shook it. Ma palm wis sweatin mair than a junkie in an aff-licence.

'Lovely to meet you,' he said in an American accent. 'My name's Gordon. Gordon O'Leary. I'll be playing Johnny, the sailor.'

Ma knees jist aboot collapsed fae under me, but ah swatched

a flash o ma cross in the mirror and reminded masel that God wis oan ma side. 'Hullae,' ah said.

'Alright, to get an idea of how well you can dance, we're going to do a few simple steps,' he said, before movin his feet oan the groond.

Ah repeated the steps he'd shown me perfectly in ma signature kitten heels. His eyes widened. He wis wearin a dark blue shirt, open at the toap, black trousers and a belt, and God knows he looked the part. Two men wur watchin us. Wan smiled, and ah smiled back.

Ah wasnae gaun'ae be another Thistlegate lassie who amounted tae naught.

'We're going to speed things up now,' he said, showin aff two sets of steps in his shiny, black laced-up shoes.

Before ah knew whit wis happenin, we wur dancin roond the room like we wur in the picture itsel. Ah felt like aw ma prayers hud been answered.

'Alright, that's enough,' one o the men said. 'Well done.'

Ah looked back again at Lizzie. She'd such gorgeous big lips, and as much as ah didnae want tae admit it, hur and Gordon looked like a better couple than me and him.

'Hail Mary, full o grace,' ah said internally, as though it would make a difference.

There wis another fella in the next room. He tellt me he wis Gordon's understudy fur when the picture went tae Broadway. Ah could see why. He'd short broon, curly hair and a slender frame, but he'd a monster hairy mole oan his chin.

'Three, two, one… action!' said the director, snappin a clapperboard.

'It's never going to work between you two,' he said, pullin a convincin facial expression.

Ah opened ma mooth, but nae words came oot.

'CUT!' said the director. 'Miss, you need to be on time. Have another go.'

Ah nodded, this time, resistin the urge tae grab ma cross fur luck. 'Sorry, it's awfy hot in here.'

Jeannie, ye puckin numptie, whit did ye say that fur? Ah took a deep breath and fumbled through the scene.

By the time we gat back tae Thistlegate, ah'd run oot o fags and hud nae tears left tae shed. Ma lip quivered as ah looked at the green and yella hills o hame. Lizzie comforted me by tellin me she'd almaist decked it dancin. We wur even then. Ah jist hoped lookin and dancin the part wis enough. If there wis any justice in the world, ma time tae shine – tae be mair than just a Catholic lassie – wis aboot tae come.

Lizzie gat a letter invitin hur tae Los Angeles a month later and left just before the war broke oot.

***

'Granny,' Gary says. 'Are you alright?'

'Sorry, son,' ah say. 'Ma mind's been wanderin a lot lately.'

Ma eyes dart past him tae Stella Marie and Kate. They're makin their way through the rows o heidstones and crosses. Naeb'dy but a Stirling would be daft enough tae go oot fur a walk in this weather. Kate's wearin a pair o black leggings and a green jaicket, and hur mammy's wearin a lang, puffy, purple coat and welly boots. They are walkin too far away tae be here tae visit Donald, and ah'm sure they wouldnae huv swatched us if Gary wasnae a daft bugger fur wavin at them.

'Whit the puck are ye daein?' ah shout.

Gary stoaps his motor and turns his heid roond taeward me. 'Ah dinnae fink Aunty Marie's been treated fairly.'

'Ye've gat a short memory.'

'She didnae deserve tae get done fur swearin.'

'Dae ye honestly hink they'll want tae talk tae ye?'

'Why wouldn't they?'

'Ye took Leanne's side when she hud a go at them oan Face-box.'

'That wis different. Aunty Marie said we'd all ignored hur at Mum's birthday party. Ah didnae. But gettin hur done by the polis wis a step too far.'

Ah gie him a clout ower the ear.

'Jesus Christ! If it's that's much o an issue, dae you want tae stay in the car until they're gone?' he says. 'Ah dinnae fink they saw us.'

'Aye,' ah answer, noddin.

Ah cannae believe ah'm avoidin wan o ma ain, but ah'm naw gaun tae invite Stella Marie back intae the family. She'll huv tae come back wi hur tail between hur legs. Hopefully, it willnae be lang. She's a rare cleaner.

'Fur puck's sake!' ah cry.

Stella Marie and Kate turn roond and sit oan a nearby bench. They must huv seen Gary wavin. Whit if they hink he's wavin tae get their attention? Ah'm too auld tae be dealin wi this.

Kate's the best o that bad bunch, ah hink, lookin at hur dark hair blowin in the wind. Ah'd huv said it wis Isla until she abused me that nicht. Ah'd tried tae get Kate's attention at mass so ah could huv a word wi hur aboot Stella Marie efterward, but ma Sandra stoapped me makin the sign o peace wi hur.

Gary looks at me the way Donald used tae whenever he'd a bone tae pick wi me, liftin his broos and widenin his eyes. He's the spittin image o his granda. He's gat the same lanky frame and dark broon hair.

'Aunty Sandra told me sommat,' Gary says. 'Did you know the polis were headin tae Aunty Marie's house and not warn hur?'

'She's been huvin women's troubles and needs tae get hersel tae a doactor. Did ye know she tried tae kidnap wee Lewis an aw?'

'That's bullshit! Leanne lies through hur teeth. She's hardly innocent. You huv no idea the shit she got up tae before Lewis wis born, and Mum's never liked Aunty Marie.'

'Ye cannae kid a kidder. Ah know yer in at aw sorts at the weekend.'

'Ah didnae say ah wis innocent. Ah wis just makin a point. Mum's turned a blind eye tae all sorts over the years – stuff she should huv reported.'

'Ye watch yer tongue. She's always done the richt hing. She'd nae option but tae dob Marie in, and she'd huv been well within hur richts tae get Kate an aw.'

'So it wis fine fur Leanne's boyfriend Ian tae hide his baggies in Lewis's powdered milk?'

'Ye've mair front than Blackpool, young man!'

\*\*\*

Me and Sandra wur three sherries deep when Leanne rang the nicht she and hur mammy hud called the polis oan Stella Marie. She hud finally gat the fricht she needed.

'Dinnae worry yersel, hen, she needs a guid fricht. Ye and yer mammy will get yer blessings fur naw tellin them everyhin,' ah said.

Ah looked at ma picture o the Sacred Heart before turnin and plonkin ma arse oan the couch. Jesus will be spittin feathers at Stella Marie, ah thocht.

'Ah hink Marie's got depression,' Sandra said. 'She needs tae get help.'

'She's oan the change,' ah replied. 'Mind when she wis a teenager, and ye could always tell when it wis hur time o the month?'

'She made us all suffer wi hur.'

'Those steroids she takes will be messin wi hur heid as well as hur insides.'

'O course. She's pumped full o chemicals and hur hormones

are oot o whack. If David wis any kind o a man, he'd drag hur tae a doctor.'

Ah poured the last o ma sherry intae ma mooth. Sandra shook hur heid.

'Awbody likes me,' ah said. 'There's no a person in Thistlegate who isnae ma pal, and here ah am, nae talkin tae ma ain daughter.'

'Exactly,' Sandra said. 'No one wi half a brain will question who's in the wrong.'

***

'Why don't you speak tae Aunty Marie?' Gary says. 'Now's the perfect opportunity.'

'Are ye huvin a laugh?'

'She's been guid tae you.'

Ah fold ma arms. 'Naw.'

'If you dinnae dae it, ah will.'

'Dinnae puckin dare!' ah warn.

Gary is a man's man and a softie rolled intae wan. He's the last person ah want speakin tae Stella Marie aboot the trouble she's caused.

'Ah can dae whit ah like,' he says, unclippin his seatbelt.

Ah skelp him wi the white haunbag ah've had fur cuddie's years, and he yelps. It's ainlie efter ah dae it that ah remember there's a big bottle o Chanel No 5 in there.

'Did yer mammy never tell ye whit Aunty Marie wis like at school?' ah say. 'She wis awfy jealous o hur fur bein in the toap groups, so she pointed oot hur Dumbo ears tae awbody in the lower school an aw.'

Gary sighs, lookin directly ahead o us. Ah kin tell he's tryin no tae blink. Donald could be a richt softie at times, but he wis still a man's man jist like Gary. Stella Marie should o gat hur daddy's ears and no ma poor wee Cathy.

Gary's makin me emotional an aw. Cathy's still workin hur

socks aff at sixty, and Sandra does a great joab fur the community an aw as a teachin assistant. Ma hoose is like Annacker's midden, but wi such busy lives o their own, it isnae their responsibility.

'Ah saw a hing oan the telly aboot folk who're no fit tae work. The poor buggers wur crawlin roond oan their hauns and knees and look at hur,' ah say, gesturin tae Stella Marie, 'oot and aboot just because hur man kin afford tae keep hur. Bold as brass.'

'Well you cannae see Aunty Marie's—'

Ah cut him aff. 'And then there's yer poor mammy. She's workin hursel intae the groond. Ah tellt hur no tae go back tae the force efter she gat signed aff wi the depression last year.'

'Ah wish she hudnae either. She jist wants tae work because she doesnae—'

'She couldnae be bone idle like Stella Marie.'

As the car rolls taeward Donald's grave, ah watch Stella Marie and Kate like a hawk. Ah kin see ma reflection in Gary's windaes. He's obsessed wi keepin his motor clean. Ah've pink lipstick streaked across ma falsers. Ah dinnae huv the energy tae rub it aff. Ma hair leaves a lot tae be desired an aw. At the rate ah'm gaun at, ma curls will ainlie bounce again if ah wear a wig.

But ah'm a guid Catholic. Ah reared three weans. Ah'll get looked efter in ma auld age. Aw ah kin dae is pray God talks some sense intae Stella Marie.

'Gary, kin we heid hame? They're naw leavin any time soon.'

Stella Marie and Kate are lookin oot oantae the Clyde, deep in conversation.

Donald hud a richt saft spot fur Stella Marie, which is why he never said no tae guan oan holiday wi hur in his auld age. He wasnae wan fur the belt, but ah'm sure he gave it tae Cathy and

Sandra mair. The only time ah ever mind him losin his temper wi Stella Marie wis when Sandra tellt him she jumped oan the bandwagon at the school takin the piss oot o Cathy's ears. So there's nae doot in ma mind he'd huv taken hur side. He really felt fur hur when she gat hur stoma.

Maybe he wouldnae huv been that way if the drink hudnae pickled his mind. God knows the steroids huv pickled Stella Marie's.

Ah decide tae light a wee candle under ma picture o the Sacred Heart when ah get hame. The Sacred Heart never lets me doon.

'Aunty Marie's got a bad side tae hur,' Gary says, turnin the engine oan wi a roar.

# *Away wi Bloody Murder*

## KATE

October 3rd

Feel like I'm on a hiding to nothing, even though Mum says God works in mysterious ways. I'm so tired, but I can't sleep. Thought my colleague Rachel needed a friend after stuttering through her presentation. Couldn't look her in the eye at the meeting in work today. My OCD's putting me through the mill. Knew Leanne wasn't a saint, but her bum's out the window after that Facebook post. Guess I'd ignored the signs. Leanne told Isla she put in a good word with her friend who was a manager at Tesco after she failed a caring placement. Talk about kicking a dog when it's down. Isla was more than capable of resitting. Had the sense not to fight Leanne and Aunty Cathy in the park, but not enough to keep my mouth shut entirely. As if Lewis hasn't heard bad language before. So much for Granny Jean rearing a good family. If it had happened to anyone else, she'd have had a field day.


October 4th

Thought about Isla and Granny Jean today. Always heard

there's a fine line between love and hate, but it's never meant anything to me until now. Isla and Granny come from the same biscuit tin, and they liked socialising just as much as each other. There's no two ways about it. Think me and Granda Joe would have been two peas in a pod if he was around, especially if he'd known about my script. Granny Jean's stories about the dancing were a castle in her mind, and Isla's the modern equivalent. Isla didn't even mind joking with Granny about her looks. Usually, Granny was full of compliments, but now her odd, snide comment about Isla's 'fat thighs' has been taken to heart. I should be working on my script right now instead of thinking about them, but as usual, I'm bloody paralysed by fear.

October 5th

Worst day of the year. Still in shock. I'm not perfect, for all I was raised a Catholic, but after today, I'm more terrified than ever that I'm a bad person. As if my OCD wasn't already bad enough fearing accidental plagiarism. What's next? Murder. Logically, I know what happened to Isla wasn't my fault, but it feels like it was. If I hadn't been such a stupid, forgetful bitch, she might not be lying on a hospital bed right now. Wish I could be that grinning little girl Mum photographed time and time again with toys.

Car was getting an MOT this morning, and I forgot change for the bus. Was glad when I realised at the end of our driveway. Isla slept through her alarm, and we were keeping each other company on the 'loser cruiser' as Dad calls it. Told her to go on without me. Carers are always run off their feet. Hadn't even fully turned when she stepped onto the road, head buried in her phone, and Aunty Sandra's car came flying down the street. She lives in a semi too and owns an Audi she can't afford. Dread to think where the arrow on her speedometer was. Tried to warn Isla, but it was too late. Aunty Sandra hit her with a bang. Heart threatened to beat out of my chest. Isla was sent flying and outstretched a leg to break her fall, hitting her head against the kerb. Aunty Sandra didn't stop.

Stupidly ran across the street without looking and thanked God Isla's chest was moving. Leg had been damaged, but it could have been worse. It could have been her head. Jeans hide nothing – especially when you've a slender frame like Isla's. Was a bulge that had to be bone. My head started spinning. Her jeans were wet with blood. Gave me the boak. Her phone was still in one piece, but it was cracked in countless places. Luckily, she's taken out phone insurance. Incredibly, there wasn't a hair on her head out of place. She loves looking good and would have approved – even in her unconscious state. Was frightened Isla would struggle to breathe and did the only thing I could – moved her into the recovery position. Mum ran outside screaming. Called 999. Heart was thudding like a drum.

Tried to reassure Mum by telling her it could have been worse. God, I'm like a broken record when it comes to saying things could be worse. Didn't help.

Remembered Mum telling me she'd seen a wee girl get killed on the motorway before. Must have made her paranoid when it's so close to our house. She and Dad said the girl was playing too close to the road as her minder walked ahead. The next thing they knew, she was under a car and Mum was saying eternal rest grant unto her.

Looked up from Isla. Busybody neighbour was watching through her window. No one but a medical professional could help, but that wasn't an excuse to gawp like it was a real-life soap. But she was pally with Aunty Sandra and knew there was bad blood between us. Isla was on a late shift, and I'd taken a half-day so all the other neighbours were at work. Was glad. She wouldn't have wanted an audience.

Mum kissed the cross around her neck when the ambulance finally arrived. Heart rate started to normalise Paramedic put an oxygen mask over Isla's face while another cut open her jeans. Turned away. Mum's sobbed Isla's pet name, 'Ma cub, ma cub.' She last called Isla that when she had lots of freckles and curly brown hair. Was glad Isla wasn't conscious. A cast couldn't come close to fixing a break that severe. Couldn't stand the sight of Isla's gammy leg. They wrapped it in what I can only describe as a yellow life jacket. Once it was secure, she was lifted onto a stretcher and up a ramp into the back of the ambulance.

Was so relieved when Isla came round that I blessed myself. She moaned and cried her eyes out. Journey to the hospital was disorientating, and I wasn't the one lying on a stretcher. If only we didn't live so close to that lot. Isla tried to pull off the mask. Paramedic told her to take deep breaths and not to panic. Isla turned her head and looked at the medical paraphernalia and Mum did the clichéd thing of telling her she was in the right place. Isla asked what hospital she was being driven to. Moaned again at the knowledge it was the Royal. That's where Hot Dave from Tesco works, and God forbid he sees her in anything but a tight dress and high heels.

Isla tried to lift her head to see how badly she was injured. Paramedic administered pain relief. Told her to lie back and put a blood-pressure cuff around her arm. Said her blood pressure was through the roof. Could see Isla panicking for real after this, and Mum made the sign of the cross. Even though she's my wee sister, she's never been helpless in my eyes. She's always been a character just like Granny – no wonder they got on. When Mum was forced to give up a puppy we'd briefly owned, I wrote her a letter, begging for her to get the dog back or else I'd set Isla on her. Mum was holding Isla's hand so hard the skin around her wedding ring turned red. Heart was in the right place, but it couldn't have helped keep Isla calm. Isla was rushed to A&E on arrival. Mum buried her face in her hands and said a quiet desperate prayer.

Was in hospital so long I forgot what fresh air feels like. Gave a statement to the police, ignoring the hunger in my stomach that I I knew I'd only be able to quell with a greasy pizza crunch and brown sauce. Took a panic attack in a toilet afterward. Someone had graffitied, Have Hope, onto the wall. Above it, someone else had written, I'd rather have her sister Glory. Most of the time, my brain's trying to convince me of stuff that isn't real, but this was, and my actions directly influenced the result. Mum said to thank our guardian angels. Isla hasn't got off lightly, but she is still in one piece. If I was in Aunty Sandra's position, I'd be begging the police to give me whatever the punishment was right now. No one could deny it was anything but an accident. But she's dug herself into one hell of a hole by not stopping.


October 8th

Drove by Granny Jean's house today. Blinds were shut even though it was the middle of the afternoon. The hedges framing her front garden are growing out of control. If I didn't know better, I'd have thought there'd been a death in the family. Granny used to joke that Mum and Aunty Sandra were her slaves, and they'd awkwardly laugh at the half-truth. Dad clocked her going to the corner shop as he made his way home from hospital the other day. Silk Cut aren't flying into her handbag anymore. The police said yesterday that Aunty Sandra had been taken into custody and released on bail. Granny must have realised that if Sandra gets time, Granny'll be lonelier than women like Bettie, who she's slagged off for just having one wean.

October 10th

Went to see Isla for the first time since the accident this afternoon. Was half tempted to sneakily record the whole visit on my phone in case I did something to hurt her and forgot, but I resisted my OCD. Was in a ward and recognised the sound of her crying from the hallway. Was mortified at the sight of wrinkly arses staggering through the hallways. She'd a face like a wet weekend, even though she'd managed to straighten her light brown hair to perfection. Doctors had to operate for six hours. Leg was suspended in mid-air, and she'd a bloody cannula sticking out of her arm. Said the nurses were supposed to have cleaned it up hours ago. The NHS have a sin to answer for.

No wonder her face was swollen and red. Year has been ruined. Bagged herself a summer job at Disneyland. Mum and Dad encouraged her to apply. Came round to the idea when she realised it would do wonders for her Instagram feed.

Was a chance for Isla to see another side to life. Knew there was more to her than her constant partying and chat about boys. Is exactly what she needs, and if I'm honest, what I need too. Glasgow's a great city for a lot of folk, especially in the past, but it's done nothing but hold me and Isla back. The more I think about it, the more I put it down to our company. Neither of us has ever had good friends. I was a fish out of water in Thistlegate, and Isla near enough joined the Young Team. I'll never forget Mum saying to her, 'Tell me who your company is, and ah'll tell you who you are.' Isla's never short of company now, but she's not that close to anyone. I'm invited out once a month if I'm lucky.

Mum and Dad didn't even try to encourage me to apply to Disney after Isla got the idea. Wouldn't have got the time off my job, and I don't have the confidence for it. But Mum does say life begins at the end of your comfort zone. Got that one from a fridge magnet. She's right. My days at the office have been numbered since she got charged.

Summers at Disney only come around once in a lifetime, and Isla must have done something special to beat the competition over a Skype interview. Wouldn't have had a chance if I'd been in her shoes – can't even let myself go enough to work on my script, and that's while hiding behind a screen. To make matters worse, Isla was partially responsible for the accident, even if she never saw it coming. Said she shouldn't have been staring at her phone crossing the road, but also said Aunty Sandra had to get her comeuppance, regardless of the trouble in the family.

Mum unscrewed a smoothie for Isla, and her eyes lit up. Sent me a picture of her hospital dinner the other day. Looked worse than something you'd serve to a dog – roast potatoes and lumps of God-knows-what that had been drowned in baked beans. Tried to move and yelped in pain when she did it too quickly. The doctors operated, putting pins inside her right leg to help it fuse back together. Eyes welled up, and she blinked back her tears when she saw Mum's lip quiver. Made light of the situation and said this was her punishment for wanting to get waited on hand and foot all the time. Wasn't wearing any make-up, despite always having near enough perfect eyeliner. Mum put a scapular of the Virgin Mary around her neck. Isla rolled her eyes.

October 24th

Lost count of how many decades of the rosary I've said tonight. Writing under my duvet because I don't want to wake

Isla up. The air's so stuffy. But it's been too long since I put pen to paper. Mum's got a deep belief in God, and even though I'm an agnostic, when a situation is out of my control, my first reaction is to pray. Anything's worth a try when you worry like I do. Mum said that, when I was little, I impressed all the old ladies at church with how many prayers I knew. Wish I was more of a believer. Maybe then my brain would taunt me with fewer what-ifs.

Didn't think things could get worse than they were after Mum got charged. Tempted to visit a psychic to find out what will happen, but can't risk them telling me it'll be the worst-case scenario. Aunty Sandra was told she'd never have children, and it came to pass.

Forcing myself to write. It's getting my thoughts out my head. Sticking up for myself doesn't come naturally to me. Granny Jean said I was spineless because I let Isla 'get away wi bloody murder'. She can't talk about right and wrong, not after she let Mum get a record for defending us. Doubt myself enough not to kick off about other people's actions, and it's a blessing in disguise. Dread to think what would have happened if I'd got more involved at the park. I've learned the hard way to carefully choose my battles. Snapped when Isla helped herself to my Christmas money. I called her a thief, and she grabbed my hair, so I gave her a slap. She had braces at the time, and I accidentally broke them. Isla's mouth filled with blood, and she was rushed to the dental hospital. Haven't objected to her 'borrowing' since.

October 26th

Forcing myself to write again. Only time I have any solace is at night when I watch the shadows of clouds pass the moon. Silence is calming. Can't deal with the horrors my brain taunts me with when I sleep. Dread to think what it will torture me with next. Had to give another statement to the police about what happened. Wasn't shaking because it seemed even more ridiculous. Aunty Sandra has come up with a cock and bull story. Says Isla walked out in front of her car to get revenge for what happened to Mum. The police told me the only reason what happened in the park went so far was Aunty Cathy is an officer. But for all Aunty Sandra deserves her comeuppance, I don't want to see her suffer too much. Isn't the worst member of the Clan by a long shot.

# *Away ye and Shite*

## JEANNIE

Ah look doon at ma tummy. It hus gien three weans life, but it husnae made me happy the way ah'd dreamed o bein oan the silver screen.

'The higher ye climb the ladder, the further ye huv tae faw,' wis Mammy's advice tae me as a wean and hoo she comforted me when Lizzie went tae Hollywood.

'It wis a mad notion anyway,' ah said.

When yer young it's easy tae huv dreams, tae tell yersel yer gaun'ae change the world, then life catches up wi ye and bites ye in the arse. Stella Marie aside, ma weans huv better hings tae dae than run efter their auld white-haired, wrinkly mammy, but ah need them at ma time o life. It's a sore ficht fur hauf a loaf. Ah'm practically wastin away. Ah lost ma appetite when Stella Marie abandoned me. It didnae help losin hur hamemade dinners an aw. The cream jumper ah'm wearin hus seen better days, ah hink, as ma mind drifts back tae a happier, hopeful time.

When ah wis a wean, ah thocht life wis terribly excitin. Glasgae wis wan o the maist important cities in the world thanks tae the yards, and there wis mair than enough work tae go around. The streets o Thistlegate wur lined wi everyhin ye'd expect in a thrivin toon: hairdressers, wine merchants and grocers. Almaist aw o the buildings wur sandstone in those days, and the tramlines stretched as far as the eye could see. Even the poorest o the poor hud coal tae chuck oan their fires. But put a beggar oan horseback and he'll ride tae Hell. As a wean, ah cannae remember Mammy no bein in an apron; maybe that's why ah wis so determined tae make sommat o masel – sommat mair than bein a mammy.

Savin up fur a film-star worthy ootfit wis ma first priority when ah gat ma job in Copland and Lye. Many a mickle makes a muckle. Scarlett O'Hara hud naught oan me when ah walked oot in ma first guid frock and coat – a ruby reid dress wi folds in aw the richt places and a Christmas-tree green coat wi a broon mink collar. Ah wore a thin gold cross aroond ma neck, even then, and it hud never looked better. The signs ah'd the talent tae make it as well as the style wur there an aw, and it wasnae jist Daddy who said ah'd the voice o an angel. The priest thocht ah wis so guid at singin that he recommended me fur weddings. Lizzie Black ainlie ever gat asked tae sing at funerals.

But ma biggest inspiration back then wasnae picture stars or the altar ah looked at every Sunday, it wis Daddy. Fae ah wis knee-high tae a grasshopper, he left the hoose every mornin at the crack o dawn, and whenever ah saw him, he wis drinkin like a fish. Mammy spent aw day in the close bitchin aboot hoo useless hur man wis, but when the Queen Mary's launch day came at John Broon's shipyard, she couldnae huv been mair prood.

Da said the ships wur built fae whisky, and even though ah wis a wean, ah believed Mammy when she said the drink wis the Devil's Water – fur aw there wis nae room tae swing a cat in the crood the day o the Queen Mary's launch.

The clearest memory ah huv as a wean is gaun tae wan o Daddy's launches. He wis wearin a white shirt, blue jumper and grey trousers fur the occasion. He micht no huv hud much tae his name, but he'd helped make sommat ah thocht would be aroond forever, jist like a guid picture.

If Da could make a ship that gat launched by King Bertie, then starrin in a picture couldnae be anywhere near as hard.

'Ye made that, Daddy?' ah asked, lookin at the ship, wide-eyed in wonder.

'Well, admittedly, ah'd some help.'

Ah narra'd ma eyes as drops o rain fell oan ma face. Ah wis well wrapped up that day and wis wearin a lang, dark jaiket and shiny black boots. 'And ye started oot makin matchbox models?'

'Awbody hus tae start somewhere.'

'That's why me and Mammy gat ye that porcelain doll.'

'But ma brother Paddy got a model boat. Whit if ah dinnae want tae be a mammy? Whit if ah want tae dae sommat else? Like be a movin picture star?'

He chuckled. 'Ye willnae be sayin that fur lang.'

Ah wish ah'd gat a chance tae prove him wrang, but here ah am, wan fit in the grave wi naught better tae dae than wait oan ma weans visitin. Tonight's Cathy's turn.

Ah'd gone tae the Tesco up the road and bought French Fancies and sandwiches. Wance they're oan the coffee table, ah park ma arse oan the couch and turn oan the telly.

'Every time a bell rings, an angel gets his wings,' a voice says.

*It's a Wonderful Life* is playin. Ma pal's sister wis James Stewart's hoosekeeper. Before ma big audition went tits up, ah'd wangled fur an introduction.

But bein a mammy's ma Donald Duck, and ah've tried tae make the maist o it. Nane o ma family will step fit in ma hoose and leave wi an empty stomach unless ah'm in a box. Ma appetite isnae whit it used tae be so fillin cupboards wi their favourites is nae bother. Even efter ma weans wur up, ah tellt masel that if a job wis worth daein it wis worth daein well.

When ma grandweans wur younger, they never left empty-haunded either. There wasnae much ah could dae wi a state pension, but ah wis thrifty enough tae make sure ah always hud change left ower fur them – and saved up Donald's pension efter he died so ah'd sommat tae leave behind. Bein a wean wis wan o the happiest times o ma life, especially when ah'd money fur the corner shoap and the pictures. It wis a great treat in those days. Nae wonder ah've gat falsers. Ah'm gettin skinnier by the day, and ah'm glad ah made the maist o ma appetite when ah hud it.

Ma Stella Marie tellt me it's ainlie a matter o time before ah get robbed because ma door's always open. Ah tellt hur there's naught worth stealin in here – that the Sacred Heart will keep me safe. Cathy walks intae the livin room.

'Cathy,' ah say, smilin. 'Hoo ye keepin?'

She shrugs, and ah point at the sandwiches and French Fancies. Cathy kin forget any notions she micht huv o leavin early fur a munch. She was a skinny wean and is no much better as an adult.

'There's a wee sandwich and cake,' ah say.

She raises hur eyebroos. Gettin a word oot that lassie sometimes feels like drawin blood fae a stone. Hur lip curls when she picks up a sandwich but turns intae a smile when she realises it's hur favourite – tuna mayo fae Greggs.

But fur aw Cathy is a fussy bugger, she's gat naught oan ma Stella Marie. If ah'd been harsher oan hur as a wean, maybe she wouldnae huv caused merry hell in ma auld age.

'Mon you and wire in,' ah say tae Cathy.

'Ah will!' Cathy says, finally speakin. 'Ah love French Fancies.'

Ma eyes glass ower, and ah pick up a sandwich. 'Ah'm heartbroken, Cathy. Ah cannae believe ma Sandra's in jail.'

'She's been taken in fur questionin, but if she's found guilty in court…'

Cathy turns hur nose up at the sandwiches and picks up a French Fancy insteid. Unless she wis cleanin ma hoose, Stella Marie ainlie ever gat digestives. Ah always say 'be guid tae yer mammy, and ye'll get yer blessings', so she's gat some cheek darkenin Jesus's doorstep. Ah'm tempted tae ask Faither Murphy tae huv a word wi hur.

'Ye should huv heard whit that Isla said tae me oan the phone,' ah say tae Cathy. 'Total abuse.'

Cathy shakes hur heid. 'Hur tongue is gaun tae get hur intae trouble jist like hur mammy's did. Mark ma words. Ah told Leanne tae post aboot whit happened oan Facebook so everyone knows Isla lied aboot Sandra no stoppin hur motor.'

A piece o tuna falls oot o ma sandwich. 'Ah'm tellin ye, this is the ainlie hing they could dae tae try and blacken ma Sandra's guid name in Thistlegate.'

'It'll be the Stirling's name blackened soon enough. All we need tae dae is hold oor heads up high and when folk wonder whit happened, we'll tell the truth.'

Ah pick the tuna aff ma trousers and pop it intae ma mooth. Cathy says whit happened at hur birthday party wis the last straw.

'They deserve naught but bad luck,' ah say. 'They've aw gat chips oan their shoulders. Stella Marie never gat ower ma Sandra tellin hur that she wis an ugly baby. Sandra hud a point though. Whenever ah took Stella Marie ootside, ah wished there wur curtains oan ma pram!'

Cathy bursts oot laughin. 'Speakin o mums, we'll see them

when Bettie pops hur clogs. Ah heard she's got lung cancer, and it's no lookin good.'

Here we go, ah hink. Efter Bettie Bucket's man died, hur and Stella Marie became the best o pals. Bettie's ages wi me. Fur aw Stella Marie is a borin bastart, she should be hingin oot wi other borin bastarts hur age. No pensioners. They callt hur Bettie Bucket because she used tae go around the pubs emptyin ashtrays wi a bucket. And ye'd hink she wis Stella Marie's mammy and naw me. Ah've been replaced!

\*\*\*

Bettie and hur man hud the kind o relationship lassies grow up dreamin o. They'd a photie o them huggin in America somewhere oan their sideboard. Even in their auld age, they sat in their front gairden holdin hauns. The worst hing wis, they wur such friendly bastards, ah couldnae get away wi ignorin them when ah visited Stella Marie. Last Christmas, they invited me in fur a sherry, and ah hud nae option but tae listen tae their shite patter.

'It's terrible hing gettin auld,' Bettie said.

'Whit aboot yer family, Jean, are they aw above the ground?' Gerry said.

He wis losin it. He knew fine well ma Donald's been kickin up the daisies fur years.

'Naw,' ah said. 'It's ainlie me left noo.'

'Ah turned eighty last month so ah've moved up in the queue!' Gerry replied, laughin.

But the worst hing aboot Bettie Bucket wis hoo highly ma Isla thocht o hur. She gat locked oot hur hoose wan nicht and went tae Bettie's. It wis hard no tae be jealous when she called Bettie a legend because she wis drinkin a can o Tennant's. Isla's never no smilin wi a drink in hur photies.

\*\*\*

'Bettie smoked aw hur days. Ah'm surprised she never ended

up wi an iron lung,' ah say. 'Am ah richt in hinkin ainlie the family know Stella Marie's abandoned me?'

'No one else knows,' Cathy said.

'Bettie phoned me back in September askin fur Stella Marie's new number. Ah didnae know she'd changed it, so ah hud tae tell Bettie ah didnae huv it.'

'She's as sharp as a razor. Bettie's worked oot sommat's happened. Everyone will find oot whit Stella Marie's really like,' Cathy says. 'When the time comes, she'll look like an idiot cryin over Bettie when she's abandoned you.'

Rearin Stella Marie is wan o the biggest crosses ah've hud tae bear. She micht be a rare cleaner, but she wouldnae let hur sisters live in the hoose. When Cathy messed up hur gleamin flair, she battered hur wi a mop.

Stella Marie rubbed hur guid relationship wi hur faither in Cathy and Sandra's faces an aw, and ah could o killed hur fur tellin them he'd asked hur tae his bedside that last weekend. Ah'm sure he ainlie did it because he knew they'd better fish tae fry.

'Ah wonder how many signatures we'd need tae get Marie sectioned,' Cathy says.

Ah laugh so hard ah almaist wet masel. Ah stand, and ah'm drawn tae the windae. At ma age, ye kin either pish yersel wi a strong laugh or be sick – ye jist dinnae know.

The ainlie hing aboot this street that's no changed since the fifties are the bricks and mortar o the hooses. The four-in-a-blocks wur built fur rearin big families and that's exactly whit they wur used fur. There wis never a dull moment ootside – weans fightin, men staggerin hame blind drunk, dugs shaggin and folk fightin ower their pups.

Ah long fur those days as ah look at the motors and overgrown gairdens. The hooses dinnae huv driveways, and the street's too narra tae park oan the pavements. Anywan wi a wean who moves here is askin fur trouble. It would be impossible fur them no tae crash intae a car. But the chances o wans wi wean's movin here are slim. The young wans call this street Jurassic Park, and noo the Stirlings are probably callin me the resident T-Rex.

But it's no jist this street that isnae recognisable anymair, neither is the toon. If it wasnae fur George Square and Central Station, there would be naught left o the auld Glasgae. Ah gret the day Copland and Lye wis pullt doon.

Thistlegate's made o blocks o concrete dumped oan an otherwise beautiful landscape. Ah always preferred the hills painted in God's colours tae any park ah ever stepped fit in. The village hus gat bigger ower the years, but its heart is the same. Nae planner would dare get rid o the auld millstone or Antonine Wall and Roman wheels. Efter the place wis blitzed, we rebuilt it, and we rebuilt it strong.

Mammy and Daddy hud the luck o the Devil that nicht. They wur hidin under the stairs and shat themselves when the doorbell rang.

Mammy said, 'Dinnae answer, it'll be a Jerry paratrooper!'

'Why the hell would he be ringin the bell!' Daddy replied.

It wis the ainlie hing that made me laugh in the weeks afterward.

Ma eyes fall oan a photie frame Stella Marie hud gein me fur ma birthday. It's a nice enough hing – a collage o the family surroundin ma Donald. When Cathy sees me lookin at it, she stands and takes aff the glass coverin and pulls the photie o the Stirlings oot.

Without a word, she rushes tae the kitchen. Ah follow. She clicks the hob oan, and when we make eye contact, she smirks, holdin the photie ower it.

'This is whit ah hink o the Stirlings!' she spits.

The photie curls up as it burns.

'Careful ye dinnae burn yersel!'

Cathy looks at congealed gravy in between pieces o the burned photograph oan the hob. Hur lip trembles in disgust, but whit else could she expect fae a wumman ma age? Ah hink, lookin at the wooden fence that's fallin apart ootside. She runs hur finger fae the hob alang the workshops. Hur face scrunches up.

'You've got a mouse!' she cries, lookin intae ma cereal box.

Ah look doon. The flair is covered in so many droppings they blur intae wan big shite. The mouse hud been makin himsel at hame in ma cereal. It jumps oot, and before we know whit's happenin, a broon mass bolts across the flair.

'Away ye and shite!' ah shout, hinkin o the mess that is ma family. Ah'm no huvin vermin in ma hoose an aw. Ah grab ma brush and bang oan the cupboards. 'Tom's oan his way tae get ye, ya wee bugger!'

Cathy walks ower tae the windae and looks ootside.

'Ah never thought the day would come when ma own mother would huv mice in hur kitchen,' Cathy says.

'Come tae hink aboot it, there wis sommat aff aboot ma Coco Pops this mornin.'

Ah retch at the thocht. Nae wonder ah'm losin weicht.

'Sickness. Stella Marie micht huv a stoma, but she doesnae know the meanin o the word. You could get salmonella... or worse.'

Ah shake ma heid in disgust. There's naught ah kin say.

'When did you last take the bins oot?' Cathy says, lookin at the rubbish scattered across the gairden. 'Nae wonder ye've got a mouse! Marie's got a sin tae answer fur. We'll get hur back fur this, and those girls fur tryin tae put Sandra behind bars.'

# *It's a Wonderful Life*

Mum says every cloud hus a silver linin, but ah cannae find one as ah lie oan this hospital bed. Ah've lost oot oan the summer o a lifetime – paddleboardin in the sea, loungin by beaches, and posin oan the Hollywood walk o fame. A lump forms in ma throat. Life in America seems bigger and better, and even though the grass isnae always greener oan the other side, ah cannae help but hold oantae ma dream.

Ah look around tae distract masel. Everyhin aboot the hospital room is sickly. Ah get the boak at the sight o the waste bin at the end o ma bed and the green blind hangin above ma tiny window. Ah cannae even look at the sea o concrete ootside. The glass is covered in dust and bird shite. It wouldnae kill the cleaner tae wipe it aff. The smell o bleach they've left is so strong it burns the insides o ma nostrils.

Ah must look like a richt mess, but ma phone's slid doon ma propped-up bed. Ma screensaver's a photie me chillin in the garden in a nice white ootfit and sandals, hair and make-up done tae perfection – a look ah'd kill for right now. Ah can just aboot dae ma make-up in the front camera and part ma brown hair intae a shed. Ah reach doon tae grab it and scream, turnin tae the heart monitor. The lines start dancin. A nurse rushes intae ma room.

'Are you OK, Isla?' she asks. 'Your heart monitor's...' She stops mid-sentence when she sees me reachin fur ma phone.

She walks tae ma bed, picks up ma phone, and hands it tae me. Ah huv big hauns, which are usually a Godsend in the hame, and the sight o ma filed, but unpolished nails makes me sigh.

'Is today the day?' ah ask, hopin ah can move tae a ward.

'I'll know as soon as you do,' she says. 'The doctor's going to assess you on his rounds. If everything is healing nicely, we can move you.'

Ah sigh, forcin a smile.

The file at the end o ma bed bulges wi mair notes than the nursin home hus fur the sickest o patients. Ah look at the magazine oan ma bed and the hand sanitizer attached tae its frame. The nurse takes oot a yellow piece o paper and squiggles sommat oan it. Ah need tae pee so bad it hurts, but until she's finished hur rounds, an actual toilet is oot o the question.

The nurse tells me to relax and enjoy my breakfast, but ah won't be touchin it wi a bargepole. Last night, ah wis served two thick, leathery sausages, diced carrots and three pathetic wee roast totties.

If the food available tae Jesus wis anywhere near as bad as the shite served in here, nae wonder he wis able tae fast fur forty days and forty nights.

The nurse casts me a you-better-listen-tae-me smile and leaves. Ah cannae even forget the hit-and-run while scrollin. You'd huv thought ma phone would huv been broken beyond repair, but when ah pressed the oan button, it lit up like nought hud happened.

Ah wish ma leg hud been half as strong.

Nought interestin hus been posted tae Instagram and Facebook, not even a photie o dodgy hair extensions like the wans Leanne wears, and as much as ah want tae log oantae ma ghost account, ah resist the temptation. Stalkin the Clan can wait another day.

Granny used tae say curiosity killed the cat. Now ah fink aboot it, the only decent advice she gave wis stuff she got fae other people. But in ma dream last night, ah also fought wi Leanne in church o all places. Ah woke up when she shot me in the back o the head wi a gun. Ah still wasnae ready tae read whitever she'd posted.

Ah've blocked every member o the Clan, but ah miss them fur the entertainment value – even if Granny wis the funniest in real life. Ah showed a friend Leanne's duck-face selfies and she said they wur like the sun – she couldnae look away. When Aunty Sandra posted a status aboot a woman being too fond o the drink, she looked like nought mair than a bully. The only consolation that woman hud wis that the only folk who liked it wur Aunty Cathy and Leanne.

Ah press play oan ma favourite album and close ma eyes.

***

A firm hand oan ma shoulder wakes me up. Ah open ma eyes and blink the room intae focus tae see a doctor and Hot Dave fae Tesco. Ma face crumples in embarrassment before ah straighten it, pretendin ah dinnae recognise him. Ah work in Tesco, and he's only ever seen me in ma blue uniform. Ah'd wanted our paths tae cross again, but this wasnae whit ah hud in mind.

'Good morning, Miss Stirling,' the doctor says.

Thank God he didnae use ma first name, ah think.

'I'm just going to pop this thermometer under your arm then I'm going to cut off your plaster to see how your leg is heal-ing.'

Ah nod and lift ma arm, grateful there's only a few black

stubble dots beneath. The doctor tells Hot Dave the grisly details in medical speak like ah'm a textbook as he cuts open the plaster. The cold air is refreshin.

Ah look away, focusin ma eyes oan the ceilin's square tiles. Ah dinnae want tae be reminded o all the physical therapy ah'll probably huv tae go through before ah'll be able tae walk normally again. Ah love heels, but they're off the cards for the foreseeable. This will heal a hundred times worse than the scar left by a benign tumour oan Dad's leg. Ah'm queasy at the best o times. Ah'll never forget an old lady tellin me she'd been sick and lookin down tae see porridge mixed wi half-digested pills.

'Well, Miss Stirling, it looks like it's time to move you to a ward,' the doctor says.

'Finally! It's been over a month.'

Ah catch a glimpse o ma leg. Ah've no got thighs as slim as Kate's, but after this, ah could probably give hur a run fur hur money in the skinny department. Ma leg could go in a butcher's window. The doctor says the nurses will be in at his back tae re-plaster it before movin me tae a ward. Ah force a smile stretchin fae ear-tae-ear.

'I hope you feel better soon, Isla,' Hot Dave says.

Ah sigh.

***

Once ma leg's in plaster, and ah'm wheeled tae the ward. Ah wince at the smell. It's worse than the burnin bleach in ma room. It's a sickenin combination o shitey food and piss. Get Well Soon cards litter bedside tables. Fur all people try, no amount o flowers, cards and chocolates can make this hospital homely.

Ah long fur LA. Granny said Los Angeles wis the home o the rich and famous, that no picture worth watchin wasnae made there, and that hur friend-o-a-friend's sister wis James Stewart's housekeeper. The only picture ah remember watchin wi

Granny wis *It's a Wonderful Life*. She wis proud o hur small connection tae Hollywood, even though she'd a much bigger one growin up oan the same close as Lizzie Black. That wis too close tae home. She might huv talked a good job aboot LA, but Granny hus only ever travelled the rocky road tae Dublin tae visit hur cousin. Whenever travelling's brought up, she says, 'Tae hell wi gettin oan a plane,' but ah'm not like hur.

After Dad got a job as a buyer in California, ma horizons wur well and truly widened. He said the Irn Bru carnival hud nothin oan its roller coasters and showed us a picture o himsel oan one you could ride standin up. Ma eyes almost popped oot o their sockets.

That wis after Dad came back tae Glasgow. He didnae come home empty-handed either. He bought me and Kate Game Boys and mair toys fae a shop called Walmart than we could play wi. We wur spoiled rotten. But ah'd huv gien it up in a heartbeat tae huv seen California fur masel.

Ma phone's alarm hud jolted me awake. Usually, ah huv no trouble sleepin through, but ah'd been dreamin aboot Granny and the laugh we've huv imaginin me workin at Disney.

En'in related tae the pictures is mair than up hur street. She'd huv took great pleasure in fillin me up wi advice, sherry in one hand and fag in the other – how ah could make a good impression wi the clothes oan ma back and the words that came oot o ma mouth. But Granny isnae wise. Hur advice wis free fur a reason.

When ah arrive in the ward, elderly women sleep like weans in most o the beds. Those who're awake are strugglin tae raise shakin, plastic spoons tae their mouths tae eat soup that looks like it's already been digested. Granny would be makin the sign o the cross if she could see them. One's head looks mair like a skull than that o someone who's still livin. She's been snatched fae the jaws o death.

A lassie around ma age is sittin in a wheelchair next tae the bed across fae me. Hur hair's broon, and she's wearin a pair o glasses and comfy lookin tartan scarf and white dressin gown. It isnae long before we make eye contact. She smiles. Once the nurses leave, she comes over.

'I'm Lauren,' she says, lowerin hur voice. 'It's nice to see someone in here who doesn't look old enough to be my granny.'

Ah giggle. Ah love folk wi a sense o fun. 'Isla,' ah reply. 'Hit-and-run. You?'

'Car accident.'

'It's an epidemic,' ah joke.

'I've been here for just over two months. Damaged my spine and had to lie flat on ma back for six weeks, but that's me finally up and about. Sort of.'

'Ah'm so sorry.'

A wave o guilt rushes over me. Fur all ah'm gaun tae be scarred fur life, those scars are a reminder o how lucky ah've been. Hot Dave must huv seen all sorts now; he won't bat an eyelid at my freckled, make-up free skin.

Lauren gestures tae ma bandages and asks how bad the damage is. Ah sigh, finkin o aw the photos o me posin in heels. Ah tell hur ah'll know the full extent o it when ah try tae walk again, but ah huvnae suffered any permanent damage. Ah say that once ah get oot o bed, ah'll be well and truly oan the mend – unlike Mum, whose illnesses huv blighted hur whole life.

'They'll give you one of these bad boys once they do,' she says, spinnin around in hur wheelchair.

Ah laugh. 'Do you know how long it'll be until you get home?'

'Soon. My boyfriend booked us a holiday to LA. So at least I've got something to look forward to.'

'Ah wis supposed tae go tae California fur the whole summer,' ah say, before addin, 'tae work.'

'Wow. What was the job?'

'Disney,' ah say. 'It wis just in a gift shop, but the job description still said Cast Member.'

Lauren says surely, they'll keep the job open fur me. Ah force a smile. It wis a one-aff opportunity. Disney's a dream, but becomin a nurse is a bigger one, and it's mair important now than ever. Spite is one hell o a motivator.

A nurse interrupts our conversation. Lauren hus an appointment wi a specialist.

***

The knowledge that the Clan wish me bad gives me an uncomfortable feelin ah cannae shake. A psychic who came intae ma Tesco said ah wis a star child who'd came intae this world fur a purpose. It's not like ma dream is that unrealistic either.

Nursin's ma ticket tae a better life. A chance tae help people unlucky enough tae get sick. Ah thought that growin up wi a sick parent wis the ultimate preparation, but nought hus motivated me mair than being stuck wi sickness masel.

Ah've seen how much Mum and Dad struggled tae bring me and Kate up oan one salary. No one dresses their children in second-hand clothes and feeds them beans oan toast mair than one night a week unless they huv tae.

Mum's illnesses are debilitatin at the best o times, but she and Dad are hard workers. She just cannae dae en'in aboot hur desire tae make money. Gaun tae the chippy after vigil mass is a routine fur everyone but us. Me and Kate salivate over the greasy treats inside. And even though Dad works himsel intae the ground, the closest he gets tae a treat is a new fishin fly, or if he's lucky, a can and a bar o chocolate.

Sometimes ah hink ah love clubbin because it's a distraction fae how much mair ah want fur ma life. Ah dinnae feel like the kind o person who hus any right tae be ambitious. Ah'm no the smartest or the prettiest o the bunch.

But Dad never went tae uni, and he still managed tae work in America. One o the most emotional moments o ma life wis when he came back after a few months away. Ah'll never forget hoverin around ma empty classroom, too nervous and excited tae go ootside. When ah finally did, ah couldnae contain ma emotions.

Another parent looked at me huggin Dad and said, 'Love – ye dinnae know where it comes fae, but it's there.'

*** 

Lauren's wheelchair wheels creak like nails oan a chalkboard when she comes back, drawin all eyes tae hur. Ah wave, and she smiles awkwardly. She comes over and says the nurse is gaun tae try and move us intae beds next tae each other as soon as someone leaves.

Ma eyes drift tae hur bedside table. She hus a laptop. Maybe it's a sign the time hus come tae give the Clan an inevitable Facebook stalk now there's even more water under the bridge. They arenae the most creative bunch; maybe they've realised Sandra hus gone too far.

Ah ask if ah can borrow Lauren's laptop, and she wheels over tae hur bed tae get it fur me. As much as ah'm no keen oan havin an audience, ah know ah willnae miss any shite they've said oan a laptop. Ah ask hur tae log intae Facebook.

'This is gaun tae sound weird… Ah made a ghost account fur ma Granny, and ah'm sure none o them would huv the nous tae hink ah'd use it tae stalk them.'

'You're one of those girls who could work for the FBI.'

Ah laugh. 'OK, so the account's email address is just IslaStir-ling1997@hotmail.co.uk, and the password is FatherMurphy-ForPope,' ah say.

She snorts when the account comes intae view. There's a tiny picture o the Sacred Heart – a profile picture ah'm sure Granny would approve o.

Granny's timeline is full o pictures o Lewis. When she's not kickin off aboot other people, that's all Leanne ever posts – that and the occasional inspirational quote.

Nought would huv pleased me mair than if she wis an ugly bastard, but she isnae. Ah used tae be jealous o hur nice clothes and straightened strawberry blonde hair – even hur pencil-thin eyebrows Mum warned against. Everyhin aboot hur face is perfectly proportioned. It's the one Brennan trait ah still long fur.

'So, what are we looking for?' Lauren asks.

Ah tell Lauren tae type 'Leanne' intae the search bar, and she scrolls back a few days.

**'Whit sort o freak deliberately walks in front o a car?!'**

Ma jaw drops, even though ah should o seen it comin. It isnae even a believable lie, but Aunty Sandra must've spun that story after the hit-and-run, and they've all gone along wi it. Fur all they're big Catholics, they'd missed the memo aboot tellin the truth and shamin the Devil. Lauren asks if Leanne knows the person who knocked me over. When ah say it's ma aunt, a whit-the-fuck look is written across hur face. Ah tell hur Leanne helped get ma mum a criminal record fur swearin and relay whit the police told me.

Lauren hovers over the status's likes. As per usual, everyone who's reacted tae the post is either a member o Mum's family or one o their close pals.

Unable tae hold back hur curiosity, Lauren asks if the police know whit Leanne did tae ma mum as well as the accident. Ah say ah've tellt them everyhin aboot the family falloot o the century.

Lauren gestures tae the screen wi hur eyes. 'Do you want me to take a screenshot?'

Ah nod.

'The mair evidence, the better,' ah say.

She hints fur mair information, and ah shut hur down, thankin hur fur the loan o hur laptop. Ah cannae blame hur; it's great gossip, but ah'm ashamed. Ah dinnae want tae be related tae the Clan. They've crossed a basic line o human decency.

Lauren gets the hint and, instead o tryin tae change the subject, leaves me alone. Ah've been tae Hell and back. It's impossible no tae be overwhelmed by anger, even though ah thought bein pumped up wi morphine hud stopped me fae feelin so much. Ah wish every bad fing in the world oan the Clan.

Even though it's the middle o the afternoon, and ah'm far fae tired, ah shut ma eyes, slowly breathin in and oot. The biggest and maybe only upside tae livin in Thistlegate is never bein mair than a stone's throw away fae the countryside, but ma favourite place, the Queen's View, is a short drive away.

Drivin there in the middle o the night bonded me and Kate. Without fail, she'd lock the car doors when we passed through the rough part o town, and we'd laugh. It wis only natural fur us tae go there a few days after Mum wis charged.

It's a steep climb tae the top, but it's always worth it. Everywhere ah look is like a paintin – rollin hills, rickety bridges and burns.

That night, the car park wis empty. Kate hates the cold, so she turned the heater oan while ah went ootside fur some fresh air. The city wis a cluster o orange lights in the distance, and all ah could see wis the ootline o mountains against a polluted sky.

Ah look up. A nurse is spoon-feedin one o the old women. Granny would say she'll get hur blessings fur that. Bugger Disney and a summer in sunglasses posin by the deep blue sea. Ma sights are set oan bein a nurse.

# Hilary Grimwater

## KATE

November 18th

Isla breathed the biggest sigh of relief I've ever heard as the bricked and turreted mass of the hospital faded into the distance today. It drove her up the wall, and I don't blame her. Five weeks in hospital waiting on two bones fusing back together is enough to send anyone half-mad. I'm consumed by anxiety at the best of times, and it's only got worse since I saw the Clan bitching about my family on Facebook. Have a meeting with a lawyer tomorrow afternoon. Her name says it all: Hilary Grimwater. Hope she scares the shite out of the Clan after they sent the police to our door – never mind the rest of it. Want Aunty Sandra to get her just desserts for pulling Isla through the mill, but I don't want to see her behind bars. There's no two ways about it, she was good to Granny Jean. Unlike Aunty Cathy, who could give Barlinnie's finest a run for their money. Can't think of any redeeming features and I've really racked my brains. She made the bullets and got everyone else to fire them.

If I know Granny Jean, the trouble in her family will be all she's thinking about. Swore I saw her walking along the main street of Thistlegate tonight. She's got a real hit for herself. She thought she was the most popular old lady who went to the City Bakers for tea. Housed at the bottom of the Co-operative, it's the only building in Thistlegate that bears any resemblance to Copland and Lye. Granny can't see beyond her living-room walls. She's a family to entertain her in her old age and can't empathise with anyone who hasn't – like the poor bugger who tried to befriend her in the City Bakers. Granny slagged her off for going out without her falsers in and for wearing a wig. Granny said she had enough pals, and I said you can never have too many. She was having none of it.


November 19th

There's some atmosphere in the car on the way to the lawyer. Isla's head is buried in her phone, and Mum's told me to try and relax, so I'm writing. Heart's still going like the clappers. Apparently, I look like a rabbit in headlights. Mum's going through the motions too. She said that there's no healthy corpses in the cemetery, and for all her faults, Granny Jean deserves someone to help her in her old age. Now the rug has well and truly been pulled from underneath her. Mum said Aunty Cathy had no excuse for not helping her. Another great saying of Granny's is that 'ye dinnae know whit ye've gat until it's gone'. Maybe she's started to realise that we were all good to her after all. But if this situation has taught me anything, it's that I'm stronger than I thought. Maybe Granny's more self-sufficient than she lets on and won't mind getting up off her wrinkly arse. Unlikely, but you never know.

Mum looks at St Margaret's Primary School. It should have been empty during the summer holidays, but a few parents are coyly ushering their kids inside. Even in this day and age, the free school-lunch programme says it all about Thistlegate.

Had no chance when I got sent to Thistlegate High for my PGDE placement. Hungry kids don't want to learn. Most people around here are as poor as a church mouse. Me and Isla have never gone hungry, but I imagine it would drive anyone to distraction. Mum said she hated going for her free school lunch back in the day, especially as Granda Donald had a well-paid job as an engineer in Yarrows. She said the other children had dirt beneath their fingernails and dads in the dole queue. At least they had an excuse.

Mum and Aunty Sandra never questioned where the money went. Aunty Cathy was the one with the nerve to speak her mind. Granny told her if she had an issue, she should get Granda to stop drinking like a fish, because God knew she'd tried. She said the sins of the father fall on the children. But Granny smoked like a chimney, even in her old age, so she couldn't talk. Got the impression that even if they'd had money, it would have burned a hole in both of their pockets. But it was relatable. Always live like a queen on payday. Might not have gone without, and Mum and Dad don't have any major vices, but when you come from nothing, it's easy to justify being good to yourself.

Just looked down at my Doc Martens. Money's all well and good, but I sold my soul to the Devil working in HR. But it's my brain that's fucked up my dream, not Mum and Dad. It wouldn't have killed Granny to encourage her children to chase their dreams, but she never did – not even her grandweans. She told Mum she couldn't tell her arse from her elbow, and Mum didn't spend enough time with Granda for him to teach her any different. The first person who did was her modern studies teacher, Mr Gregory. He told Mum she was capable of getting an A for her O Grade exam. She didn't want to let him down and got that A.

Lawyer's office is on the other side of Glasgow. God, I'm

rambling. Mum says that even though it's impossible right now, part of her wants a reconciliation with Granny, and part of her thinks it would be a waste of bloody time. She's obsessed with doing the right thing. Catholicism is all about forgiving those who trespass against you. But sometimes religion can do more harm than good. Not everyone deserves to be forgiven.

\*\*\*

The waiting area of the lawyer's office did nothing to uplift our moods. Couldn't have made it up. Was filled with dark brown, leather couches and glass coffee tables topped with tissues and leaflets about wills. The walls were mahogany. If you didn't know better, you'd have thought it was a funeral home. Her nameplate glinted in the sun. It read Hilary Grimwater. She had jet-black hair and blood-red lips, and the sharpest featured face I've ever seen, which remained severe even when she forced a smile. Grip of her handshake was unnaturally tight. Had an envelope containing screenshots of the Facebook attack and Mum's charge on her table.

Remember every detail about the meeting. First thing Hilary said was that there's a ninety per cent chance of the judge ruling in our favour – that it is clearly a case of ongoing abuse, especially with the online evidence. Started ripping what little remained of my nails off, and Dad snapped and said he was disgusted. Shook his head before slamming his hand on the desk. Dad's usually as quiet as a mouse, but on the rare occasions when he's pushed, he finds it impossible to reel his temper back in. Isla's phone made a run for it off the table, and Mum picked it up. Hilary told him to try and stay calm, but she moved a jug of water and four glasses away from him just in case. Dad folded his arms and sat back, and Mum said the odds were great news.

Hilary opened the envelope on her desk next and glanced over its contents. She said we'd all been through a lot. 'Tell me aboot it,' Isla replied. Didn't know what to do with myself while Hilary read. Looked around her office. The walls were painted a gothic purple, and the filing cabinets behind her desk looked like they had faces. Got such an eye for detail. No wonder I like writing. Hilary eventually said that judges don't take kindly to this sort of thing in court. 'Does this mean we've a hundred percent chance o winnin?' Isla asked. Hilary paused before saying that Aunty Cathy's profession will give credence to what she's saying, because she works in a position of trust as a police officer. Isla raised an eyebrow. Said she's had a disclosure too. But Mum and Dad sighed. They weren't surprised.

Hilary told Isla that Leanne had a disclosure too and explained that Aunty Cathy's years in the police service were why the incident in the park was taken so seriously. But she delivered the brilliant news that because my swearing wasn't reported at the time, there was no chance of me facing the same charge as Mum. Know deep down that I was thinking the worst before, but it's such a weight off my shoulders. Anyway, Hilary said the trial was about the hit-and-run and the hit-and run-only. The rest of the meeting was a blur.

November 20th

Went for a walk along Loch Lomond today. It was a welcome change of scene from Thistlegate. Dad stopped to admire the *Maid of the Loch*. Couldn't help but notice how similar we look. Natural light hides nothing. I'm my dad's daughter. I've got sallow skin, and my hair is the same shade of dark brown. We've both got deep blue eyes with yellow around our pupils. That being said, me and Isla still look alike; we've got the same facial structure, the same nose. Dad's family have Italian blood in their veins, on his father's side. Isla didn't inherit any of it. Her hair is the same shade of light brown Mum's was before she stopped dying it in her early fifties, even if Mum had naturally black hair before then. Isla's eyes are light blue, crystal blue, just like Mum's.

Mum's side of the family don't have a fraction of the sense of Dad's. There's something to be said for waiting to settle down later in life like they did. By the time Granny Jean was my age, she was married to Granda Donald. Dad doesn't come from money, but compared to Mum, he is middle-class. Couldn't imagine him, or anyone on his side of the family, shouting and swearing in public, let alone in private. Granny said they all have pokers up their arses and that Dad was born with a silver spoon in his mouth. There's no truth to it. They'd have given anyone the shirts off their backs.

Even though it's been years since I spoke with a stammer, I'm scared the pressure of being a witness will bring it back. Could barely string a sentence together after the hit-and-run. This is like slaying a dragon for me. Tonight, Isla said it was ridiculous that Granny Jean was getting off scot-free. She's right. This whole situation is Granny's fault too. On the way home from Loch Lomond, Isla said she wondered if Granny will turn up to the trial. Mum said Granny wouldn't miss it for all the tea in China, but that she won't be chuffed that her family are the talk of the steamie. 'Ah won't be surprised if journalists are there,' she added. Burst into tears. In that moment, it was all too much. Isla said she'd more reason to cry than anyone else.

Told Isla how much pressure I'm under and that all I want is to be the best possible witness. Said my brain's got me on a constant hamster wheel trying to keep myself and other people safe. She agreed, but said she got the short straw getting hit by a fucking car. Mum piped up. Said that being upset wasn't an excuse to swear and that Isla made herself sound like an idiot in front of Hilary. 'Your Granny's got the mouth o a sailor and it's no becomin o hur!' she said. Isla defiantly said Jesus Christ and Mum snapped, 'Don't use the Lord's name in vain!' Sat in awkward silence after that. She might have raised us Catholic, but we didn't follow it to a tee like she did.

Been stuck in my head for years – always been an anxious person, but my OCD didn't kick off until uni. Failure after failure at uni knocked my confidence for six. Every semester, I got the same email telling me my work didn't meet the required standard. Wasn't good enough to do the creative writing modules no matter how hard I tried. The compulsions I formed around my writing were my way of trying to take back control. But even now, part of me thinks that wasn't the case. Just brought something different, something my lecturers didn't understand, to the table. Now it's crunch time. Told Mum I wish I'd the guts to stick up for her that day in the park, but I'm glad I'm getting the chance to defend my family in court.


November 22nd

Dad had no idea what he was taking on the day he married Mum. He banned her from talking about the Clan for at least a week today. Said he needed a break. He's an only child – moved from pillar to post down south while his dad worked as a civil engineer. Mum said meeting him calmed her down. Like the rest of the Brennans who, quite frankly, could start a fight in an empty room, she has a fiery temper, but she knew that Dad wouldn't stand for it. I think they both bring out the best in each other. Mum's always pushing Dad to come out of his shell. She tries to do the same for me too, telling me to stand up and be counted. Whistling in the dark now or, more accurately, rehearsing what I might say in court.

# Green for Grief

KATE

November 24th

Went out for dinner with a colleague tonight. Did me the world of good. New Japanese place has opened up on Sauchiehall Street. But my eyes were bigger than my belly. Dug my chopsticks straight into my leftover rice, and Anna's face fell. Said upright chopsticks are an omen of death. Represents a tombstone apparently. Wouldn't have thought twice about it if it hadn't been for my green dress. Mum said 'green fur grief' when I showed her, and Isla woke me up a few days later to say a girl we'd played with as kids was dead. Never thought much of that old-fashioned, silky, tight-waisted dress and what it might have meant until now. But I'd a feeling history was about to repeat itself. Mum told me the operation to remove the worst of Bettie's cancer had gone wrong. Anna said it was just a 'silly superstition' and I agreed. Had to be a coincidence.

November 28th

Can't get Granny Jean out of my head today. She always

said she was proud of her grandchildren, especially when Gary got his apprenticeship, and she could say we had another engineer in the family. Leanne might have ruined her life, as Aunt Cathy put it, when she fell pregnant at eighteen, but Granny always commended her for doing the right, Catholic thing, and Isla loves the dancing just as much as she did. But I don't know what she thinks of me. She could never get a handle on my character. One day, Mum told me to sit downstairs with Granny when she went to pick Isla up from work. Will never forget watching a TV show with her and desperately searching for something to say. Maybe she was doing the same thing.

November 30th

Found some pictures of Mum as a toddler with Granny and Granda tonight – taken on a holiday on Isle of Lewis in 1961. For all Granny looks like one giant wrinkle now, she looked just as much a film star as Lizzie Black in her day. Granda was the epitome of tall, dark and handsome. But while they might have looked like a match made in Heaven, they'd have been better off cutting their losses and getting a divorce. Mum said their good days were few and far between. Even in their old age, Granda always kept Granny in line to an extent. He didn't want his wife playing merry hell with her tongue.

Only been in the pub with friends a handful of times, but on one of them, I met an old man with a scraggly beard and creepy glass eye that stared off in the opposite direction to his real one. He said no man goes beyond his day, but Granda Donald was the exception. If he'd outlived Granny Jean, it would only have been Mum's childhood that would have been less than pleasant. It was inevitable to an extent. With Granda's drinking, they never had a penny to their name. Mum was always on the sidelines at family do's, but things didn't get noticeably bad until after he died. Mum knew better than to question someone who reminded everyone to respect their elders.

December 6th

Found out today that the trial's going to be in February.

Granny Jean said you reap what you sow, but she never considered what this meant for herself. She's aired every family in Thistlegate's dirty laundry. Now it's time for hers to get a shot on the line. Can see why Granda Donald drank every penny he had to his name. Granny was always just a funny old lady to me, until she came on holiday with us for the first time after Granda died. Was a law unto herself after that. Dad had won a timeshare at the company cottage in Northumberland, and Granny couldn't say no to a freebie. The cottage was called Corner Stone after the moss-covered boulder in its garden, which looked like it could be home to faeries. A giant rock with a creepy, yet friendly, face called Jim Crow sat on the beach.

Granny said, 'It's too puckin quiet fur ma likin,' when we arrived. The salty air was refreshing, and the cottage was across the road from a wood filled with wild garlic. There was a rope swing above the crystal-clear burn running through its back garden, and inside, a long-burning fire and a kitchen with mahogany cabinets and custard-yellow walls.

The only thing Granny noticed was the Apple Inn. Even though Mum had brought food, Granny insisted on going out for dinner on the first night. She's as tight as a duck's arse, but she knew Dad would tell her to put her purse down. Local pub wasn't that different from the Clydesider on the outside, but the first thing I heard inside was laughter, not football. Glasses you could see your face in hung above the bar, the lights above them shining a brilliant light onto the stools, while an old man enjoyed a Guinness in the corner.

Granny ordered stovies for dinner. Took a mouthful and said there was too much pepper in it. She coughed and spluttered so much that her gold clip-in earrings threatened to make break for it, shouting that the English don't have a clue how to make stovies. A man rushed over and said, 'So very sorry. Tonight was our new chef's start shift. He from Lithuania. I can get you free drink to compensate for the inconvenience and replacement plate of the stovies?' I looked at the cross around Granny's neck – nothing but Jesus serving her would have been good enough.

She asked if she should get a free meal, and the man agreed. 'Ah'll have a large sherry an aw, and gie me the menu again. Ah want three courses,' Granny said. She was always good at chancing her arm, even when she was over a hundred miles from home. The man apologised again, and Granny, now rubbing her cross for luck, said, 'Noo, son, ye foreign folk should-nae be tryin tae make food that's nae fae yer ain country. It would huv been bad enough fur an Englishman tae try and make stovies, but ye lot will never get it richt.' Was so embarrassed I wished we'd been chucked out. Granny might as well have been wearing the pink tiara she acquired at the panto. It's been years and I still remember what the waitress looked like because of the sock on her face. People were staring at us, and I couldn't blame them.

To be honest, I looked like that waitress when the court summons arrived. Felt light-headed too. Dreading having to be Isla's witness. Just my luck. Isla said there's no place like home when she was discharged from hospital. Summer's gone to shit now – kissed goodbye to her dream summer job. Never seen her this down. Her make-up is gathering dust for the first time. Dad's always said she could sleep for Scotland, but she's doing it so much now it's obvious she doesn't want to be awake. Got a message from her best friend, Morgan, asking if I could try and coax her out. Going to. Hated visiting Isla in hospital. Stomach's turning at the thought.


December 11th

The beeping of my alarm set my heart racing like the bungee jump I made on a more confident day once did. Jolted like I do every morning. You know you've got issues when even your alarm clock scares the shit out of you. Lost count of the number of times Isla's snapped at me for it. Rolled out of bed and breathed in for five seconds and out for five. Had to go to the toilet. Always need to pee like a racehorse. Heard Mum crying downstairs the moment I stepped out my room. There was only one explanation – Bettie had popped her clogs. Death's never easy, even when it's expected. Is the last thing Mum needs, but the Reaper shows no mercy.

Only had forty minutes to get ready for work. Quickly went to the bathroom, threw on the first outfit I could find, brushed my hair and went downstairs to comfort Mum. Was sitting at the kitchen table with a cup of tea in one hand and a picture of her and Bettie in the other. 'Friends are the family we make for ourselves' was engraved into its frame. Hugged her from behind, and she cried; her wee pal was gone. Tried to comfort her by saying Bettie had a good innings, and she nodded. Mum said Granny hates funerals, because 'she knows she'll be in trouble when she meets hur maker'. Giving up an hour to God every Sunday gives her a free pass to do whatever the hell she likes for the rest of the week.

Watched Mum taking her pills. Nothing about her appearance suggested she is in good health. Her hair might have kept its colour better than her sisters', but it is worryingly thin. Her veins bulge beneath her paper-thin skin. Doctors knew there was something seriously wrong when childbirth knocked her for six, but it took years for her to get a proper diagnosis. Thought her number was up when she contracted pneumonia – not the type that she lives with every day. Found her unconscious, and she was diagnosed at hospital. Said she saw an angel called Zelda who stroked the side of her face. Her family still question her not working, despite knowing how quickly sickness can come upon her. Bettie never did, and she always asked Mum how she was keeping. Mum said Granny Jean rarely batted an eyelid about her health.

Imagined Granny's reaction to Bettie's death – she'll be raising a toast with Aunty Cathy. They are partial to a drink, so any excuse. 'Stella Marie will be runnin efter me like a blue-arsed fly again in no time,' she'll speculate. Counsellor said I apply harsher moral standards to myself than I do to other people, so thinking of Granny helps me to briefly convince myself I'm good, even if it's a compulsion. She said there's people whose graves she'd 'dance oan', and I know she'll be glad the only woman who threatened her place in Mum's heart is no longer breathing.

Granny doesn't have a sympathetic bone in her body. Anyone who doesn't live up to her bizarre standards of perfection is a 'queerie' or a 'bad mammy'. She could never call Bettie the latter enough. The neighbours had something to say after Malcolm finished college and didn't get a job or even go to the effort of signing on, despite his dad's insistence that he'd have to contribute. Since Bettie only had Malcolm for company, and he's not keen on socialising even with her, we'd become her extended family. Bettie phoned Mum and said she couldn't catch a breath – that the room was spinning. Called Mum her angel that night.

Mum came into the bedroom as I was putting on my make-up and said Malcolm was just off the phone. Bettie had planned her funeral down to her coffin and wanted Mum to do the offertory with him and me to read out a prayer. I'm on to Bettie. She said I was a great person who had a lot to offer. Opened up to her about seeing a counsellor. She said I could overcome it, if I put myself well and truly out of my comfort zone. But I told Mum it was a bad idea. It's not like Mum doesn't know I'm scared of everything. A psychic told her I'd an addiction, but that was putting OCD and the tens of thousands of reassuring pictures it made me store on my phone mildly. Granny or Aunty Cathy would inevitably put me off. Saw Mum's reflection in the mirror. Her eyes were flooded with tears, so I said I'd think about it.

I've got off lightly compared to Isla and Mum. Mum's lost her whole family, and Isla's been put through the mill in every sense of the word. Couldn't put the worry of me seeing a counsellor on Mum's shoulders before, let alone now. Probably not giving Mum enough credit in the empathy department. She would understand. Just don't want her to feel like she's failed in some way. That's how I'd feel in her shoes. Haven't had a session since she was charged. Wouldn't know how to begin explaining it to Dr Edwards. Need to bite the bullet and go back. Hit-and-run's playing on a loop in my mind.


December 12th

Climbing the walls with anxiety. Telling myself that putting pen to paper in this diary is better than nothing, better than not writing at all. Yellowed newspaper clipping about my Granda Joe saving a woman on a Glencoe mountain changed my life. Descriptions of narrow escapes from death set alight my imagination, and I want to retell the story in my own way. Escapism at its finest. Salome, the woman he saved, wrote about her experience in French (a lack of knowledge of the mountain is what got her into trouble), and Granda Joe was too busy adventuring, even before he died, to tell his side of the story. Knew I'd be missing a trick if I didn't try to write it, albeit a fictionalised account. Could fill in the blanks of Granda's story and maybe make a point or two about what it's like to live with what feels like a broken brain. Got more creativity in me than I give myself credit for.

February 1947 – Glencoe Rescue Wins Medal

For the rescue of a woman who fell down a Glencoe precipice on 29 December last, Mr Edward Stirling, 35, of Bowman St, Glasgow was presented with the Royal Humane Society Bronze Medal and certificate at Glasgow Southern Police Court today by Bailie W.G. Bennett, acting on behalf of Lieutenant Munro, acting fiscal.

Presenting the medal to Mr Stirling, Bailie Bennett said Miss Salome Beauchêne, a Glasgow student, was a member of a mountaineering party. She lost her footing and fell from a ridge between Bidean nam Bian and Stob Coire nan Lochan near Glencoe.

Mr Stirling stayed by her side until she was removed from harm's way by a rescue party early the next morning.

'Mr Stirling did splendid work carrying the stretcher down almost vertical parts of the mountain,' Bailie Bennett added. 'There were many narrow

escapes from death by the rescue party
and their courage is worthy of the high-
est praise.'

Mum said that if I ever need an antidepressant, I should take it. Doctor offered me one after I told him I'd been struggling to sleep today. I said no. It's the last resort, one I'll only take if things get worse. I'm terrified. Unless someone's hurt like Isla, or it's on camera, most crimes are your word against theirs. It's why I gather so much evidence to keep myself safe, especially when it comes to my writing. It's a compulsion, and it's spiralling out of control. Keep thinking about what happened to Isla and Mum to make sure it wasn't my fault too. I don't want to cause any major harm. A friend said to me that as long as I don't kill anyone, I'm not a bad person. But the hit-and-run was a close call, and if I'd done a few things differently, it might never have happened.

Having nightmares about what Isla's wake would have been like if the worst had come to the worst. I'd have never forgiven myself. Most parents probably wouldn't let a ten and twelve-year-old see a dead body, but when Granda Donald died after losing half his body weight, Isla and I went to his wake. Seen other dead bodies since then, but I've never forgotten Granda's. Keep waking up in the middle of the night after dreaming about Isla's dead body and imagining what his skeleton looks like now. Mum said Granda's dead body was just his old coat, but I couldn't see it like that. Granda was in the box I watched being lowered into the ground, and I threw a rose and soil onto Granda. Mum said if it rains the day you die, it means you're happy. Granda died in the summer, so there was little chance of that small comfort.

December 13th

Feel so disconnected from reality that I can't trust my thoughts. What if dreaming is reality and being awake's a dream? I'm in a café, and there's lots of buzzing, babies crying, music playing, and it's too much. Everything's been too much since the trouble in the family kicked off. Spotted a white feather on the road this morning. Took the decision out of my hands. Mum said feathers are a sign an angel is looking out for you. Bettie said she'd send me and Mum a message from the other side. Texted Mum at lunch and told her I'd fulfil Bettie's last wish. That lot know I'm too scared of my shadow to stand up for myself. They're right. But I'm going to have to grow a pair sooner or later.

# Ashes tae Ashes

## JEANNIE

Ah said Bettie wis gaun tae get a shite turn oot at hur funeral, but ah'm eatin ma words. Lookin doon the church, it's black. Folk ah huvnae seen in cuddie's years huv come tae pay their last respects. Someone's time will huv come by communion, and the queue itsel will be like the slow boat tae China. Ma number'll be up by the time Faither Murphy says body o Christ tae me. Ma Cathy wanted tae turn up early. She wis plannin oan showin Stella Marie up by tellin folk she's abandoned me in ma auld age. God knows hoo Bettie still hud salt-and-pepper hair at the end o hur days wi a cross tae bear like Malcolm. Ah'd huv kicked that boy's arse tae kingdom come. Mind ye, Stella Marie's a heavy cross tae bear an aw. Nae wonder ma hair's been a ghostly white fur years.

'Jesus,' Cathy says, lookin aroond. 'This lot huv hud a hard paper round.'

'If ah ever end up like that, ye kin shoot me.'

She laughs. 'Ah hink we've got enough trouble in the family already.'

'Let's huv a swatch o Bettie's flooers.'

'Ah bet you a tenner Marie's gat hur a wreath.'

'Ah puckin hope naw.'

Ah dip a finger intae the silver holy water container as ah enter the church and bless masel. A passkeeper's haundin oot orders o service at wan side o the foyer, and at the other, there's a wooden fold-up table wi two wreaths oan it.

Wan o them is o pink flooers formin the word 'Mother'. The other's a heart-shaped wreath o purple flooers. There's a white ribbon wi 'Friend' written in gold letters across it and next tae it a card that reads:

> Tae ma wee pal,
> Ah'll miss you, but ah know we'll see each other again. Thank you fur everything. Ah'll keep ma eyes peeled fur signs you're still around.
> Love, Marie.

'In the name o Christ,' ah say tae Cathy. 'The purple wan's fae Stella Marie. The other's fae Malcolm. She's gat nae shame.'

Nane o Bettie's pals huv been willin tae go intae their poackets. They've ainlie turnt up fur the free scran.

Ah shake ma heid before turnin tae the altar and genuflectin. St Margaret's is a big sandstone buildin that disnae huv a patch oan the auld church which used tae be at the other end o the village. It wis bombed durin the Blitz, and when it wis rebuilt, nae expense wis spared – even if ah wasnae keen oan the ootside. There's a main altar wi a golden tabernacle wi a wee dove oan the ceilin above it. Two smaller altars sit oan either side. Wan o them hus a beautiful statue o the Virgin Mary oan it and the other a handsome statue o Jesus Christ himsel. Fur twenty pence, ye kin licht a candle fur yer guid intentions.

Ah look doon at ma pink suit. Cathy said it'll remind Stella Marie who hur mammy really is. But there's a time and a place fur makin a point like that and it isnae a funeral. Ah should o known better than tae go along wi Cathy's idea.

Stella Marie's a great believer in the Virgin. But at funerals, Jesus's side at the front is always reserved fur the family. Stella Marie, David and hur weans huv the cheek tae be sittin there wi Bettie's. Ah've nae sympathy fur hur. Ah grab Cathy's arm, draggin hur doon tae the front o the church so we kin sit opposite Stella Marie, oan the Virgin's side.

Ma neighbour, Hazel, is sittin beside Cathy. By the looks o hur, she slept in. Hur hair is like a burd's nest, and hur eyes are red and blotchy. Cathy doesnae waste any time.

'That Stella Marie. She wis best pals wi Bettie when she wisnae darkenin her ain mammy's doorstep,' Cathy says, pointin at the Stirlings. 'Ye should huv seen the beamer she hud in a recent photie o hur and Bettie. It's a disgrace, isn't it?'

'Oh aye,' Hazel replies. 'Malcolm didnae get the coffin his mammy asked fur. She'll be turnin in hur grave once she's planted.'

'No, ah mean—'

'It wis that Michelangelo paintin she wanted, no the Last Supper.'

Cathy sighs.

Hazel always wis a funny bugger. Hur daughter fell oot wi hur efter she objected tae hur movin in wi hur man wi'oot a ring oan hur finger. The fact he came fae a proddy family didnae help the situation. But fur aw ma lassies are born and bred Catholics, ah tellt them that the world and whoever they wanted tae marry wis their oyster. Me and the lassies at the bowlin club hud a richt laugh at hur expense. Ah said, 'Ye huv tae be a queerie tae huv wan o yer weans turn against ye.' She wouldnae be caught deid wi anyhin but a softie in hur haun. Ye cannae compare that tae whit happened between me and Stella Marie. She's sick in the heid.

Ma eyes fall oan Bettie's coffin. It's made o licht broon, expensive-lookin wood, hus gold handles, a cross oan top o it and a marble carvin o the puckin Last Supper oan both sides. Ah've been tae ma fair share o funerals, and ah've neer seen a box like it. Did naeb'dy tell hur we're aw equal in the eyes o God?

It'll be impossible fur Stella Marie no tae be hinkin aboot me – unless she's taken a hit tae the hied. Ah'm the same age Bettie wis when she died. Maybe she'll come back tae clean ma hoose if she hinks ah'm nae lang fur this world. Hopefully, this will gie hur the kick up the arse she needs.

'All rise for the entrance hymn,' says Faither Murphy.

'On Eagle's Wings' begins tae play. Ah cannae help but stare at Stella Marie and hur weans. But ah'm no the ainlie wan who cannae resist huvin a swatch. Isla looks richt through me. When ah look back, she's sniggerin. Ah've an awfy feelin it's because o ma pink suit.

Ah look at the flair. It's covered in dust. Faither Murphy should gie his cleaner the sack, ah hink. Ah've a swatch at the stations o the cross next. Hoosed in golden frames, they are the maist impressive paintins ah've ever seen. Ma favourite is 'Jesus meets his afflicted mother'. Ah mind swatchin it fur the first time as a wean and hinkin Jesus must huv been a richt strong man tae carry his cross.

Ah zone oot o whit's gaun oan until Kate goes tae the pulpit tae dae a readin. Ah want hur tae burst intae tears. Hur hauns are shakin so much that the paper flutters and that's before she even says a word.

Cathy looks at Kate, sniggerin, and whispers: 'And she's Isla's witness. The Stirlings huv got no chance in court.'

Ah look Kate in the eye. She is starin aff intae the back o the church as she reads, but wance she gets intae hur stride, she looks doon and makes eye contact wi me. Insteid o stutterin, she speaks mair clearly than ever before in hur fake Glasgae University accent. She's deliberately holdin hur heid up high.

Hazel stands next tae sing 'Hail Queen of Heaven, the Ocean Star'. Ah've always liked the line 'Virgin most pure, star of the sea'. Ah didnae gie a second thocht tae Stella Marie's name. But if ah'd an inklin o hur character, ah would o gien hur an ugly name. She wis born oan the Renfrew ferry, and the story ended up in the *Thistlegate Post,* so ah guess it wis a guid hing. Folk hud tae know ah've rare taste in baby names.

'Bettie was born in Thistlegate in 1922,' the priest said, beginnin the eulogy.

Ah fall asleep. Cathy elbows me at the end o the funeral. Ah jolt awake, and we stand tae follow the coffin oot o the church tae the cemetery.

\*\*\*

Even though she hudnae done hur duty as a Catholic wumman, and the rain is lashin doon, Bettie hus a smashin turn oot at the cemetery too. She's gettin planted wi hur man, so hauf the mourners cannae get near because o the surroundin graves. Thank God. Ah'm already too close fur comfort.

Ah scan the crood fur the Stirlings. They've finally been gien their proper place. They arenae far fae me and Cathy under a large black brolly.

Bettie's gettin planted a few rows alang fae ma Donald. Stella Marie is lookin at his grave and greetin. If we dinnae sort oot oor differences, ah wonder whether Stella Marie, let alone David and their weans, will come tae ma funeral.

Fur aw Stella Marie is a cross tae bear, she wis guid tae me, ah hink, lookin at Cathy who is bitchin aboot hur tae wan o Bettie's pals. She wis the first tae volunteer whenever ah needed a haun roond the hoose. Ah sometimes wondered hoo she did it wi a bag pinned tae hur stomach. She wis a star in some ways, but ma memory's away.

Cathy's too busy chattin tae notice me slippin away intae the crowd. Maybe if ah get closer tae Stella Marie, she'll say sommat. Maybe ah'll say sommat. She's wearin a gold cross an aw.

Bettie hud a neat endin, and even though she ainlie hud wan wean, she hud a lot o pals. Ah've ainlie gat ma weans noo Donald's deid.

Ah accidentally bump intae a mourner.

'Are you no dead yet?' an auld man in a tweed suit and a flat cap asks, laughin. 'I could have sworn I heard that you died!'

Ah sigh so hard it sounds like a growl. Ah push and shove ma way through the mourners, stoappin when ah get close tae Stella Marie. Malcolm is walkin ower tae hur wi a big bunch o pink roses in his hauns. He's haundin oot roses tae throw oan Bettie's coffin and gies wan tae Stella Marie. She smiles as much as she did in that photie o hur, Bettie and Malcom oan hur sideboard – Malcom, the bugger, hud his arms ower hur and his mammy. Ye'd huv thocht it wis hur mammy gettin planted.

Awbody who's been gien a rose surrounds the grave, and an arm sidles roond ma back. It's Cathy. 'Let's get gaun,' she says. 'Ah need tae be back in work fur twelve, and ah dinnae want tae get held up by the other cars.'

Ah nod. Bettie's planted, and watchin Stella Marie gettin treated like wan o hur weans is too much.

'Cathy, it's yourself!' the auld man in the flat cap exclaims.

'Mr Gregory,' she says. Ah'm too busy lookin at ma Donald's grave tae pay him any mind. 'Mum, dae you remember Mr Gregory? He wis the modern studies teacher at St Bernadette's.'

She gestures tae him wi hur haun. As if ma memory needs joggin when it comes tae a bastart like him. Mr Gregory takes aff his hat and smiles at me.

'Cannae say ah dae,' ah reply.

The bastart didnae need introducin. He wrote books as funny as him oan the side and hud the cheek tae tell me ah didnae know whit wis best fur ma lassies at parents' nicht. Aw because ah didnae let ma Stella Marie stay oan at school tae dae hur Highers.

'Any chance of a lift?' he says, lookin at the lang road oot o the cemetery. 'I'm too old for the driving these days.'

'No problem,' Cathy says, smilin.

Ah sit at the front o the motor wi Cathy and gie him growlers usin the mirror.

'That's another one planted,' Mr Gregory says. 'And I thought Bettie was ages with me. Turns out she wis five years older.'

'Aye, well, ye dinnae age the same when ye ainlie huv wan wean,' ah say.

'And how are your other girls doing?' he asks. 'I saw Marie today, but she was upset so I kept my distance.'

'Marie?' Cathy says, shakin hur heid. 'She stopped helpin Maw oot fur no good reason, and hur girls huv got Sandra intae some amount o trouble wi the polis.'

Mr Gregory's eyes widen. 'Oh,' he says. 'I won't pry.'

'Aye, best keepin yer nose in yer ain business.'

There's nae point tellin him – or anywan else ootside the family. It doesnae take lang fur news o trouble in a family tae get roond Thistlegate. The walls huv ears. Folk kin make their ain minds up aboot Stella Marie's character. It wis a guid hing Malcolm hud gat tae Stella Marie before me. The funeral hus made me saft.

'Did you know that the crematorium's closed for a few months?' Mr Gregory says, lookin oot o the windae at its chimney.

'No,' Cathy replies. 'Surely they cannae keep it shut fur that long?'

'They're replacing all the ovens to accommodate fat people. The old ones weren't doing the job properly. It's changed days.'

Changed days richt enough, ah hink, lookin at Mr Gregory. Men used tae huv mair aboot them than that. Even though he's stooped ower in his auld age, he's still a big strappin man. He looks like a sailor in his flat cap and blue jumper. The picture o health. He's gat nae shame. Lazy bastart askin fur a lift.

***

Efter Bettie's funeral, ah'm deid oan ma feet, so ah put oan ma nichty when ah get hame and go back tae bed. There's a thick layer o dust oan the windaes. It blocks the trees ah kin usually see ootside. Ma hoose is gien a whole new meanin tae midden bin. Ah've a pair o lemon sheets oan ma bed, but there's an awfy watery broon hot toddy stain at the top o them. Ah hink ah've a touch o the Parkinson's.

Stella Marie would be runnin efter me if she wis aroond. She's a rare cleaner. Ma cupboard's chock-full o dirty washin. The smell would gie anywan the boak.

Ah shut ma eyes, angry at masel fur tryin tae get closer tae Stella Marie. Ye huv tae be cruel tae be kind. There's nae fool like an auld fool who isnae aw there. Stella Marie wasnae guid tae hur mammy. Sandra'll change ma bed and dae ma washin once she's been let aff by the polis, ah hink. Sandra's picture oan the Facebox is wan o me and hur. She's a guid lassie. Ma real star.

Ah fall asleep.

***

Ah'm woken by the ringin o the phone. Ah wipe the sleep fae ma eyes and blink the trees ootside ma hoose intae focus. It's at the far side o ma bed next tae ma statue o Saint Anthony. When ah reach ower tae grab it, ah knock the glass wi ma falsers in it ower.

'Shite!' ah say, puttin the phone tae ma ear. 'Hullae?'

'Mum, is everyhin OK?' Cathy asks.

'Aye,' ah reply, lookin at ma falsers oan the flair. There's a reid carpet in ma room, which makes them easy enough tae spot.

'Honestly, Marie's got some amount o sins tae answer fur. Ah wanted tae push hur intae Bettie's grave when ah saw hur throwin that rose.'

'Ah cannae explain hoo embarrassed ah wis,' ah say as ah slowly get oot o bed and bend doon tae pick up ma falsers.

'Leanne's fumin.'

'It's nae richt tae treat someone who isnae yer mammy like that.'

Ah put in ma falsers and put oan ma purple slippers. Ah sit doon in front o the three-piece white mirror oan ma dressin table. Stella Marie used tae huv a bigger mirror than this in hur livin room, which explains why Isla grew up lovin hursel. Ah dinnae recognise the person lookin back. Ah look aboot a hunner and ten in ma nichty. Ah grit ma teeth. Ah'm noo a toothless, gummy bastart. Fae the corner o ma eye, ah swatch ma statue o Saint Jude. The patron saint o lost causes. God knows me and ma family are wan noo.

'Maw?'

'Sorry, hen,' ah say. 'Ah dropped ma falsers and knocked two o their front teeth oot. Ah need tae go tae the dentist.'

'See?' she replies. 'This is why Marie's such a disgrace.'

'Ah dinnae understand—'

'There's me takin time aff o work so ah can take you tae Bettie's funeral, and now ah'm gaun tae huv tae take mair time aff tae take you tae the dentist.'

'Be guid tae yer mammy, and ye'll get yer blessings.'

'Marie doesnae work. She should be the one takin care o you.'

'She's bone idle, richt enough.'

'Ah'll be back in a minute,' Cathy says; 'there's someone at the door.'

Ah walk ower tae the windae, and ah look doon at a plastic, yella flooer covered in gum. Ah've gat flooers aw ower the hoose, and the wans oan the sill are a great place for me tae put ma gum when ah cannae be arsed walkin tae the bin.

Ah put oan ma dressin gown and walk intae the hallway. Ah look at the clock oan the wa; it's 5 p.m. Noo ah'm dyin o hunger. Ah take a step doonstairs.

'Marie will ootlive the lot o us,' Cathy says, returnin tae the phone.

'She's some clean—'

Ah slide oan ma dressin gown's belt and fall heidfirst doon the stairs. The phone flies oot o ma haun. Ah scream, grabbin oantae ma rosary beads. Ah'm clouted ower the heid by the phone.

Pain surges through ma body, and ah cry, 'Sacred Heart o Jesus save me fae the fires o Hell!'

'Maw, are you OK?' Cathy shouts.

The phone is lying a few feet away fae where ah've landed. Ah kin see the plastic flooers oan the sill in the livin room. Paralysed by fear aboot whit ah might break if ah try tae move, ah scream. It takes the last o ma strength oot o me, and ah shut ma eyes, holdin oantae ma rosary beads fur dear life.

*\*\**

White licht floods intae ma eyes as their slits slowly open tae a tubby, ginger lassie wi big broon caterpillar eyebroos. Clear liquid is bein pumped intae a small, white tube inserted intae the green vein in ma haun.

'Mrs Brennan?' the ginger lassie asks. 'Mrs Brennan, can you hear me?'

'Hen—' ah say.

'You've had an accident,' she says, takin ma haun. She points tae the tube. Ah'm glad tae see ah'm still wearin the watch and two beaded bangles ah'd oan at Bettie's funeral. 'You're on morphine for the pain.'

'Where–where–where am ah?'

'The Queen Elizabeth Hospital. There's no need to worry.'

'Where are ma weans?'

'Your daughter's in the coffee shop downstairs,' she says. 'As soon as she comes back up, I'll let her know you're conscious.'

Which daughter? Stella Marie is a guid Catholic, ah'll gie hur that much. Mibbie it's the morphine, but ah hope it's hur. Ah'm a stupid, stubborn, auld bugger. Ah should huv still tried tae make peace wi hur at Bettie's funeral. She wis guid tae hur mammy and hur daddy – especially at the end. She dreamed o bein a nurse, and ah should o encouraged hur, but ah lost faith in dreams the day Donald raised his haun tae me.

'Nurse, how bad is it? A cannae remember whit happened,' ah say, tryin naw tae hink aboot Stella Marie any langer.

'The doctor will explain later.'

'Ah hink ah fell doon the stairs. God, ma hip's killin me.'

'Try to relax, Mrs Brennan.'

Ah shut ma eyes and fall back asleep.

***

'Oh, Mum,' ah hear a voice cry. Stella Marie's always been guid tae me. 'Whit are we gaun tae dae wi ye?'

A warm haun clasps ma ain, and ah wake tae the sicht o a slicht wumman.

'Stella Marie?' ah say, still hauf asleep.

'Mum, it's Sandra,' the voice replies, firmly.

'Shite. This morphine's gaun tae ma heid.' Ah wipe the sleep fae ma eyes. Sandra is sittin at the end o ma bed greetin. 'Hen, calm doon. Ah'm naw deid yet.'

'This wis the last hing ah needed,' she says. Ah wish she did-nae live so close tae Stella Marie. 'Ah spoke tae a lawyer who hinks ah'm gaun tae get time fur knockin Isla doon. That's me suspended fae ma job at the school now too. Teaching assistants huv tae be oan their best behaviour—'

'Where's Cathy?' ah ask.

'Cathy will come here tae see you tomorrow.'

'Puckin hell. Ah'm sure ah wis oan the phone tae hur when this happened. She should be here lookin efter hur mammy. Ye've gat enough tae deal wi.'

'She said she wis workin tonight.'

Stella Marie wis guid tae me, ah hink, gettin angrier by the minute.

'And whit's Gary and Leanne's excuses? Ah could be at death's door fur aw ah know. They should come and see their auld granny.'

'Lewis hus chickenpox, and Gary hus tickets tae the Celtic game—'

Ma eyes fill wi tears. He's been in a Celtic strip since he wis a wean. 'The fitbaw?'

'You only regained consciousness an hour ago.'

'Huv ye tellt them?'

'Yes! They said they'll come tomorrow.'

\*\*\*

Noo ah'm well enough tae sit up in bed, but ah'm still knocked fur six. The doactor hud tellt me that ah'll need tae get a hip replacement, and ah'm still oan morphine. Ah've mair wrinkles than ah dare coont, and wi the bash tae ma heid, ah look like ah'm fallin apart at the seams. Ah huv tae keep askin the nurse tae repeat hursel. She's noo writin doon everyhin important in a notepad. God bless hur.

A clean shirt would dae maist o the folk in the hospital. They make me look like a spring chicken. Their shakin hauns kin barely hold doublehandled, yella cups wi sippy lids.

Sandra comes tae visit me every day, but Cathy, Leanne and

Gary huv ainlie visited wance. Ma Sandra lives roond the road fae Cathy, and ah wish she'd gie hur a nudge.

'Mrs Brennan,' the ginger nurse says. 'Have you looked at your notepad? You've an appointment with a social worker in half an hour.'

'Oh aye.'

'My name's Aileen,' says a fat wee wumman. Ah didnae notice hur standin next tae the ginger nurse. 'I'm a carer. We're going to move you into a wheelchair using the hoist.'

Ah look at it and hink o Stella Marie – she's always been a skinny bugger, and ah wonder if she's hud tae use wan an aw. The hoist is a metal frame wi a fabric seat attached tae the end o it.

'Fur puck's sake, kin the social worker naw come tae ma ward?'

'It's important that we get you out of bed, Mrs Brennan,' the ginger nurse says, as she shuts the white curtain roond ma bed.

Ah huvnae felt so helpless since the day efter the Blitz. Ah'm too weak tae move masel. Aileen rolls me oantae a white sheet. Thick grey straps are attached tae its corners. She picks them up wan by wan and attaches them tae a metal hook and presses a button. Ma Stella Marie's gat a big gairden, and ah imagine the weans would o hud a field day oan this back in the day. Ma eyes widen. The straps tichten as the hook rises intae the air, takin me wi it.

'Jesus Christ,' ah say. 'This would be smashin fur lazy bastarts!'

Aileen laughs. The ginger nurse moves a wheelchair as close tae me as possible, and ah'm slowly lowered intae it.

Once ah'm safely in the wheelchair, the ginger nurse walks oot the room. There's big white pillars in the main entrance o the hospital, and ah'm wheeled past them tae the social worker's office.

'Good afternoon,' says a young man wi square glasses and black hair.

'Nice tae meet ye, son,' ah reply.

'On account of your age and the severity of your accident, I need to ask you a few questions so we can give you the right support when you leave hospital.'

'Aye, nae bother.'

'Do you get much help at home from your children?'

'Son, ah'm gaun tae be honest wi ye. Ma Cathy's gat a busy life. She doesnae huv the time tae be runnin efter me.'

'I see.'

'And ma Sandra's in a bit o bother wi the polis so she cannae help me.'

'Oh.'

'It's a puckin nichtmare.'

'Your record shows that you have another daughter, can't she?'

'Stella Marie? She used tae be guid tae me, and she's the ainlie wan o ma weans who doesnae work, so she hus the time tae dae it an aw.'

'Surely she can—'

'Listen, ah've wanted hur tae come back fur months, but ah dinnae hink it's gaun tae happen anymair. She's done some amount o wrang, but ah'm naw gaun tae invite hur back intae the family until she apologises.'

'What happened?'

'Jesus, it's a lang story. She's abandoned me in ma auld age.'

The poor fella doesnae know whit tae dae and forces a smile. He picks up a form wi ma name at the top and starts scribblin away. Curiosity killed the cat, but ah cannae help but huv a swatch.

Oan the front, it hus a picture o an old, hunched wumman beamin away sat next tae a young lad holdin oantae a teacup:

*Thistlegate Nursing Home, because your loved ones deserve the best care in Scotland. Single rooms starting from £600 per week.*

Ah'm glad the Stirlings huv nae chance in court. Ah didnae huv weans tae spend the last o ma days wi folk who cannae wipe their arses. Sandra knows that if she's guid tae hur mammy, she'll get hur blessings.

# The Dancing

Thursday's the best club night o the week, but ah'm sittin in wi Kate because ma right leg's in a stookie. Ah switched ma phone off after dinner tonight, knowin fine well that the selfies will be comin in thick and fast. Most o ma pals are full o themselves, and ah guess, so am ah. But as much as ah love the clubs, ah've a feelin they dinnae huv a patch oan the old dancin halls Granny talked aboot. Ah've been gaun in and oot o the clubs fur the best part o two years, but Kate hus yet tae darken the doorstep o one. Ah fink the dancin would dae hur the world o guid. God knows it did fur me and Granny.

Granny said every weekend, she'd spend hur money gaun tae the dancin or gettin a tram tae Glasgow Cross and walkin through Glasgow Green tae the People's Palace wi one man or another – fancy clothes wur a rare treat in those days. But no date she ever went on, she said like the cat that still hud the cream, topped the soldier who sent hur a blank cheque tae buy a necklace, and Great Granny Brennan took hur up tae the Argyll Arcade fur a platinum one. When ah fink o Glasgow in Granny's day, ah'm in another world.

Kate bought us a bottle o vodka and Coke. Ah'm sittin up

in ma bed, but Kate is sittin against the wardrobe because she doesnae want tae risk an accidental spillage. Hur side looks like a showroom. The books oan hur bedside table are arranged alphabetically. Everyfink under hur bed is arranged neatly an aw. She's gat aw hur writin in poly pockets. It's shitty tae admit, but ah never make ma bed, because ah know Kate or Mum will dae it. Ma table's a hell o a mess.

'Wanna put oan your record player, Kate?'

'Sure. What album?'

'Ah dunno. Like sommat super upbeat.'

'Got ya,' she says, puttin oan a Whitney Houston record that once belonged tae Mum.

Ah look at Kate. Hur hair is pristine, but she only wears make-up when she's gaun tae work. She told me it's too much effort fur the weekends too. Kate's wearin a red top and a pair o shorts even though it's rainin ootside. She's never hud much fashion sense. Even when she goes oot wi hur friends, hur clothes are mismatched.

Mum suggested Kate get sommat a little mair grown-up fur high school, but she insisted oan gettin a pair o chunky leather shoes instead o a pair o kitten heels that even Granny would huv approved o.

'Ah miss Tesco,' ah say tae Kate, scrollin through ma Instagram feed.

'More like you miss getting asked out by the customers,' she says, laughin.

Ah gulp ma vodka and Coke as ah fink o meetin Hot Dave in the hospital. Ma phone vibrates. Ah take it oot o ma bag. The group chat hus flooded wi pictures. Some of ma friends hud booked last-minute flights tae Malia. They're havin the time o their lives dancin oan stripper poles and drinkin Sex oan the Beach. They've even posted a photie o themselves in the crystal blue sea – Erin's gat hur arms joyfully in the air. Ah'd give ma entire leg tae join them.

'Don't worry, it won't be long until you're back at work,' Kate adds. 'Anyway, I've got a little something that's guaranteed to cheer you up.'

'Whit?'

Kate stands and puts a hand oan the silver knob o the wardrobe. She opens it, partin the hangin clothes like she's divin intae Narnia, and takes oot a pink Ted Baker bag. Ma eyes widen. She hands it tae me, grinnin like Mum always does oan Christmas mornin. Ah pull oot purple sugar paper tae unveil a beautiful, blue dress. She's got a surprisin eye fur fashion. Ah take it oot, admirin the fabric birds stitched intae its hem.

'Ah love it!' ah say.

'Now, since you've got a gorgeous dress to wear and have been stuck in for about a month, you're coming out tonight. No excuses.'

'But, ah—'

'I said no excuses!' Kate laughs. 'I've called your bezzie,' she says, holdin up hur phone. 'Morgan said she'll meet us outside Jelly Baby at eleven.'

'Did she put you up tae this?'

She smirks, divin intae the wardrobe tae retrieve another Ted Baker bag. Instead o openin it in front o me, she goes intae the bathroom. She's wearin a tightly fitted green dress wi a floral design when she comes back. She asks me whit ah'm waitin fur, gesturin tae the body-length mirror in oor room. She takes oot hur make-up bag despite Mum constantly tellin us off fur gettin marks oan the carpet and begins tae work oan hur face. Ma heart swells wi gratitude.

Ma eyes fall oan ma stookie. Ma favourite shoes are a pair o strappy, white high heels, but all ah can fink o is whit sock will best cover up ma toes pokin oot the end o ma stookie. Ah'm gaun tae look so much smaller than everyone else. Gaun oot hud seemed like an excitin prospect until ah realise how many o ma potential conquests will be there. Ah've probably already blown it wi Hot Dave, if he's as superficial as most o the boys ah know, which is why ah always make an effort wi ma appearance.

'Ah cannae go tae Jelly Baby,' ah say. 'Can we go somewhere else?'

'But it's your favourite club,' Kate protests.

'Ah dinnae want anyone tae see me like this.'

Kate pops a piece o chewin gum intae hur mouth. 'You'll look strong for not letting what happened stop you. Plus, I'm paying for everything, and the taxi's already booked.'

Ah point at ma stookie. 'Ah'm—'

Kate frowns. 'Ungrateful.'

Ah force a smile before realisin just how lucky me and Kate are tae huv big lips.

***

It takes me the best part o an hour tae get ready wi Kate's help. Ah've never been one tae pass a mirror. Even though there's a full-length mirror in the bedroom, it isnae until ah catch sight o masel in the livin-room window that ah feel confident aboot ma appearance.

Wi the exception o the obvious, ah look good. The bruise oan the side o ma face fae where ah hit ma head is hidden wi make-up. Kate hus done ma hair. It's in a small beehive at the back, the rest is curled and fallin down over ma shoulders. Ah cannae help but look at Aunty Sandra's house as ah jump intae the taxi. It's barely a stone's throw away. Ah hope she's losin sleep over whit she's done.

Aunty Sandra should huv known better than tae keep drivin. One mornin in hospital, ah spent an hour cryin intae an off-white pillow, and a nurse asked if ah wanted tae speak tae a counsellor. Ah it's the last fing ah want tae dae, but ah've no hud a wink o sleep since the hit-and-run. Ah hope ah never end up like ma pal who hus tae pop a wee oval happy pill every day – a pill she says is literally bitter tae swallow.

After whit happened tae Aunty Sandra's arm, she'd huv tae be a robot not tae huv sympathy fur me. She confided in Aunty Cathy whit Uncle Robert hud done tae hur when he wis havin a nightmare. No wonder the family ended up fallin oot. Aunty Cathy told Granny who told everyone else. Aunty Sandra hud reached over tae wake him up, and he freaked oot, grabbin hur arm and dislocatin hur shoulder. She said it wis so painful she screamed bloody murder, and the neighbours called the police.

Mum did hur best tae support Aunty Sandra when the marriage fell apart, and Uncle Robert packed up and left. All Granny did wis rant and rave aboot hur movin oan. Aunty Cathy agreed. It wis only Mum who told hur that time's a great healer.

Uncle Robert's obnoxiously large four-by-four husnae moved since the day he left. There's a half-eaten packet o Monster Munch that's turned tae dust in the front seat. Ah'd huv been a goner if she'd hit me wi his car.

'Whereaboots in the toon are ye aff tae the night?' the driver asks.

'Jelly Baby,' Kate replies. 'I've never been before.'

'Oh dearie me, hen, huv ye naw heard the stories aboot that joint?'

'No…'

'It's full o arseholes, ah'm tellin ye. The wee bastarts ah pick up oot o there always end up whiteyin ower ma taxi.'

Ah look at Kate. She begins tae chew hur gum unnaturally fast.

'Ah like it,' ah say, defiantly.

Paolo Nutini's 'Jenny Don't Be Hasty' begins tae play.

When she wasnae gossipin aboot other people, all Granny ever talked aboot wis Glasgow in its heyday. She told me the 'toon wis always bustlin' and 'any lassie worth hur salt hud a man who worked in the yards'. Fat chance o that these days. There are only one or two yards left, and everyhin they make is fur the navy. Flats that look like flat-pack furniture dwarf their cranes. Some huv drainage stains splattered down their white walls.

Sauchiehall Street is mobbed. The taxi snails its way through the intersection before we enter the top o it. Girls are hobblin along the road in five-inch heels. Ah open the window. A homeless woman begs next tae a cash machine.

Granny said Sauchiehall Street wis a cobblestoned wonder in hur day. The buildings wurnae grey but grand, and no man or woman would be caught dead walkin along its pavements without a hat. Trams cut through the hustle and bustle, and apparently, there wis even a shop that sold visitin cards fur tourists.

The city is alive wi chatter, spillin oot o the pubs and intae the street. A line o too tall girls and too short boys hus formed ootside Jelly Baby. It's usually quiet at this time o night. Exhaust fumes fae the taxi warm the icy air around ma exposed ankle.

'Keep the change,' Kate says, handin the driver a twenty.

'Ye're a doll.'

A a pair o strappy, black high heels are oan top o a bin. Ah look at ma plimsoled foot and ma stookie and sigh. Ah wear heels wi'oot fail every time ah'm normally here.

Me and Kate's phones buzz, lightin up simultaneously:

**'Sorry guys. Cannae come. Got called intae the bar. Huv fun! xxx'**

As Granny used tae say, Morgan isnae worth a tinker's curse.

You'd huv thought ma so-called best friend would huv hud the decency not tae bail. She could huv said no. It's hur second job, and hur brother's the manager. Ah'm disappointed, but ah figure there's no harm in showin Kate whit the inside o Jelly Baby looks like. Its dance floor is a right o passage, and God knows ah love it and the other pubs and clubs. If ah know Kate, this is a one-aff.

'Dinnae worry,' ah say, lookin at Kate whose face hus fallen. 'Me and you can still huv fun. Never know, might find you a man!'

'I guess,' she replies.

'How are ya, girls?' says an Irish voice fae behind us.

Ma lips curl intae a smile. Two hot boys are eying up me and Kate. They both huv clear skin and a little stubble. One is in a red, tartan shirt and the other in a black shirt. The boy in red hus broon hair, an ace o spades tattoo oan his arm, and two hoop earrings, and the boy in black hus light brown stubble perfectly sculpted along his jawline. Ah'm glad ma crutches huvnae put them off talkin tae us.

'We're good,' ah answer.

Kate's so bad at flirtin that ah'm surprised she's not a VL. Once when we wur oan holiday a guy asked hur if she'd like a drink, and she said she needed tae go tae the toilet.

'So, what happened tae yer leg?' the boy in black asks.

'Hit-and-run,' ah say. 'Not had much luck recently.'

His jaw drops. 'Well, I'll be buyin ya a drink that's for sure.'

'I'm Lorcan,' the boy in black says, 'and this eejit's me mate, Séan.'

'Are ya sisters?' Séan asks and winks at Kate. We both huv blue eyes, which might huv gien it away.

She blushes and smiles. Ah knew pre-drinks wur a good shout. En'in tae give Kate a little confidence.

'Can you no tell?' ah say.

'So are Irish lads as full o shite as Scottish ones?' Lorcan asks.

'Probably,' Kate says, finally speakin.

We make small talk until we are let intae the club. Lorcan tells me that his brother is the maist Irish person ye could ever meet and hus fiery reid hair and skin just as pale as mine. The bouncer casts a half-hearted glance over our IDs and gestures tae ma leg and the lift. Lorcan says, 'Sure, that won't be necessary'. He gives me a piggyback. Kate laughs and takes a picture oan hur phone.

Our first port o call is the bar. Séan buys Kate a Sprite, and Lorcan gets me a vodka and Coke. Ah treat everyone tae a shot o tequila. Kate refuses, but ah'm mair than partial tae a drink, so ah end up huvin two.

'D'ya want tae sit down?' Lorcan asks.

Ah nod and Kate and Séan follow us over tae the seats beside the dance floor. Ah hud a quick scroll o Instagram in the taxi and watch the entrance tae see who is comin inside. Ah make a point o only checkin occasionally. Ah'm genuinely intae Lorcan.

'Whereaboots in Ireland are you fae?' ah ask.

'Dublin,' Séan says. 'Grandest city in the world.'

'Sure, we ended up meeting a bunch o Americans oan the way home from a club last week and lay in some garden talking about life until the sun came up.'

'It was some craic,' Séan adds.

Ma eyes drift longingly tae the dance floor. Ah've never been in a club and spent this much time oan a seat. A girl in a cow-print jumpsuit is twerkin fur hur life while two skinny lads awkwardly shake their hips next tae hur. Granny told me that 'any man who cannae dance isnae worth yer time'. Fur aw ah know, Lorcan could huv two left feet. Ah find a photo o me poutin while two o ma pals stick their tongues oot oan Facebook – ah've hud so many better nights oot than this.

Two vodka and Cokes later, ah clock a familiar face. It's Gary. Ma body tenses up wi anger.

'What is it?' Lorcan asks.

'It's ma cousin,' ah say.

Kate turns tae look. Gary's hair is clumped together mair than Gareth Gates's at the *Pop Idol* final. He's wearin a grey suit and shiny black shoes.

'Are ya not oan speakin terms?' Lorcan says.

Gary makes eye contact wi me. He says sommat tae his friends and walks over, head lowered.

'Listen,' he says tae me and Kate. 'Can ah huv a word?'

'Ah guess,' ah say.

Kate nods.

Ah continue tae stare at him, rememberin he liked Leanne's Facebook status that called Mum a 'lady o leisure', Kate 'a bold-faced liar', Dad a 'weirdo' and me a 'bitch'. Mum wasnae just upset wi whit happened at Aunty Cathy's party. It wis just the last straw. She's been gettin treated differently fur years.

'We'll be off for a smoke then,' Lorcan says. 'See ya in a bit.'

Once they are oot o earshot, Gary says, 'Ah dinnae agree wi en'in that's happened, and ah'm sorry aboot whit's happened tae you, Isla. Ah shouldnae huv gat involved when Leanne hud a go at your family. Ah thought it wis, y'know, a bit o banter.'

'Mair like bullyin,' ah say. 'This is the first time ah've been oot since it happened.'

Granny used tae say Mum wis lookin well tae anyone who'd listen, and Mum wis forced tae reap whit Granny hud sowed. The only way hur illnesses would huv been taken seriously would huv been if she'd walked around wi hur stoma bag oot, strugglin tae catch a breath.

'Ah told Granny Aunty Marie didnae deserve tae get done fur swearin, but she twisted ma arm against hur...' he pauses. 'Then you got hurt.'

'Ah wis in hospital fur a month, and ah've kissed the summer o a lifetime goodbye.'

'At least one of you has a conscience,' Kate says.

She's an idiot. Gary's apology is too little too late.

'Ah know, and ah'm sorry. Ah really am. Anyway,' he says, 'ah wanted tae let ye know that ah'm oan yer side when it comes tae the trial.'

Ah point at ma stookie. Ah'm a skinny bugger, and ah've gat legs fur days when ah can wear heels. 'Dae you honestly fink en'in you can say will take back this? Why did you no call them oot sooner?'

'Ah...' he pauses, 'Ah tried tae, but Granny—'

Ah stand tae push Gary oot the way but miss. 'Oh fuck off.'

'Calm down,' Kate says, pullin me back oantae the seat. 'Just accept his apology.'

People are staring at me. Ah dinnae care.

'Jesus Christ,' Gary says. 'You're as bad as them.'

'Ah'm nought like those bitches. Nought like them at all!'

'You and Leanne are mair like sisters than you and Kate.'

It's a red rag tae a bull. Ah huv tae huv the last word.

'How dare you,' ah say tae Gary, standin again and acciden-tally knockin over ma vodka and Coke. It soaks ma stookie tae the skin. 'Fuck sake!' ah shout.

Two bouncers appear. Kate's a bookworm, and this isnae hur world, so she's nervously bitin hur nails aff. One gestures fur us tae leave wi his thumb, and the other grabs Gary's collar. Gary tells him there's no need, but the bouncer is treatin him like an animal whether he likes it or not. By the time he's dragged oot, his collar is hangin by a thread.

\*\*\*

Kate stares vacantly oot the window as Glasgow blurs intae a series o orange and yellow lights. The driver notices, worried that she's gaun tae whitey, and ah tell him she's feelin down.

He opens a window anyway. She bursts intae tears. She loved Granny and oor cousins in hur own way, but she doesn't understand.

Ah'm drunk enough tae fink ah can lean across the car and put ma arm around hur. Wi a surprisin amount o force, she pushes me back upright.

'Are you OK?' ah ask. 'Ah hud tae stick up fur masel. You dinnae understand whit it's like tae lose oot oan your dream job.'

Ah catch masel. Disney wis a one-aff. When it comes tae nursin, there's still everyhin tae play fur.

'I know you're not gonna wanna hear this, but Gary was right, you're just as bad as they are.' She sobs. 'No wonder you and Granny used to get along so well.'

'Whit?'

'Leanne and Aunty Cathy took the law into their own hands. Do you think you had the right to threaten Gary when he was apologising? That took guts.'

'It didnae take guts! Bloody hell. Ah've got bigger balls.'

'How the hell did it not?' Kate says.

'Kin ye keep it doon?' the taxi driver interrupts. 'Ah'm tryin tae listen tae the fitbaw commentary in here, ladies.'

'He hud a guilty conscience,' ah say, and whisper, 'so guilty. That's why he apologised. You're a pushover like Mum.'

'Yeah, and it's not done me any harm so far. If I hadn't stood back when Mum confronted Leanne, I'd have a record too.'

'And Mum might not huv one if they'd named you too.'

'She doesn't work. It would have affected me more than it'll affect her.'

'Honestly, if Mum hud been a bit mair confrontational, she'd huv never let hur family treat hur like shit. They needed put in their place.'

'How would that have made a difference?'

'They wouldnae huv messed wi hur if she hudnae let them.'

'It wouldn't have mattered. She was always treated differently.'

Ma too-tight seatbelt burns ma neck as ah drunkenly push masel toward Kate. 'People like you get treated differently becau—'

'Shut up!' Kate shouts.

Ah jolt.

'Ladies, keep it doon.'

\*\*\*

When ah get intae bed, the room's spinnin. Gary's intentions might huv been good, and maybe ah snapped too quickly, but ah've no regrets. It's too little too late. Maybe if he'd hud the balls tae say sommat when it mattered, this situation would huv never happened. Leanne's Facebook comment wis oot o order.

'You were too harsh on him,' Kate says.

She's brought up a basin and a cold bottle o Irn Bru fae the kitchen.

'Ah guess,' ah admit. 'Ah'm just so angry.'

There's a sharp ping o ma phone. It's Morgan.

**'Hey Babe. Just oot o work. Did u huv a gd night wi Kate? xxx'**

Ah leave hur oan read, gulpin Irn Bru. Me and Kate should huv ended the night winchin, not fightin. Lorcan started a story aboot a drunk followin him oot the men's like a disciple after he'd mentioned turnin water intae wine. Ah didnae get his number, and ah've always hud a fing fur Irish accents, and Kate's always loved Oscar Wilde. Gary might huv been the only member o the family tae object tae Mum's charge, but that wis a half-arsed apology if ah've ever heard one.

Granny's probably surprised Bettie popped hur clogs first. One o ma earliest memories is o Granny sayin hur number wis up. God knows the number o times she's said, 'Ah'm nae lang fur this world.' She loved actin like she wis at death's door. If she broke a nail, she'd say hur 'time wis comin'. Ah wasnae surprised when Mum told me Granny hud hur funeral hymns picked oot by the time she turned fifty. She's written a eulogy too. God forbid she gets a send-off that doesn't emphasise that she's 'been a guid mammy' who's 'reared weans Big Lizzie hursel would huv been proud o'.

Ah shut ma eyes and fall intae an uneasy, drunken sleep.

# Mysterious Ways

## MARIE

Maw's always been good at antagonisin me. She got a right kick oot o it. Malcolm said she would try tae at Bettie's funeral, but she hit rock bottom and kept diggin. Once ah saw hur wearin that pink suit that hud cost me eighty pounds, any guilt ah felt aboot walkin away fae hur went oot o the windae. Maybe it wis a blessin in disguise. But ah wish she'd done sommat else.

Bettie's funeral is fresh in ma mind, and ah still feel like Maw's eyes are burnin intae the back o ma head. Ah've got up early tae tidy the shed fur the winter. Ah've been puttin it aff fur months. The Devil finds work fur idle hauns, and wi the trial around the corner, ah'm no gien ma mind a chance tae wander. Ma hard work durin the summer is payin aff even noo. The garden's lookin well – unlike Maw's. These days, it could gie the Thistlegate woods a run fur its money. The hedges and the grass should o been cut back long before the weather turned.

That's where she parked ma banger o a first bike. At the time, ah tellt masel it wis better than a slap oan the face wi a wet fish.

'Noo Marie,' Da said that Christmas mornin, 'ah hud a wee word wi Santa aboot yer present…'

Ma eyes widened. The last time Da hud a word wi Santa, ah got a porcelain doll wi golden-brown hair and a perfectly painted face. She even hud a little silk umbrella. Our hoose wis next tae an old quarry wi a steep hill, and ah'd fantasised aboot gettin a bike tae risk ma life ridin doon it. But ah knew ma chances wur slim, even though Cathy hud got a fully furnished, wooden doll's hoose when she wis ma age.

Maw told me that Santa left our presents under a tree at the Barras oan Christmas Eve. Ah didnae hink Santa thought much o me. The year before, he'd got me a chalkboard wi no chalk, but he'd got Cathy and Sandra beautiful, brown, fur jaikets. Maw told me his elves 'must huv been at the whisky' and forgot.

Da gestured tae the back garden wi his whisky glass, and ah rushed tae the door, almost trippin over ma feet. There's a motorway just over a stone's throw fae the house, and it wis dead quiet on Christmas day. The bitter cold o the concrete steps shot up ma bare feet, growin mair painful by the time they touched the frost-dusted grass. Ah huv awfae wide feet, which made it worse. But ah didnae care. A green bike wis parked next tae the washin line. It wis a world away fae the toy cots, prams and dolls ah got ma girls fur Christmas. Da watched fae the top o the steps. By the time he wis standin beside me, ah'd realised the bike's tyres wur flat and it hud nae handlebars.

Da put a haun oan ma shoulder. A cloud o his whisky breath swirled in front o us.

'It wis a tough year fur Santa,' Da said. 'Ah'm afraid it wis the best he could dae. But ye've been a guid wee lassie, and ah tellt ye he wouldnae let ye doon.'

Ah forced a smile, even though it would o been a bigger wan if he hudnae been so partial tae a drink. 'It's great, Daddy.'

'As soon as the shops are open, ah'll huv it lookin as guid as new.'

Ah turned and gied Da the biggest hug ah could. He wis gaun tae huv his work cut oot fur him, ah thought, but ah'd every faith he'd dae his best. Even if ah knew, deep doon, that he'd huv tae be a miracle worker tae get that bike lookin as good as new.

Da never took me doin him and Maw's garden fur granted in his auld age, and his appreciation went a long way. Ma heart swells at the memory o Da's kindness, even though ah'm far fae in the mood fur Christmas this year.

Ah look around ma ain garden. Ma favourite flooer is the red rose ah planted fur the baby ah miscarried. Ah cannae wait fur it tae bloom again in the spring. Ah'm convinced that baby would huv been a boy. Bettie loved ma garden. Maw only ever gave it backhanded compliments.

The phone rings fae inside the hoose. Ah almost jump oot ma skin. Ah've never hud a nervous disposition until recently. Ah go inside tae answer.

'Marie,' Malcolm says.

'Ah wis thinkin aboot your mum,' ah say, wipin the sweat fae ma forehead. 'She always loved the pond at the back o ma garden so ah'm gaun tae—'

'Marie,' he says.

Ah pause. He isnae the type o person tae interrupt.

'Whit is it?'

'Ah'm so sorry tae be the one tae huv tae tell you this, but your mum's hud a serious accident. She's in the Queen Elizabeth Hospital.'

Ma body tenses up wi shock, and ma throat tightens. Maw's no angel, and neither are the rest o them, but ah don't wish them bad. Ah huv tae swallow before ah can say anyhin. 'Oh ma God.'

'Ah know how hard this must be tae hear—'

'Whit,' ah say. 'Whit happened?'

'She fell doon the stairs. Ah met Sandra at the shops, and she told me everyhin. By the sound o it, she's in a bad way.'

'Ah—' ah stammer, hinkin o hur blue eyes.

'It's no ma place tae tell you whit tae dae, but ah'd stay well clear o the hospital. She's gaun in for a hip replacement next week.'

Ah cannae reply. Ma eyes well wi tears. Ah want tae hate hur.

'Sandra's huvin tae visit hur every night, because Cathy can only visit hur at the weekends. She said you should be steppin up tae the mark too.'

'But the trial…'

'Exactly,' Malcolm replies.

'Thanks fur lettin me know,' ah say.

Ah slump oantae the couch and bury ma face in ma hauns. Ah cannae catch a breath. They say bad luck comes in threes, and ah thought mine ended the day Isla wis hit by Sandra's car. Ah want tae darken Maw's doorstep mair than ever, but ah cannae. Ah put it best tae David, 'Ah'd be oot the front door, and they'd be in the back tae bitch aboot me.'

Ah take a few deep breaths in. Ma heart is thuddin against ma chest as ma mind floods wi every bad thought imaginable – Maw's blue eyes filled wi tears, hur liver-spotted haun bloody wi a catheter.

Ah stand, wander intae the kitchen and over tae the sink. Ah look at the green and brown hills ootside. Ah keep ma eyes focused oan them as ah switch the kettle oan.

It's hard huvin every reason tae hate a person but only being able tae remember whit made them good. Maw did hur best by us, even though she hud hur favourites, and Da wis no angel. Ah make masel a cup o tea and go upstairs tae ma room.

Ah swipe ma tattered blue copy o *All Through Mary* fae ma windaesill and climb intae bed. The page ah turn tae reads: Never tire of askin for help.

Ah sip ma tea. David and ma girls must hink ah sound like a broken record when it comes tae Maw, and none o them can gie me an impartial opinion. They'll just tell me not tae go near hur wi a barge pole. Ah've refused tae tell ma friends, as ah'm the last person in the world they'd expect no tae honor their father and mother.

Ma back's against the wall. Even if ah'd the guts tae pour ma heart oot tae Maw, it would get passed oan. They're all talking out their arses whenever they go to confession and say 'Bless me Father for I have sinned.'

The phone rings again. It's midday. David always calls oan his lunch break.

'Some morning at the office,' he says wi a yawn.

Ah dinnae reply.

'Marie, are you there?'

Ah begin tae cry again.

'Oh God. What's wrong?'

'It's Maw,' ah stammer.

'What's she done? Has Cathy pulled a stunt now too?'

'No, no. Maw's hud an accident, and it wis a bad one too.'

There's a silence.

'Ah dinnae know whit tae dae. Malcolm phoned tae tell me.'

'Don't go near her,' David says, firmly. 'It'll bring nothing but trouble.'

'Ah'm gaun tae…' Ah pause. 'Ah'm gaun tae speak tae Father Murphy this efternoon.'

'Just don't go near your mum. We can talk about this properly later.'

Ah huv tae change the subject. David's a worrier. Every time Isla goes oot drinkin, he willnae touch a drop in case he hus tae go intae the city tae get hur. It's a good hing Kate isnae a party animal too.

'How wis yer lunch?'

He laughs. 'It was great. Michael was eying up my extra roll.'

'Huv a good day.'

'Stay strong.'

Ah walk intae the bathroom and look in the mirror. Ma eyes are bloodshot, and ma skin's a painful shade o red. This is the last hing a need oantop o ma health and everyhin else. Ah'm strugglin tae catch a breath.

Ah go intae the girls' room, open the wardrobe and pull oot Isla's bulgin make-up bag. She's at the hospital gettin hur stookie removed and huvin physical therapy. She'd go aff hur nut if she saw me wi hur make-up bag, but ah hud tae make masel presentable fur Father Murphy. Ah take oot a fluffy brush and a foundation compact, streakin it across ma cheeks. Ah start tae breathe easy.

\*\*\*

Ah walk doon the aisle o St Margaret's, ma eyes fixed oan the dove above the main altar. When ah wis wee, ah wondered how the dove hud been placed up there. Maw told me it wis God's doin. The pews wur decorated wi sprigs o holly fur Christmas. Ah kneel before the Virgin's altar oan a red leather cushion and light candles fur ma good intentions – one fur God tae gie me strength and another fur Maw.

Ah know Maw will be askin Sandra and Cathy tae pray fur hur. She's genuinely a believer. Maw's convinced that a woman's purpose is tae dae naught mair than 'be fruitful and multiply'. There's no way she'll be able tae go tae hur grave happy knowin that hur family is broken in some way. But fur all she says everyhin happens fur a reason, ah doubt even she will say this is a part o God's plan.

Ah make the sign o the cross, place ma hauns taegether, and

begin tae say a 'Hail Mary'. Ah shut ma eyes, and when ah say the line 'Pray for us sinners now', ah imagine Da. He didnae believe in airin your dirty washin in public, never mind tae the police. He used tae tell Maw aff fur wantin a 'guid natter'. There's nae doubt in ma mind that Da will be turnin in his grave.

Da wis no angel, but ah couldnae help but hink he paid Maw's penance tae God. He might huv worked around all sorts in the yards, but Maw smokin like a chimney couldnae huv reduced his odds o lung cancer. Whenever ah feel doon aboot the fact that Da's gone, ah remember a story he told me aboot him and a boy called Ritchie.

Ritchie spent his days adventurin up the Thistlegate hills. Every so often, Da went wi him. Only dafties fished in the Clyde. The locals knew the best spot wis at the top o Thistlegate's biggest hill, Loch Barra.

One day, Ritchie invited Da oan a rabbit hunt up the hills. It wis spring, and the pickings wur rich, but Da hud eaten enough rabbit tae last him a lifetime. Granda wis a deserter durin the war and hid up in the hills, survivin oan rabbits fur years. He told me Granny used tae put them in the pot and cook them. Da said no because his Maw wis payin him a three-penny bit a troot, so he walked wi Ritchie up the hills, partin just before Loch Barra. Even though it wis dead calm, the water rippled wi a bang as he wis fishin.

A neighbour knocked oan ma granny's door, greetin. Maw invited hur in, and she told hur Ritchie hud been blown up by a grenade. The Germans knew they could hurt Scotland if they bombed the yards. Thistlegate got bombed tae buggery, and dozens o folk who survived got hurt again years later.

It could huv easily been Da. Ah always remember that story when ah feel like he got short-changed by the Reaper.

Ritchie's fate stayed wi Da fur the rest o his life. He never let us play up the hills because o whit happened, and when he worked in the cemetery, you could see your face in Ritchie's marble headstone.

'Yer Maw's always been a guid Catholic,' Da said. 'But Ritchie wis a guid lad, no jist in the religious sense, and there wis naught left o him tae rise up oan Judgement Day. Whit kind o God would stand fur that?'

'Ah dinnae know, Daddy,' ah remember sayin at the time. 'Maybe the Bible's no richt aboot everyhin. Jesus didnae write it.'

\*\*\*

Ah look up at the statue o Our Holy Mother in the chapel. Ah cannae pray. A laminated copy o the Our Father hus been Blu-Tacked tae the wall. Ma eyes are drawn tae the line 'As we forgive those who trespass against us'. Ah cannae forgive Maw. Not yet.

The parish hoose is easily the nicest lookin hame in Thistle-gate. It hus a large, concrete driveway and a perfectly kept garden wi statues o holy idols in it. Ah look up at its chimneys. Father Murphy's blue car is in the driveway, so unless he's vis-itin someone nearby, he'll be at hame. The door opens wi a creek, and an old wumman wearin a blue uniform answers and smiles at me.

'Are ye here tae see Father Murphy?'

'Yes,' ah say. 'Sorry if it's a bad time, but is he in?'

'Aye, mon in,' she says, steppin tae the side.

Ah've no stepped foot inside the parish hoose in years. Ah've gone before when ah wis makin ma first Holy Communion. Ah smile at the memory. Ah still remember whit side o the couch ah sat oan in ma plain white communion dress, fabric roses in ma hair.

'Huv a seat,' the old wumman says, openin the door tae the livin room. Everyhin inside is green, but it's a welcomin shade.

'Father's upstairs writin up the bulletin. Ah'll go and get him fur ye.'

The livin room's marble fireplace is decorated wi trinkets includin the Virgin, the three wise monkeys and a newspaper article aboot the former parish priest who became the bishop. The priest's picture o the Sacred Heart hus eyes that look right through me.

'Marie,' says a voice.

Ah turn tae face Father Murphy. It's strange seein him wearin just a collar and a V-necked, grey jumper over black trousers.

'Father,' ah say. 'Ah need your advice.'

He walks over tae me, and we sit oan the couch.

'I was sorry to hear about your mother,' he says. 'How's she keeping?'

A lump forms at the back o ma throat. 'Not good.'

'You're a good Catholic woman, Marie. I'm sure you're doing your best by her.'

Ah shake ma head.

Father Murphy's eyes widen. 'What's happened?'

'There's been a lot o trouble in ma family. Ah dinnae even know where tae start.'

His eyes widen further. 'Take your time, dear.'

Ah take a deep breath and say, 'Me and Maw huvnae spoken in months. Ah dinnae know whit tae dae now she's in hospital. Part o me wants tae visit hur and part o me knows it's a bad idea. Ah'm sure you've noticed that Isla's oan crutches. Sandra knocked hur over. It's gaun tae court, and ah cannae go near any o them because o it. Ah'm done wi ma sisters fur life, but Maw...'

Father Murphy shakes his head. 'Roz,' he shouts, 'I think you're going to have to put the kettle on. Oh, and get some biscuits too. The fancy ones!'

'Aye,' she replies fae somewhere else.

'I'm sorry to hear of your troubles, Marie, but the only advice I can give you is to pray. It's not my place to tell you whether or not to visit your mother.'

Ma heart sinks. There's no answer.

'Ah've already prayed.'

'God works in mysterious ways, Marie. When this is over, you'll know why it had to happen. He has a plan for us all.'

'Ah always tell ma girls that God works in mysterious ways...' Ah trail aff.

Ah look up at Father's picture o the Sacred Heart. Every night since ah wis a child, ah've prayed the Lord ma soul tae keep, and God hus abandoned me in ma hour o need. The hoosekeeper walks intae the room wi a trolley. Ah stand.

'Ah'm sorry, Father, but ah need tae leave.'

He tilts his head. 'You won't stay for tea?'

'Ah'm sorry. Ah need tae be alone.'

Father Murphy stands, puts his haun oan ma head tae gie me a blessin and utters Latin words under his breath. Ah shut ma eyes. When he finishes, ah open ma eyes, and he smiles at me expectin me tae smile back. Ah dinnae.

***

The family's fucked, and ah've gone through the motions, crackin two smiles over the past few days. One when Isla recounted untanglin an old lady fae a Christmas tree, and another when we drove past the cemetery, and ah noticed that someone hud wrapped flashin fairy lights around a headstone.

Christmas Day came and went. The dinner kept me busy. Maw barely crossed ma mind. She always went tae Cathy or Sandra fur the big day and tae me fur hur turkey sandwiches the next.

It's Boxing Day. Ah look at the tree. Ah'll never be celebratin wi that lot again, but Leanne's Santa sock is sittin in its branches. Covered in glitter, she told me she'd made it fur hur favourite aunty at school. Ah didnae huv the heart not tae put it oot, even efter everyhin that's happened this year.

This is probably gaun tae be Maw's last Christmas, and fur the first time ever, we cannae raise a toast tae absent friends taegether – tae Da. She always burps efter dinner, and God knows, she'd be the first to flip if she wis in anyone else's shoes.

Our first-foot last year wis David. He's tall, dark and handsome. But this year, ah'm sendin oot Isla. All hings considered, she hus the luck o the Devil.

Ah wear a cross around ma neck fur a guid reason, and ah've been guan tae morning mass – Communion will gie me strength, ah tell masel, even though ah'm no in a state o grace. Ah've no idea if Maw's operation hus been successful. It's takin its toll oan ma health, and the doctor hus hud tae up ma steroid dose.

Ah've been gaun round in circles hinkin aboot it aw. Ah opened up tae the doctor, hopin he'd gie me sommat tae calm me doon, but he referred me fur counsellin instead.

Ah've been sayin the 'Thirty Days Prayer'. Maw swears by it. Ah want the strength tae dae the right hing, and in ma heart, ah know it's tae stand ma ground – tae stay well clear o Maw.

Ah finally get another call fae Malcolm. Ma eyes are stingin fae a lack o sleep. Ah guess Maw crossed ma mind oan Christmas Day tae an extent efter aw.

Malcolm tells me he bumped intae Sandra at Christmas mass, and she told him Maw hud finally got oot o hospital a few days ago.

'The operation didnae go well,' he says.

'Whit happened?'

'Ah dinnae know the specifics. Sandra said your mum's strugglin tae walk. She's worried she'll end up in a chair and then a hame.'

Ah'm glad ah know. But ah dinnae huv any tears left tae shed.

'Ah'd huv helped hur,' ah say, 'but she pushed me away.'

'Ah doubt she'll end up in a hame,' he replies. 'Honestly, Sandra's hinkin the worst. She's a strong wumman, your mum.'

'She might. Hur mind's startin tae go.'

'Ah appreciate you tellin me this, Malcolm,' ah say.

'Don't be daft. She's your mum. You've a right tae know, regardless o whether or no you're talkin. You wur the best tae hur oot o all hur weans.'

'Ah'd better go.'

'Speak soon, Marie.'

Ah run a bath. Tae say ah'm unsettled would be puttin it mildly. The stress o visitin Maw would send me over the edge, ah know it would. Ah kneel oan the cold floor and watch the water slowly fill the tub.

Dementia runs in ma family. Granny Brennan spent the last few months o hur life in Thistlegate Nursin Home. Most o the time, she wis away wi the faeries in the best way possible. She wis oan another planet – a better one. As far as she wis concerned, she wis five years old again and stayin in a fancy hotel in Blackpool. Maybe that's why ah wis so partial tae takin the girls there.

When hur dementia wis bad, she would wander through the care hame, shoutin random names at the top o hur lungs. She put the fear o God intae me and ma sisters. When a man came tae play piano, she threw a temper tantrum and a nurse hud tae take hur away.

Maw said she'd rather be dead than around people who wur away wi the fairies. Ah went tae visit Granny Brennan once in a blue moon. Ah remember lookin at hur wee eyes and hinkin, ma poor Granny.

Efter ma bath, ah Google Thistlegate Nursing Home. It's in

a converted hoose that hud once belonged tae a laird. The gardens are immaculate, filled wi luscious grass and terraces wi flooers climbin up them. It hus stone walls and turreted rooms. The buildin looks like a castle. The only hing that suggests it's a less than perfect place tae spend your final days is the lack o photographs o its interior.

The hame is split intae two smaller hooses, Rum and Barra. It costs £600 a week fur a room in Rum – the posh side. Barra's fur NHS patients only. The government will take every penny Maw hus tae hur name before she ends up in there – the years' worth o Da's pension that she'd put intae the bank fur us. Maybe the prospect o losin hur inheritance will make Cathy help tae look efter Maw. But Maw did say, if you're waitin oan a dead man's shoes, you'll be waitin a long time.

Ah might huv hud ma uses in the cleanin department and when it came tae lookin efter Maw, but they wanted me oot o the family. There wur no two ways aboot it.

Ah'm ashamed tae admit it, but there's days when ah feel like ah've been pushed over the edge – that ah'm drownin in darkness. But whenever thoughts like that pass through ma mind, ah tell masel ah'll get over it. God will gie me the strength tae get through this.

Poison hus spread fae one generation tae the next. They aw hate me. Ah sometimes wonder how they'd feel if ah threw masel over the bridge. Ah know they wouldnae gie a shite. Isla found a picture o Sandra in flip-flops oan Facebook. Sandra hud captioned it 'Got ma Stella Marie shoes oan', and Gary wrote that ah always hud holes in ma socks. Leanne added a laughin face. It wis rich. Sandra couldnae talk aboot whit ah wore around the hoose. She wis as tight as a drum. She always bought 3 fur 2 fae Boots fur the kids' Christmas presents because she didnae want tae go intae hur pocket.

Ah shut the laptop. Ma mind's racin. Maw's fate is still undecided. Ah go back doonstairs and intae the conservatory. It's a bright day, and ah let the winter sun beat against ma face. Ah look ootside. There wis a day when Maw's big, Catholic family filled ma garden, but it's long gone. It's impossible not tae imagine Maw ootside, legs crossed wi a cigarette in one haun, laughin so hard hur falsers look like they're tryin tae make a break fur it.

Ma eyes fall oan the phone. Ah feel like ah'm in a dream where ah cannae control ma body. Ah pick it up, step backward and pause fur a moment tae let the sun streamin through the window warm ma face. Even though ah cannae remember the last time ah called Maw, ah've never forgot hur seven-digit number.

Ah press the first number wi a beep. Maw might huv done me wrong, but she needs ma help mair than she's ever needed it before, and ah huv tae dae the right hing. Ah slowly type in Maw's phone number, take a deep breath and press call. Hur phone rings, and ma heart begins tae pound against ma chest.

'Hullae?' Maw says.

Ah freeze.

'Whit the hell are you doin?' Isla says.

Ah didnae hear hur walk in. Hur leg's been makin a remarkable recovery.

Ah cut the call. Cathy hus hur faults, but she'll step up tae the mark ah tell masel. She willnae see Maw in a hame.

# *London Calling*

## KATE

December 31st

Glasgow has no place for me. It's high time I shot the craw, as they say, from its bright Barra lights, babies in formaldehyde jars, greasy chips and coked-up, high-school friends. Hogmanay's the perfect day to write, out with the old and in with the new. My heart's in London. Fell in love with the city on that school trip. Never gave a second thought to my dream once I reached eighteen. Uni wasn't what I thought it would be, and it knocked my confidence for six. Realistically didn't have a snowball's chance in hell of becoming a scriptwriter. It's so competitive. Lecturers convinced me I was the least talented person trying, so I gave up. The shite in my head didn't help. OCD thoughts sound like a broken record in my brain. Found a picture of myself on the South Bank. Was smiling from ear to ear because that's where David Bowie's 'Absolute Beginners' was filmed. Heart sank. Me now would break that girl's heart.

January 1st

Starting this year with yet another cliché, and I don't care.

New year, new me. If I was made for one thing, it's to tell stories – not look after people like Isla or become a mammy like Gran. Happy as a pig in shite when I'm writing. It's only afterward that I have my doubts. Logged onto Facebook this afternoon. A girl I'd gone to uni with, Emily, has bagged herself a media job in London. Her New Year has certainly got off to a good start. Creative copywriting is more up my street than HR will ever be. Took it as a sign that the time has come to revisit my old dream. London's only a dream that happens to other people if I let it be.

The only reminders of my dream now are a *We Will Rock You* dog tag on my windowsill and a Planet Hollywood T-shirt I can't bring myself to throw out. Feel so haunted today by all the time I've wasted. Time I could have spent writing. Wish there'd been more to my graduate life in Scotland than zero-hours contracts and the dole queue. Am no more employable in my early twenties than I'd have been if I'd left school with nothing. But I can't change the past. Need to own the fact that I'm a relentless worrier and push forward anyway. Bad thoughts come and go, and maybe there's some truth to the ones I have. But the perfection they make me chase is something that doesn't exist, and I need to get over the shite in my head about not being good enough. I'll never know if that's the case until I truly try. Anxiety and my lecturers didn't do me many favours, but it's not too late.

January 11th

Cheapest flight out of Glasgow was at six in the morning. Got nothing better to do than take a quick trip to London. Want to remind myself why I love the city so much. Every newspaper is plastered with David Bowie's face. He died yesterday. Bought a few copies. Flicked through them on the plane. Fingertips were black with ink afterward. Discovered his biggest dream was to write a screenplay, and he pulled it out the bag before he died – even with cancer. I have no excuse, I thought, looking at the lights on the airport tracks. They were stars in an upside-down sky. Was lucky enough to get a window seat and watched the sunrise through the clouds. Saw a formation that looked like a castle, framed by pink and golden light. My belief in my script is there and not there, just like its pillowy turrets. It was light that broke the darkness, and I took it as a sign that I could do it too. Ha! Me and my signs.

Had bought a ticket to the matinee performance of *Wicked*, but after flicking through the papers, decided to go to Brixton instead. Bought a single, overpriced rose in Liverpool Street Station. Would have been weird to go empty-handed. People had flocked to the mural in droves. A woman walked up to the mass of flowers. Fist must have been clenched, and without a word, she threw glitter onto the shrine. Don't know enough about Bowie to understand why others had left peppers and milk. Eyes were drawn to a piece of A4 pinned to a bouquet. It read, 'When I listen to your music, I like who I am.' I don't think I've ever liked who I am, but I can say in all honesty that I like myself today.

Stepped out of the Underground to flashing billboards and crowds of people. A man in a Union Jack suit was beckoning people inside a tourist trap gift shop. Followed the road along to Leicester Square, pausing to admire a waterfall with horses galloping out of it. Thought of the boat filled with characters in Clydeview Shopping Centre. It was a cross between a statue and a mural, and even though it was high up, it was framed by a giant metal cage, which had turned into a pigeon house over time. The smell always gave me the boak. Only explana-tion for the cage was that someone had tried to steal the characters. Laughed at the thought of the Young Team trying to nick the horse waterfall at Piccadilly.

Eventually wandered into the National Gallery. Took a selfie with Trafalgar Square in the background as a memento of the trip. Favourite painting of all time is Van Gogh's *Starry Night* and hoped it was inside. It wasn't, but there was a Van Gogh piece – *Sunflowers*. I remember thinking that no one can deny that it's a work of art, but it's perfectly imperfect like everything in this world. Have two options now. Let my script become a pipe dream or find the courage to make it a reality. For once in my life, I have to take a risk. I have to be brave.

Accidentally wandered into a comedy show tonight. Comedian asked what I thought of it. Went for a drink afterward in an old underground station that had been converted into a bar. Told him I didn't know what I'd do if my script got picked up. Said I'd happily go to my grave because it was all I felt I was ever meant to do. He laughed and said the answer I was looking for was simple: I'd write another one.

January 12th

I'm knackered after my quick trip to London, but in a good way. Keep thinking that I've got no right to hold on to the resentment Granny left me with because it could win me my biggest dream. Don't know what she thinks of me, but Granda saw my creativity and I'm glad. Still got a drawing of him with his slicked-back, white hair, holding a pint in front of a green and white Celtic background. Whenever I'm looking for work, Dad says, 'It's your full-time job to find a job.' Applied for countless roles today. Didn't matter what the work was, as long as it's in London, but mostly went for media roles.

It's time I flew the nest anyway. Family homes aren't the best environments to be creative. Unless it's the middle of the night, the TVs are on, not to mention Isla's phone, which buzzes through the night. But I read somewhere that an imperfect, finished project is better than a perfect one that never gets finished, and it's true. One way or another, I'll get there in the end.


January 14th

Told Mum I'd gone to London to visit my old pal from uni, but today, the time came to tell her the truth. Our usual walking route took us out of the estate down a lane and past Clydeview cemeteries before leading us along a road and through a wood to the canal. I pointed away from the motorway to the top of the hill that would take us to the park where it happened. 'Come on,' I said, gesturing with my head. Paused for a moment before following my lead and taking a few steps up the hill.

Eventually sat on a bench overlooking the train tracks. Mum said she could see me loving life in Edinburgh. Awkwardly laughed. Only job that appealed to me there didn't even have a salary listed on the website. Told her I'd be over the bridge at the end of the motorway if I didn't get out of here by the time I'm thirty. That bridge has claimed so many lives over the years that the council had to build a high metal fence to stop people jumping. Wanted to open up to Mum about how my brain works, but I couldn't. Am obsessed with controlling the only things I can, because nothing else seems to go my way. Most recent example was my twenty-first. Got my hair put into a fancy up-do for the dinner and drinks I was meant to be having with my supposed best friend, but she cancelled at the last minute.

Sometimes wonder if I'm a massive attention seeker. But my counsellor and Bettie aside, I've not told a soul how paralysing my anxiety and OCD can be. So many people have it worse, and that includes Mum. What kind of nutter can't even trust that their thoughts are their own? And I'm scared. I'm scared this shite will latch onto something that's not my writing down the line. It's certainly latching onto the harm I could have caused recently.

Bridge comment went down like a lead balloon. Mum said my health was my wealth and that I was to take a good look at what Isla was going through before saying anything like that again. Reluctantly admitted she'd a point. Told her I was going to finish the script that had been gathering dust under my bed by the end of next month. Smiled a rare proud smile. Said she always knew Granda Joe would help me from the other side. Told her I'd gone to London to clear my head, and that I was finally taking action to turn my life around. Said I was going to take my chances in the Big Smoke instead of Glasgow.

Told me I knew nothing about the real world and that she and Dad should have gone with their better judgement and stopped me from studying English and film at uni. Said she'd prayed for me to become a teacher. Was over the moon the day I got into the PGDE. But it was a vocation, and I'd had no call. It was a lost cause. Said she wished Isla had got near enough straight As at school, because she was planning on doing something sensible with her life. Told me she'd an appointment with a counsellor at the health centre. Said she'd never had an easy life and that I knew nothing about worrying, because Dad had never raised a hand to her – not like Granda did with Gran.

Had nothing to say to each other on the walk home. Thought of the woman who set herself on fire in the woods as we passed through them. Thistlegate has more than its fair share of ghosts. Mum headed off the road and into the cemetery. I followed. Granda's grave is in a particularly nice spot below a large blossom tree. There's a space on his headstone for Granny's name, but for all she worshipped the Sacred Heart of Jesus, it was adorned with a picture of the Virgin Mary. A bunch of plastic flowers in a silver holder at the bottom of Granda's grave had fallen over. Mum bent down to pick them up and moved a pile of leaves to uncover a single, golden Christmas bauble likely left by Granny.

Remember wind chimes ringing as a gust of wind blew through the cemetery. It used to be nothing more than a great place to ride my bike or go fishing for tadpoles. Became something else when people younger than me were buried a few rows up from Granda. The universe, or God, has given me more time, and I don't want to spend it living a half-life. Mum told me once that if I ever feel totally hopeless, I am to give my life to God. I'm going to give it to my dream instead. Watched an interview with Bowie when I came back from London. He said people suffer from regret later in life if they don't at least try to chase their dreams. That the regret of never trying would be much worse than failure.

Gravedigger saw me and Mum looking at Granda's grave and asked if we knew him. Mum said yes, and they got into a discussion about what would happen to the people of Thistlegate once the cemetery was full. Gravedigger said the days of mass graves like the one made after the Blitz were long gone. No one in there got a coffin; instead, they were buried in flags, sheets, and whatever people had to hand. There was an Isabelle Black on the memorial stone. Thought of the famous Lizzie and how easily she could have had the same fate.

Followed Mum home in silence too, past the field overgrown with thistles and weeds. Once home, Mum went straight to the kettle, and I rushed upstairs. Everything that truly means anything to me is in an old drawer under my bed. Took out the most recent copy of my script from the chronologically arranged pile. Blew the dust off it. The rusty silver medal Granda Joe won for saving a life was in that box too. Walked into the conservatory where Mum was reading the news and handed my script to her.

Ripped a nail off my finger when I got back upstairs with such force it bled. Looked out the window at the hills. Imagined Mum pointing at my script with her index finger as she read. Judging the only story that ever mattered to me, the way she felt like the cross around her neck judged her. Called me obsessive the last time I worked on it with any regularity. Attitude toward it wasn't healthy – but most people are obsessive over the things that mean the most to them. Focused again on the hills. Could see the outline of almost every bush and tree and wondered how my great granda hid there successfully during the war. Door opened with a creak. It was Mum. Smiled from ear-to-ear and said the script was brilliant.

# Jimmy's Wonderwall

### JEANNIE

This is it, Jeannie Brennan, ah fear, the first day o the rest o
yer life. Ah look at Thistlegate Nursing Home. It's enough tae
drive anywan tae distraction, tae the dementia. Mind ye, the
gairden's rare, ah'll gie them that much. Me and a few o the
auld smokin biddies huv been wheeled ootside. Ah hate tae
admit ah'm the maist decrepit o the bunch wi ma thick bags
under ma eyes. The fresh air is smashin, but there's naeb'dy
here ah kin hold a conversation wi, even if they wur aw aboot
themselves. Ah guess it takes aw sorts tae make a world. The
hame looks like a wee castle fae here. It's a far cry fae the view
fae ma gairden. But even though ma hoose looks oot ower the
undertaker's roof, Jurassic Park feels further fae the grave than
this joint. Ah'd gie ma eye teeth fur somewan tae keep me
company. Ah'm disappointed in Cathy. She should o never let
it come tae this.

A ginger fella walks ower tae us fae the hame. He's wearin a
unironed shirt and hus a guitar in wan haun.

'Awricht, ladies,' he says, smilin. He's gat a gap between his
two front teeth. Here we puckin go, ah hink. 'Ah'm a musician,
and ah've come tae gie you a wee bit o licht entertainment.'

'Kin ye… kin ye dae me a wee tune, son?' says a wee wumman who looks like she's already been planted.

He nods mair than the Churchill dug fae the adverts.

'Whit d'ya fancy?'

"Caledonia',' she says, smilin and puttin a wrinkly haun oan his thigh.

He strums his guitar. This is whit ah get fur comin ootside fur a bit o peace and quiet and a smoke. By the time it's ower, ma ears are bleedin.

The lad kin tell ah'm nae amused, but he doesnae take the hint.

'Can ah dae you a song?' he asks.

Ah tilt ma heid tae wan side. 'Listen, son, nae nursin hame should huv an amateur musician like you oan call. Ah kin hear it noo, "Get over here quick, Jimmy's dyin, and he needs an oot-o-tune rendition o 'Wonderwall'."'

He looks like he's aboot tae burst intae tears. He composes himsel.

'Well, this is just a difference o opinion,' he says, followed by a cheeky as puck wee smile.

He hud tae be kickin thirty, if no aulder. That's a man who needs tae grow thicker skin. Thank God oor Gary's gat mair aboot him than that.

Ah could hold a tune in ma day, but ma real talent wis the dancin. Lizzie wis the whole bloody package.

'Yeah… yeah… oooh,' the lad sings, makin some shite up oan the spot. He's wearin a plaid shirt that would look daft even if it wis ironed.

Ah stick ma fingers in ma ears and let ma fag dangle fae ma lips. Wance ah finish ma cigarette, the lad offers tae take me inside. He isnae a complete spare part.

The doors o the care hame are locked. The code's meant tae be a secret, but ma heid's no buttoned up the back. The young lad enters 1-9-2-9 and opens the door intae Rum, wheelin me intae its livin room. Ah make the sign o the cross at the sicht o the other coffin dodgers.

Ma bank account's bein bled dry tae pay fur this dump. Ye huv tae huv naught tae yer name tae get yer care fur free, and there's nae real difference between the two sides o the hoose. Ah should o known Cathy wouldnae huv gone intae her poacket. Sandra cannae afford it because o hur lawyer's fees fae the trial.

'Right there, son,' ah say, pointin tae a seat in front o the telly. 'Thanks very much. Noo aff ye go and strum yer guitar.'

He doesnae reply and walks oot the room.

'Psst...' a wee wumman whose name is May says. She hus hur hair in ticht curls that put me in mind o a poodle, and ah wonder if she's skinned wan and turned it intae a wig. 'Psst.'

Ah look around. She's sittin across fae me and gestures fur me tae come ower. Ah point at ma chair. She's lookin mair than a little peely-wally.

'Huv ah gat semen oan ma face?' she asks, voice lowered.

It's toothpaste. It's definitely puckin toothpaste.

'It's toothpaste, May,' ah say, resistin the urge tae call hur a doolally bastart.

Fur the first time, ah huv a proper swatch o the livin room. The green carpet's covered in God knows whit, the walls are a horrible cream colour and nane o the chairs match. But ma bedroom is nice enough, and fur aw it's costin an arm and a leg, ah'll be oot before ma lassies huv tae sell the hoose.

There's a segment oan the telly aboot gay adoption. A wumman fixes hur eyes oan the black box bearin a look o disgust ah've yet tae see rivalled.

'Imagine...' she spits. 'Imagine lettin people like that near weans. Whit's the world comin tae?' she says, shakin hur heid.

Ah dinnae take hur oan. Live and let live, that's ma philosophy. Be guid tae yer mammy, and ye'll get yer blessings. It doesnae matter who ye fancy. Fur the first time in a lang time, Kate pops intae ma heid.

\*\*\*

'Yer granny's got you doon as gay,' Stella Marie tellt hur when she gat wind o ma theory.

That lassie didnae huv the sense she wis born wi.

'What?' Kate said.

'It's no a problem if ye are, ah'm jist sayin yer awfae auld no tae huv hud a serious boyfriend oan the go.'

'I don't like to publicise my personal life. Mum knows that one day I'm going to come home with a fiancé and that will be that.'

'Fair enough, hen.'

Ah didnae expect another peep oot o hur. She's such a quiet lassie, then she said, 'Honestly, Granny, you and your gossip could start a fight in an empty room. Don't make assumptions like that about people, especially if you say the assumptions don't matter to you.'

\*\*\*

Kate wis richt, in a way, ah should keep ma mouth shut mair often, but gossip isnae always a bad hing. We cannae aw be riddled wi anxiety like Kate. Before ma Cathy met hur Jamie, she took up wi a lad who well and truly tried tae huv his cake and eat it. She's never been the same since, if ah'm honest.

But ah smelled a rat when ah heard through the grapevine that he'd been seein another lassie fur ower two years – a lassie he tellt ma Cathy wis crazy. But she wis a gorgeous blonde wi big eyes and lips, and ah wasnae buyin it. Ah gied hur a piece o ma mind. Ah huv a lot o wrinkles fur a reason. Ah tellt hur, if he cheated oan that other lassie, he'll cheat oan ye, but she didnae listen so a hud a word wi hur pals an aw.

'Listen,' ah said, when ah saw them doon the shoppin centre.

'Ah've heard that boy's nae guid, noo ah micht jist be passin oan gossip, but ah dinnae want him near ma Cathy.'

He wasnae takin wan o ma lassies fur a ride.

Wan nicht, aboot a year later, Cathy came hame breakin hur heart. Hur nose wis reid, and hur tears wur black wi eyeliner. He'd been seein another lassie fur ower two years, and not only that, he hud a baby tae hur oan the other side o Glasgae. Ah'm a guid Catholic and hate men like that. Ah wis kickin masel when ah found oot. Ah should o done mair diggin.

That's the hing aboot gossip, mair often than not, there's nae smoke without fire. When a similar hing happened tae Leanne, and Cathy smelled a rat, she took nae bullshit. Leanne accused hur mammy o interferin, but she wis grateful when the truth came oot in the washin. They've been thick as thieves ever since, and they even danced at Cathy's 60th. 'Ah'll keep ye richt,' Cathy said tae hur, and as far as ah'm concerned she always hus.

If Cathy said jump, Leanne would say how high? Gary's gat mair o his dad in him, but thankfully no a real taste fur the drink.

Cathy did hur best by hur weans, and ah tried tae an aw. But even though ah tried tae be a guid mammy, ma heart wasnae in it. Even noo, it's stuck way back before the war at that bloody audition fur *The Showgirl and the Sailor* – back when ah wis jist seventeen and Lizzie wis nineteen. When it went tits up at the time, ah tellt masel that failin means yer playin.

Ma eyes water. Ah fix them oan the green carpet. Before ah know whit's happenin, ah'm gaun tae the pictures in ma mind.

***

*The Showgirl and the Sailor* wis released in the La Scala oan November 10, 1949. It wis a lang time comin. A lot o men in the picture wur enlisted durin the war, puttin the whole hing back. Ah mind lookin at a photie o Lizzie wi hur big petal lips and bein glad that it would be a while before the world knew hur name. It wis eventually released in America in 1948. But they dae say desires are nourished by delays. Ah wis seven months gone wi ma Sandra by the time it came tae Thistlegate.

Ah still huv the ticket. It looks like naught mair than a piece o white card noo the ink's faded. Ah keep it in a box under ma bed wi aw the other shite ah cannae bring masel tae throw oot. Ah'm no sure why ah kept it. Maybe it's because it wis the day when every dream ah hud went oot the windae – no jist aboot gaun tae Hollywood, but aboot love. Ah never looked at Donald the same way efter it, even if hings gat better when oor lassies came alang.

His mammy said we should huv a nicht oot before the baby comes and gave us a few extra bob. He suggested gaun tae the pictures. Ah mind lookin at the grey sky ootside and puttin oan ma warmest, furry jaicket.

The whole way there oan the bricht orange and green tram, aw Donald did wis rant aboot how amazin it wis that somebody fae Thistlegate hud gone tae Hollywood. Nae wonder ah wis green when Stella Marie's man got tae go tae America an aw. Like awbody else, Donald wis best pals wi Lizzie as soon as she gat famous – the bastart's bum wis oot the windae.

Ah kept ma goab shut aboot oor friendship. The only reason ah'd agreed tae go tae the pictures wis that ah didnae want tae go tae the pub. Ah'd spent mair than enough time behind oor local's tinted windaes and wooden shutters. Donald loved a drink, and efter his brother gat barred fae the Clydesider, aw eyes wur oan us when he hud wan too many.

Mammy always said that pride comes before a fall. Lizzie invited me and Donald tae America, but ah never took hur up oan hur offer or breathed a word aboot hur tae him. There wis nae need. Donald wis a nosey bastard an aw. Ah'd huv never heard the end o it.

When we arrived, there wis a queue roond the street. There's a black and white photie o it. Two hings could be read oan the skyline, La Scala, and in the distance, Singer. The La Scala buildin wis plastered wi posters o Lizzie and Gordon O'Leary dancin. If ah tellt Donald that ah'd danced wi Gordon at the audition fur this very picture, he'd huv said ah wis talkin oot ma arse. Ah smiled at the thocht – at the knowledge that there wis mair tae me than jist the cross aroond ma neck. O'Leary wis a wan-hit wonder. Nae wan saw hide nor hair o him efter *The Showgirl and the Sailor*.

We didnae talk in the line. Donald micht huv been handsome, but he jist smoked roll-up efter roll-up while ah looked at the posters and daydreamed aboot whit micht huv been. Lizzie would huv been ower the moon if she could see the queue. There wur mair folk than ah could hink aboot countin. She wis always a kind lassie. She'd huv shown me and Donald a rare time in America, but Donald hud nae self-control and would huv drank the place dry.

'Two tickets fur the picture wi Lizzie Black in it,' Donald said when we gat tae the front o the queue. He hud a thick heid o hair that he kept richt intae his auld age.

'*The Showgirl and the Sailor*,' ah said.

'Aye, that's the wan.'

Donald wis far fae a stupid man, but sometimes he sure as hell acted like wan.

'Ah'm afraid the showin at seven's sold oot, but if ye wait half an hour in the lobby, ah kin get ye two tickets fur the next wan.'

'Aye, nae bother, son,' ah said.

The box office wis made o stylish broon wood and hud ads fur each o the pictures oan above it.

'Ye wantin a bag o toffee?' Donald asked, pointin tae the sweetie stand.

'It'll rot ma teeth even mair. How aboot we get some pop-corn?'

He smiled and walked ower tae the shop while ah hud a read o the different posters inside. Ah could count oan wan haun the amount o times ah'd been tae the pictures wi Donald since we gat married. Like ah said, Donald loved a drink, and the pub wis his priority. Before then, we'd go tae the pictures and buy a wee box of chocolates before walkin along the boulevard tae John Knox Street. Ah'd look up happily at the reid sandstone tenements before gien him a peck goodbye.

The La Scala wis the first cinema in Thistlegate tae show the talkies and gaun there wis a rare treat. The curtains would open as the picture started, and mair often than not, ah'd gasp, a shiver o excitement runnin doon ma spine. Those wur the days.

As ah wis standin, a wave o people filed oot wan o the pic-ture halls.

*The Showgirl and the Sailor* opened oan the bonnie banks o Loch Lomond, Lizzie's black hair blowin in the wind. She wis wearin a turtleneck toap and gorgeous cardi as she smiled away wi hur big lips, hair and eyebroos styled tae perfection. The picture hall wis pitch black, and ah wis glad, blinded by tears.

'Oh ma God. Wasn't Lizzie beautiful?' a lassie said efterward. 'Ah wish ah'd been lucky enough tae know hur. Kin ye imag-ine how much hur schoolbooks would be worth noo?'

Ah still hud the letters Lizzie wis writin tae me even then, but fur aw me and Donald didnae huv two pennies tae rub taegether, ah didnae huv the heart tae sell them, or pass oan sto-ries aboot hur tae the papers.

'Shall we get a wee carry oot?' Donald asked oan the way hame. We'd jist passed the corner shoap doon the road fae the Clydesider. 'Wi a softie fur ye,' he added.

Naw wasnae an option. He wis gaun'ae end up three sheets

tae the wind wan way or another, and ah wisnae gaun near the reprobates who hung aroond the Clydesider's wooden bar in ma condition. 'Why no? Get yersel a couple o cans and a bottle o Irn Bru fur me.'

Donald's face lit up. Ever since the yard gat a big order in efter the war, and he gat a raise, his drinkin hud spiralled oot o control. He couldnae see the problem fur himsel. Awbody drank like fishes. An intervention wouldnae cross anywan's mind.

Donald cracked open the tab o his beer and put a haun oan ma thigh. Ma body tensed up. Ah took a gulp o ma Irn Bru. It wis ma duty as a guid Catholic wumman. Divorcin Donald and runnin aff tae America tae chase ma dream wi Lizzie wasnae an option, especially as ah wis aboot tae become a mammy. Ah'd made ma bed durin the war and ah wis too religious, too full o shame, tae dae anyhin but lie in it.

Ten minutes later, Donald nuzzled his face intae ma neck. Ah could smell the beer oan his breath. His haun crept up past ma skirt, and ah hauf-smiled as ah turnt tae kiss him. Ah shut ma eyes and kept them shut until it wis ower.

Ah breathed a sigh o relief when ah heard the zip o his trousers go up. He'd a roll-up behind his ear, and fur aw ah'm maistly partial tae Silk Cut, he lit it and didnae even offer me a draw.

'Ye've gat a face like a skelped arse,' he said, lookin at me. 'Kin ye no at least pretend tae be happy?'

Ah forced a smile.

'Are ye takin the piss? Ah thocht that picture would o been richt up yer street.'

'Look,' ah said, 'seein that picture wis difficult fur me. If ye want, ah'll tell ye why.'

Donald turnt his back tae me. Ah looked at his dark hair and put a haun oan wan o the lanky bugger's shoulders before nudgin him.

'Whit kind o marriage is this if we dinnae even listen tae each other?'

Ah nudged him again, this time mair forcefully. He grunted but didnae say a word.

'This is important,' ah said, shakin his shoulder.

Donald pinned me doon by the neck and slapped me across the face. He wis ower six fit. Ah'd nae chance.

'Shut up!' he shouted.

Ah screamed. Ah'd never been scared o a man before.

When Mammy tellt me Daddy hit hur, ah wondered how she could find hursel in a situation like that. Never in a month o Sundays did ah hink it would happen tae me. Donald wasnae a bastart, fur aw he wis pictured too often wi a drink, and he'd still raised his haun tae me while ah wis carryin his wean. It wis naught unusual, especially in those days, but ah tellt him ah could never look at him the same way. Ah never did.

\*\*\*

That wis the nicht ma dream well and truly went oot the windae. Until then, ah wis hopeful, deep doon anyway, but efter that, ah didnae bother wi masel, even when that meant leavin stray eyebrows that hud nae business bein on ma lids unplucked. Ah'd wondered if maybe wan day ah'd get a chance tae star in a picture filmed in Glasgae, but ah wasnae the same efter that.

Ye cannae be too careful when it comes tae men and the drink. Ah've a photie o Donald wi a glass in wan haun and a bottle in the other next tae ma bed, and he looks happier in it than he ever did at the chapel. When a wumman's gat a drink in hur, generally speakin there's ainlie so much damage she kin dae.

There's a wumman in here who ah recognise fur aw the

wrang reasons – Peggy. Awbody who knew whit wis whit in Thistlegate knew she wis oan the game. Anyhin tae fund hur drinkin habit. She wis never wi'oot bags under hur eyes, even as a younger wumman, and always hud a plump frame. It's a miracle that Peggy isnae oan the wrang side o the grass. She's shakin, and ah'm sure it's no because o the Parkinson's. The poor bugger's nails huv been ripped clean aff. But fur aw she loved a drink in hur day, even she wis harmless enough.

'If ye're pregnant, it'll be a bigger miracle than the Virgin Mary!' a carer says tae May.

Bloody hell. Ah look at hur haun. Hur wrist's reid, and she's mair than a few liver spots, but there's nae ring oan hur finger. Awbody's mistakes are catchin up wi them in here, even if it's jist in their heids.

A nurse rushes intae the livin room and looks straicht through me.

'Mrs Brennan, your daughter Cathy's at the reception,' she says. Hur voice is shakin. 'You're going to have to come with me right now.'

Ah bless masel, and she wheels me oot the livin room. Ah take a final look at the braw gairdens and wish a place o bad news didnae exist in such a beautiful settin.

Ma heart's beatin so fast ah hink ah'm gaun'ae pass oot. Ah'm no psychic, but ah trust ma gut, and ah've a feelin sommat is wrang.

Ma Cathy is sittin in a seat and she hus a look aboot hur that ah've never seen before. God bless us and save us, ah hink. Hur lip is quiverin but threatenin tae curl intae a smirk.

But maybe hings are gaun ma way. God knows ah'm due a change in ma luck. It's a lang road that's no gat a turnin. Ma life's no been the same since Stella Marie got done by the polis.

'Whit's happened, hen?' ah say.

'It's Stella Marie.'

We aw fell out wi hur and hur family fur a bloody guid reason, ah hink.

'Fur puck's sake. Whit's she done noo?'

'Naught. But you know ma pal who works up the hospital?'

Ah nod.

Cathy smiles. 'Let's just say that she's gaun'ae huv a genuine sick line fur wance.'

'Ah dinnae understand.'

'She's micht huv the cancer, Mammy. Ma pal says she's gettin a biopsy.'

Sickness overwhelms me, and the colour drains fae ma face. Stella Marie hud been guid tae hur mammy, but she husnae gat hur blessings.

# Mental Fernando

## ISLA

Ah walk along the care home's long, narrow driveway, energy drink in hand. Ma right leg's well and truly oan the mend noo ma stookie's off. Ah dinnae even need a crutch anymair! Ma physio just said ah couldnae put too much pressure oan it helpin the auld folk around. Ma heart's gaun like the clappers, but ah dinnae want tae turn up lookin like a half-shut knife. There's only so much good a pair o straighteners, eyeliner and foundation kin dae.

Fae the ootside, the home could be a grand hotel wi its stone water feature and luscious lawns, but inside, it looks like *One Flew Over the Cuckoo's Nest*. Someone's inevitably gaun tae put their hand tae ma face, and ah just huv tae grin and bear it. Ah've been lobbed wi a coat hanger before. After ma placement interview, ah looked intae Rum's livin room, smilin at the sight o a grand piano, then ma eyes fell oan a cross-dressin old man havin his stockin-clad leg humped by the therapy dog. The residents are hopefully no all away wi the fairies like that. Ah kin dae harmless, but ah cannae be daein wi violent. Ah'm still a slight enough teenager at the end o the day.

Ah'm off ma head, but ah've got a foot in the door tae nursin. Thank God. Ah dinnae huv the strength tae work wi adults, even when both ma legs are as right as rain, and ah'm determined tae become a paediatric nurse. Weans are a rare laugh. Mum's always pointed oot ma round shoulders, and ah'm convinced they're growin rounder wi each shift ah work wi adults.

Thistlegate Nursing Home is a twenty-minute walk away fae the nearest estate, so if any residents escape, they willnae get far. Ah've been sent here by the NHS fur ma final placement, and ah'm workin oan the poor side o the home, Barra, because it hus the most challenging residents. Talk aboot puttin me through ma paces. Efter it, ah'll be a fully qualified carer, and ah can train tae be a nurse. Ma application tae Glasgow Caledonian University's long gone noo. Ah've got ma fingers and toes crossed. Ah've near enough worked masel intae the ground.

When the home comes intae view past the tall pine trees linin its grounds, it feels like the start o a horror film. Green and yellow ivy climbs up its sandstone walls. The buildin even hus a heavy, wooden door wi a gargoyle knocker.

Ah arrive bright and early at half eight, dressed tae impress in a beige coat wi a fur collar and black boots wi gold buckles. That's one fing Granny and me huv in common – we like tae look good. At least, she did when she wis younger.

Ah pick up the brass, crescent knocker, hit it a few times against the gargoyle's sharp teeth, and stand back. Ah shut ma eyes. Birds are chirpin. There's no screamin. Yet. Ah raise ma can o Red Bull tae ma lips.

The brown door opens wi a creak; it's no as well-maintained as the flowers. A plump, blonde woman in her forties answers. She smiles, then fae nowhere, a woman wi short, curly, grey hair darts oot the door. Under one o hur arms is a plastic container filled wi instant coffee.

Instead o chasin after hur, the other woman shakes hur head.

'She used tae be an alcoholic,' the carer says. 'Worked in the Clydesider, y'know the pub down the road? Now she can only get hur fix wi coffee.'

'Ah'm Isla, pleasure tae meet you,' ah say, ootstretchin ma hand.

'Margo.'

She shakes ma hand before steppin aside. Ah enter, and ah'm led past the oak wood o Rum tae Barra.

Ah soon find masel in a garish yellow dinin room fur the handover. The carers take a seat at one o two wooden tables closest tae the door, introducin themselves one by one.

A carer wi thin, straw-like, ginger hair says, 'Hud a quickie this mornin.' The others half-smile before she adds, 'Ah can feel it runnin down ma leg.'

Ah wince but admire hur fur keepin fings entertainin at half eight in the mornin.

A nurse in a dark blue uniform walks intae the room. The group falls silent. A carer rips a nail aff and puts it oantae the table. One o the carers tells hur that Mrs Green and Mr McDonald hud a bad night.

Ah can predict the names o the residents. There will be an Agnes, a Bettie, a Martha and at least one Nan. Ah smirk at the thought o future nursin homes filled wi Saffrons and Kylies and their faded Malia 2010 tattoos.

There are a few residents named Jean, and it makes me think o Granny. She'll huv inevitably been set up wi a care package by now.

Granny would be a law untae hursel in a home, ah hink. A lot o people accept that it's sommat they huv tae dae at the end o their lives, but she's never been one tae accept hur lot. She always sang 'Que Sera, Sera', but ah dinnae think the words meant en'in tae hur. She doesnae believe whit will be will be;

she thinks prayers can move mountains, and because she's been a good Catholic, hurs are mair likely tae be answered.

If she wis aboot hursel enough tae get wind o the cost a week o a room, she'd huv a heart attack. Granny wis always generous tae me and Kate, ah'll gie hur that. But admittedly, hur kindness didnae extend tae adults.

'Shh…' she'd say, shovin a pound in me and Kate's hands whenever Mum walked oot hur front door ahead o us. 'That's fur Bobby the Icey.'

But Dad said Granny wis a tight arse wi everyone but weans.

***

After we'd gone oot fur a Sunday roast wan day, Dad told hur tae put hur purse away, and she offered tae get the tip. Granny burped in satisfaction. She hus loose skin roond hur neck and it shook.

'Here ye go, son,' she said, handin the waiter a fiver.

Granny sat back, restin one hand oan the other, starin off intae space. She wis wearin a gold bangle oan wan wrist and a watch oan the other, handbag strap restin oan hur arm. Mum and Dad stood.

'Are you comin, Mrs Brennan?' Dad said.

'Ah'm waitin oan ma change,' she said.

Dad laughed, and Mum told Granny not tae be a miserable git. But Granny hud an answer fur everyhin. She snapped back, sayin, 'Many a mickle makes a muckle.'

***

A blonde carer coyly walks intae the room, late. It's Leanne's friend, Suzanne. Ah subtly hide behind some o ma brown hair and briefly look at the trees ootside.

Ah thought the nurse, Michelle, would ask me how far along ah am wi ma trainin, but she doesnae. She just says she's got ma letter fae the physio and won't ask me tae dae en'in that'll jeopardise ma leg. Otherwise, it's a simple case o all hands, trained or no, tae the mast.

She tells me tae dress a harmless woman named Anne and another called Audrey.

'No problem,' ah say. 'Where are they?'

Without a word, the nurses stand and walk oot the garish yellow dinin room. Ah've nae idea why the local paper used a photo o it tae promote the joint. Michelle points tae Anne's bedroom then points out Audrey's. Ah push down the silver handle and step inside the cream door.

'Good mornin, Anne. The gardens are lookin awfae braw the day!' ah say, openin the spotted cream curtains and gesturin tae the trees ootside.

Ma eyes are drawn tae a frail old woman lyin oan hur back, hur limbs curled like a bairn's in the womb. Hur eyes are fixed oan the ceilin – oan sommat ah cannae see. She doesnae acknowledge ma presence. It doesnae matter.

'Always treat people the way ye want tae be treated,' ah kin hear my old high school teacher, Mr Broon, sayin.

Ah tell Anne ah'm gaun tae get hur dressed fur breakfast and manoeuvre hur body intae a sittin position. Hur limbs are as light as a feather. She laughs and expresses no objection.

Ah dress hur in a lilaic top, cardi and grey skirt. Once dressed, she stands and shuffles oot the room. Seconds later, there's a crash fae the hall, but it falls oan deaf ears.

'Oh dear,' ah say under ma breath.

A young girl hus been hired tae serve the residents' breakfast oan both sides o the hame, and she's got hur work cut oot fur hur. The moment they are awake and dressed, they are hur problem, not the carers'.

But she'd turnt hur back fur five minutes, and ah walk intae the dinin room as all hell breaks loose. A tall woman hus taken a tumble. The old woman whose dinin room photo made the paper wis smilin in a way that none o these buggers are.

Ah pull the long, orange help cord hangin fae the ceilin. Ah gie it a few minutes, and no one answers. Ah look at the back o an old woman's head.

Each o the dinin room's wooden chairs is full or hus been replaced by a wheelchair. Those who've enough marbles tae understand whit's gaun oan are horrified. The woman lies oan the floor laughin, mutterin nonsensical words tae hursel.

'Why the fuck dae ye no help that wee lassie?' another woman shouts at the only man in the room.

Ah'm no as skinny as Kate, but ah dinnae huv the strength fur this oan a good day. Ah pull oan the tall woman's bony arm, tryin tae encourage hur tae help hursel up. Ah cannae risk hurtin ma leg again. Then ah look over at the old man, who gestures tae his wheelchair, eyes wide at the obvious.

Eventually, the woman takes ma hand and pulls hursel up oantae hur feet. Below hur paper-thin skin, hur head's bruisin purple.

Ah quickly fill in an accident form, tell the head nurse, Michelle, and get back tae it. It's a rare day when ah get through a shift in a hame without someone havin a fall.

Up next is Audrey, a hunched-over woman wi a kind face. She asks me who ah've seen tae first. Ah say Anne, and she says she's growin up fast.

'She's been well behaved this mornin,' ah reply, as ah guide hur intae the dinin room.

Hur eyes are deceivin hur and then some. As far as Audrey's concerned, Anne's ready tae go tae primary school, even though she's got mair wrinkles than Audrey. Anne's sittin starin oot the dinin room windae at the gardens we aw can't help but admire, happy as Larry.

'Yer mammy keeps ye lookin lovely, hen,' Audrey says tae Anne, admirin hur skirt.

By the time it's eleven o'clock, the breakfast girl hus finished hur shift, but she husnae hud a chance tae serve the residents in Barra their mornin tea and biscuits, so ah huv tae dae it. She's set up a silver trolley wi a selection o china cups and plastic ones.

Ah push the trolley intae the livin room, its contents rattlin. A few clouds above the mismatched chairs move. That's whit the old people's heads look like tae me. Gold weddin bands hang fae the bones o their skeletal fingers. The room is a mix o sunken faces, bruised-black skin and oversized glasses hangin fae beaded chains.

And as fate would huv it, Mental Fernando hus been moved tae Thistlegate Nursing Home. Ah never forget a face. He wis Honeybrook's most notorious resident and famed fur his naturally shapely eyebroos, bald heid, big nose, and the poker stuck right up his arse. His name is Davie, but he calls himsel Fernando. Rumour hus it he took a tumble oan a package holiday tae Benidorm, and that's why he changed his name.

'Oh, very nice,' he used tae say, wrappin his arms around ma waist.

Ah thought ah'd seen it all until ah met him. He loved gettin his kit off, even though his nipples looked like they'd been bashed against his chest wi a fryin pan.

Ah put a cup of coffee down in front o him wi a clink, shudderin at the memory o Mental Fernando tellin me that his legs didnae take him as far as they used tae, but his most important body part wis still in workin order. Ah've gone out wi some questionable characters, but this wis sommat else.

By the time everyone is served, those who ah've seen tae first are finished. When ah return tae take away their empty cups and used napkins, a heavy woman is starin longingly at the last

Tunnock's Teacake oan the trolley. Ah give it tae hur without a second thought.

'Oh, oh! Ah like ye,' she says, beamin.

It's easy tae get distracted by death, and after rollin the trolley back tae where it came fae, ah notice a thank you letter fae Glasgow University pinned tae a corkboard in the hallway. One o the residents hus donated hur body tae medical science and a memorial is being held in the university chapel. The family hus requested no flowers. It makes me glad that Grandpa hus a real grave tae visit.

When ah sit down tae lunch, ah ignore the emptiness in ma stomach tae fill in Anne and Audrey's daily sheets.

'That's the happiest ma arse hus ever been,' a carer says, sittin down.

The carer who'd hud a quickie that mornin pulls oot a family-sized bag o Revels fae hur locker and sits in one of the two empty chairs next tae me. She pours a pile intae hur mouth. She smells like cigarette smoke and strawberry body spray. Ah look oot the window at the tall trees tae avoid small talk, despite huvin posed fur photo after photo oan Facebook that would huv anywan believe ah'm the epitome o confidence.

'How wis your mornin?' she asks.

'Good. It wis nice tae meet some o the residents.'

'Anyone fancy a coffee?' Margo asks. 'Ah burst the milk carton so we need tae use it up.'

'Daft bugger!' another replies.

They all laugh.

Ah take oot a packet o jelly beans fae inside ma bag and gulp a mouthful o Coke – despite Granny tellin me ah've fat thighs, even though ah'm slim by most standards. Suzanne is the last carer tae sit. She takes the other empty chair next tae me.

Carin fur the elderly is hungry work, but it's like she's a perfectly polished robot. Ah look like ah've been dragged through a hedge, but even when she puts a hand oan hur head tae show how tired she is, she still looks better than me. Hur lips are big and she isnae even wearin eyeliner. Ah wear ma eyeliner roond ma eyes, and Leanne loved mockin me fur it. Instead o eatin, she takes oot a nail file and fixes a chip. It's impossible not tae feel intimidated. Ah can see why hur and Leanne are friends.

She looks at me – obviously recognisin me, but not able tae place ma face. Ah reluctantly make small talk.

'You've got some real characters here,' ah say.

The other carers are fawnin over photographs o Margo's grandchild. She lowers hur voice and leans toward me: 'You're Leanne Brown's cousin, right?'

Ah should o seen it comin when we huv the same career. Ah open ma mouth tae reply, but no words come oot. She doesnae seem tae notice and continues, 'Your Granny's—'

'Ah feel like cutlery just slows me down!' another carer says, laughin.

An overweight woman is eatin a sizeable lunch fae an off-yellow container usin plastic cutlery. Ah'm too shocked by Suzanne recognisin me tae smirk.

'Ma Granny?' ah question.

'She's doing well in here.'

'In here?' ah repeat, narrowin ma eyes.

'Hur name's Jean, isn't it? Jean Brennan?'

Ah nod. Ah look oot the windae at the tall trees surroundin the home as ma eyes fill wi tears, not carin that they'd streak ma foundation.

'Ah'm so sorry,' she says. 'That wis not ma place at aw. Ah thought you knew.'

Without a word, ah stand and walk intae the hall. Ah focus ma eyes oan the cream wallpaper, covered wi gold, swirlin overlay.

Ah'm an idiot. Granny lives in a semi and hur bathroom is

upstairs. Even wi a stairlift, she would need round-the-clock care. Ah guess me and Mum assumed Cathy would step up tae the mark, even if that meant movin Granny intae hur bungalow or stayin in Granny's spare bedroom.

Suzanne waves a hankie in front o ma face. Ah remember Granny lookin after me and Kate when Mum got pneumonia. Ah hink hur heart wis in the right place. She wasnae the best cook in the world, but she did hur best tae feed me and Kate when Mum wis in hospital and Dad wis at work. We'd sit at the wooden table at the far end o hur livin room and get a pipin hot plate o homemade soup and a chicken dinner o some sort.

Ah fight back ma tears.

'Dae you want tae get some fresh air?' Suzanne suggests. 'Michelle willnae mind.'

Ah nod. We walk oot tae a stone bench next tae a giant, white birdhouse.

'Ah'm so sorry,' Suzanne says.

'Me and Granny used tae be so close.'

'This must be hard fur you.'

'Granny's gossipin ripped our family apart. Ah knew the hip…' Ah struggle tae articulate even a sentence.

'It's OK,' she says. 'Ah'm not the biggest fan o Leanne anyway. This town's just too close-knit tae be oan bad terms wi hur.'

'Ah dinnae know why ah'm so surprised,' ah say. 'Leanne's mum doesnae give a shite aboot anyone apart fae hursel and ma Aunty Sandra…' ah trail off.

Suzanne hus won a little o ma trust, but ah cannae open up tae hur – not until the trial is over.

Nurse Michelle walks intae the garden.

'Is everything OK?' she asks.

'Isla's Jean Brennan's granddaughter,' Suzanne says, finally speakin. 'Just fillin hur in oan how she's doing.'

'Oh. I'd have never known.' She pauses, narrowin hur eyes. 'Well, actually, there's a slight resemblance. You've both got lovely blue eyes.'

'We're not oan speakin terms,' ah say. 'If ah'd known she wis here, ah'd huv never…' ah catch masel. Ah dinnae even know if there's a job fur me at the only other nearby hame where Leanne doesnae work, Clydeview Nursing Home.

'Take as much time as you need,' Michelle says. 'If you want, I can tell you what room your Gran's in?'

Ah shake ma head so hard ma hair falls oot o its bun.

'You dinnae need tae sit wi me,' ah say tae Suzanne. 'Ah need ten minutes, and ah'll be in at your back.'

There's no excuse fur Granny's behaviour, and even if there wis, ah cannae go near hur. She's always hud too much tae say fur hursel, but ah reckon hur dementia, because ah'm sure she's got a touch o it, hus made everyhin a hundred times worse. Granny hus got this look aboot hur, where hur eyes slant tae the side, and she appears tae be oan another planet entirely. It makes me wonder how much attention she pays tae hur family's actions, tae who is obviously in the right and who is in the wrong.

Ah'll never forget a carer tellin me that nursin homes arenae whit they used tae be. In the past, they wur a relatively safe place fur frail, and sometimes forgetful, old people tae spend their final years. Now, wi underpaid and overworked staff, and residents who could be dangerously violent, they're the last place you'd want tae send your granny.

Even fae the tranquillity o the care home's perfectly mown garden, ah hear screamin inside. Ma bum tenses up fae the cold o the stone seat. Ah stand and go back inside.

Ah jolt at the sight o every old woman wi short, white, curled hair, half-expectin tae hear Granny shout, 'Away ye and shite!'

Mum said Granny's been smokin since she wis fourteen, but it's not allowed in here. The smokin ban from a few years ago applies tae every public place – even care homes.

But ah figure Granny might like the gardens. Even if she'll be dreadin tae hink how many people huv died in here over the years.

Ah cannae imagine hur sittin anywhere other than oan hur black, leather sofa in front o hur flat-screen TV. As ah walk through Rum, ma eyes scan the clouds hoverin above the mismatched chairs and zone in oan a gold cross hangin around a woman wi white, curled hair's head.

Ah dinnae recognise hur oan a first glance, but it's Granny. Hur head's slumped over, but hur gold cross still shines in the light.

She's dressed in a white shirt and pink cardigan, and ah cannae help but notice that the bottom o hur eyes are red and swollen. She still hus hur pink lippy oan.

Granny wis never a fat woman, but she wis never thin either. Now, hur boobs huv drooped almost as far as hur belly button, and hur once full but wrinkled face is almost as gaunt as Granda's before the cancer took him.

Ma phone buzzes fae inside ma blue trouser pocket. It's gone half twelve. Aw ah huv tae dae is keep it together until half two. Thank God ah'm no oan a long day.

\*\*\*

'Are you feelin better?' Michelle asks when oor paths cross in the hallway. Thankfully, Granny's well oot o earshot.

Ah nod, lookin oot a window again at the trees ootside. 'Ah dinnae think ah can work here. At least no right now. Ah'm gaun tae trial because o whit ma aunty did, and if she comes in here tae visit Granny…'

Ah explain whit happened, and Michelle says ah dinnae huv tae jeopardise ma career by leavin. She says the odds o me bumpin intae Sandra are slim, and that she'll get the carers in Rum tae call over if Granny hus any visitors.

Ah force a smile and thank hur, and look up at the castle o a hame that now housed ma Granny.

Ah could huv left the care home via a back door leadin oot o the kitchen, but ah want tae see Granny in Rum's livin room again, just tae confirm in ma head she's here. Ah'm barely still a teenager. Workin in here hus made me hink aboot death mair than gaun tae church ever hus. It must be worse fur Granny.

***

Ah spent a lot o nights wi Kate in Granny's livin room, and Granny'd sometimes talk aboot dyin. Granny always hud a face full o wrinkles, even when ah was wee, and she acted like she wis more than ready tae meet hur maker. Ah let Granny relive hur youth, tellin me and Kate how she and Granda hit it off durin the war and married quicker than you could say Bob's your uncle.

'Awbody thocht ah wis mad marryin yer granda,' she said. 'But he felt like hame.'

'That's so lovely.'

'Mind ye, the signs that he wasnae aw that wur there an aw…'

Granny said that Granda spilt a drink oan hur durin their first date. She wis wearin a cashmere cardigan – a cardigan she said cost the Earth.

'But we jist hit it aff.'

***

Mental Fernando's sittin beside Granny, who's wearin a long-sleeved pink top. He must huv escaped intae Rum. The carers dinnae huv eyes at the back o their heads. The sight o his hand inchin closer tae hurs sends a shiver down ma spine. Ah've been felt up by that zombie, and Granny's next.

'The name's Fernando,' he says, flirtatiously raisin his eyebrows up and down. 'Fernando McDonald.'

'Fernando McDonald?' Granny says. 'Ah never furget a face. Yer wee Davie fae the scheme ya doolally bastart!'

Mental Fernando snaps his hand back.

Ah take ma time walkin down the long, windin country road back tae Thistlegate. Ah huv tae dae everyhin at ma own pace right now, but it gives me a chance tae hink. Mum willnae be surprised when ah tell hur aboot Granny. It certainly explains why the cream blinds in Granny's house huvnae been open fur weeks.

If hings hud been different, ah'd huv been Granny's white, uniform-clad angel. She wouldnae huv gone without en'in – sherry, company, love. Ah'd huv kept hur up tae date wi all the gossip in ma life. She loved hearin aboot the boys ah went oot wi. She said the best days o hur life wur after she left school and before she met Granda. That's ma time o life now. But ah cannae allow masel tae care aboot Granny anymair.

# Lizzie's Letter

## KATE

January 31st

So far so good with getting back into writing. Anxiety's kicking off, but I'm trying to put it to the back of my mind. Brain's done enough damage. Thought of something today while writing, a quote on a fridge magnet, and it threw me because of my fear of plagiarism, even though I've notes for everything I've written, and I should be able to trust them. But my perfectionism, as Granny Jean would say, can get to puck. Calling OCD perfectionism takes the sting out of its tail. I'm finishing this script. Telling myself that fortune favours the bold. Wish that future me could tell me now that today's problems will go away. Throwing caution to the wind regardless. Won't be able to live with myself otherwise. If Isla's accident has taught me anything, it's that life is short, and you don't know what's around the corner.

Isla came home from work tonight in some state. Lip was trembling, and she'd cried off her make-up. Mum asked her what had happened, and she told her to take a seat. Said there was no easy way to say it, but Granny Jean's in the home. Mum buried her face in her hands and wept that she'd say a rosary for Granny. She looked at the Sacred Heart under the stairs – our house isn't short o holy idols to bring comfort. I wasn't surprised, and I gave her a hug. I don't think she was surprised either. Granny lost her independence the day she ended up in a chair, and the odds of Aunty Cathy taking her in when Aunty Sandra's future is up in the air were always slim. Isla said she was thinking about dropping out of her placement, and Mum said, 'Don't you dare.' Teared up at the sight of their crystal blue eyes full of tears. Told Isla to take it a day at a time as it's not exactly like Granny can follow her around the home.

February 2nd

Scriptwriting's hard. Forgot how hard it is. Was born on a Saturday. Mum said Saturday's child works hard for a living. Granda Joe added that I come from a long line of hard workers. Wish I'd got the chance to know him better. Was such a missed opportunity. He travelled the world and was always happy with his lot in life – even at the end. Long before Granda Joe met Granny Ruth, he was even chased by pirates. He was sailing a boat back from Saudi Arabia, where he worked as an engineer, to France. Dad said there was a standard joke at the Saudi yacht club. If you didn't pay the docking fee, you get eaten by sharks. Maybe that'll inspire another script. Granda Joe was a gift from the writing gods.

February 3rd

The job search is so up and down. Too busy applying to jobs and working on the script to write in here. Champing at the bit for a chance now. It's hard going to a job day in, day out when you've got one foot out the door. Sick and tired of emails saying, 'Thank you for your application, but we regret to inform you blah, blah, blah.' I'm putting so much pressure on myself when it comes to my writing. Created a distraction – otherwise, I'd be twiddling my thumbs twenty-four-seven. I want it to be perfect, but as ever, I need to accept that total perfection just doesn't exist. There's a quote somewhere that says either write something worth reading or do something worth writing about. Doubt I'll do the latter, but I want to use my time wisely while I still have it.

February 4th

Rarely sleep through the night. Always need to pee like a racehorse. It drives Isla round the bend. Got going to the toilet quietly down to a fine art. Noticed that the living-room light was on as I crept along the hallway tonight. That's not a good sign. Someone was downstairs. Had to be Mum. Dad always sleeps like a log, and Isla was catching Zs. Curiosity got the better of me, and I went downstairs. Mum was sitting on the couch, hands clamped around a cup of tea, looking out the window onto the darkness. Asked her if she was OK, and she jolted in surprise before turning and smiling. Said she'd a lot on her mind, and I said I understood.

Sat down beside Mum. Almost squashed a black and white picture of Granny Jean and Granda Donald beaming on their wedding day that was on the couch. Mum must have been looking at it before I came downstairs. It was taken after Granny and Granda's wedding ceremony. They were standing next to a fancy black car. I never thought Granny was a bad-looking woman, but on her wedding day, she was beautiful. Granda was wearing a smart tuxedo and a bow tie, and Granny was wearing a conservative but fashionable lace dress even though it was during the war. Film star vibes, I thought, laughing to myself.

Granny wasn't right about many things, but she was right in saying that she'd had a hard life. Her hairstyle has remained the same since then, it's just changed colour from brown to white, and her smile has never looked any different, even if all of her teeth are now false. The biggest change is her skin. Mum said that even when Granny was in her fifties, she had too many wrinkles to count. But she wore her wrinkles with pride. Each line was a sign that she'd had a hard life, that she'd worked hard being a good mammy.

Mum said Granny was some woman as I looked at the picture. She handed me a yellowed envelope from nowhere. 'Jeannie' was scrolled across the front in black ink. The address in the top right-hand corner read 73 Clearbrook Way, Cherry Orchard, California.

> Jeannie,
>
> I hope this letter finds you well. How's wee Sandra and Cathy getting on? My Mammy wrote to say Cathy's your spitting image!
>
> There has been talk in the studio about going back to Scotland for another casting call, and I was thinking that I could put in a good word with my agent. You know as well as I do that a lot of talent was missed the day we went to *The Showgirl and the Sailor* audition.
>
> All my love,
> Lizzie

I stopped reading and briefly looked out onto the darkened garden to ground myself, focusing my eyes on the top of the farm's buildings. I couldn't help but say fucking hell, and Mum was just as gobsmacked as me. I looked down again at the letter and noticed that it was dated 1950 – the year Granny gave birth to Aunty Sandra. Everything made sense. There was more to Granny's golden years than just the dancing and Copland and Lye. She'd wanted to become a star too, despite feigning absolute dedication to the cross around her neck. Could never question Mum's dedication – always kept her palm from Easter mass. I knew Granny had known Lizzie, but I'd no idea they were friends – no one had. Didn't think I could be shocked anymore, but I was wrong. Genuinely thought Granny's life was an open book, but she'd been caught red-handed. Turns out that even she has her secrets.

Mum said it didn't make any sense. Even with such a big dream of her own, Granny never encouraged her children to chase theirs. She even told Aunty Cathy that going to university to become a teacher was out of the question. Even though it wasn't that different from raising a family – the only evidence of Granny's life that'll be left to the world. Mum said she wondered if Aunty Cathy might have grown into a nicer person if she'd had the chance to become everything she was capable of being. Said I couldn't believe that me and Granny had such a big thing in common all these years, but she'd never breathed a word about her dream – even when I tried to coax some information about Lizzie's early life out of her for my university dissertation on Scottish film. It was common knowledge that they'd grown up on the same close, but no one ever said anything about them being friends. Granny had literally turned a blind eye to the most famous person in Thistlegate.

I asked Mum how long she'd known about the letter for, and she said she'd found it earlier tonight behind a picture in Granny and Granda's wedding album. She twiddled her cross like she always does when she's nervous and said she didn't know what to think. Mum's got such a deep belief in God that I wondered if Granny did too until Lizzie became a star. Me and Mum agreed that we'd never be able to look at Granny the same way again. We were both full of questions – questions we are probably never going to get answers to. Assumed that if Lizzie had been more than a passing acquaintance, Granny would have never shut up about her. But as clichéd as it is to say, you should never judge a book by its cover, and I thought Granny's had said it all about her.

Mum repeated Granny's saying that God always gives you what you need. Said I needed to see that letter. Was right. Granny never thought much of me, but if I'm honest, I never thought much of her either. Maybe she'd have said something before now if I'd shown her how serious I was about scriptwriting, but I'd kept it to myself. The last part of Lizzie's letter stood out to me. Can't believe Granny auditioned for *The Showgirl and the Sailor*. Granny, the old lady whose claim to fame was being a good mammy, had got closer to her dream than me. Feel like a waste of space but not necessarily in a bad way. If Granny could do it, God knows I can give it a good shot too.

February 6th

Lizzie's letter threw me for a couple of days, but I'm back at my scriptwriting and feeling great. Asked Mum if I could keep Lizzie's letter, and I've pinned it to the board above my bed as motivation. Isla and Dad couldn't believe their eyes when they read it either. Both said who'd have thought it? Dreamed of breaking through a glass ceiling on a sinking ship and swimming to the surface last night. Granny Jean would be having ten kittens if she knew me and Mum had found that letter, but it was for the best. I'm definitely on the right track when it comes to feeling less anxious. More at peace with myself than I think I've ever been. Nothing's changed, but I feel like I'm a step closer to London.

February 7th

Struck by even more inspiration for the script today. Dad said Granda Joe never mentioned saving the woman on the mountain, but he did say his dad was in the American cavalry. We don't know how he ended up there. He was a man of mystery – so was the rest of that side of the family. Feel terrible for Granny Jean the more I think about it. It's one thing to lose your dream, it's another to watch your best friend go on to achieve it – especially when you're having miscarriages at the time. That's one hell of a cross to bear. Success isn't the be-all and end-all. But I want to make something of myself and leave a positive mark on the world. Right now, I'm doing neither. Granny had a point when she said you're a long time dead. God. Things could have been so different between us.

# The Trial

## MARIE

Maw said that if you cannae sleep at night, it's because God needs your prayers. A wind howls, slammin the garden gate shut. Ah jump. The rain's thrashin against the windows, and ma heart begins tae race. Ah've hud so many close calls over the years, but somethin aboot the doctor's face told me this time was different. Fallin back asleep is oot o the question. Ah've not hud a wink since the news – and barely any since ma family fell apart. It shook me tae the core, and the thought o God needin ma prayers took me right back tae ma childhood.

'Say a prayer fur Granny,' Da said tae me as a wee lassie. 'She's gaun tae the hospital the morra fur a big scan.'

'Will the cancer go away?' ah asked, lookin up at the starless sky.

'Ah'm afraid no. Aw we kin dae is hope she gets mair time.'

Da told me Granny wis riddled wi the cancer, and if it hud got any bigger, hur number was gaun'ae be up. Me and Da wur walkin through the park tae the hoose, and ah felt masel tearin up. We'd gone tae the pictures, because ah'd cleaned the hoose fae top tae bottom. The hoose wis a midden, and Granny wis comin around fur dinner the next day. Maw hud been refusin tae lift a finger because it wis hur time o the month. But Granny and Maw never saw eye tae eye. Granny hud passed oan the family name, Maw hudnae, but she always said the bigger the cross, the higher the crown. Oan his good days, she said she'd been the one tae make a man oot o Da.

When we got hame, ah said the rosary. Oor Lady hus never let me doon, and ah wear ma cross aroond ma neck fur a good reason. Ah wrapped masel up in a blanket, unhooked the beads fae the wardrobe door and prayed. Even efter ma eyes wur stingin, ah kept oan prayin. Maw told me Oor Lady loved me even mair than she did. She hud tae answer ma prayers, ah told masel. The next day, ah told Da that ah'd prayed long and hard fur Granny. She slipped me a threepenny bit when she came fur dinner. She'd hud good news, and Da told hur ah'd been sayin ma prayers.

Maybe God needs me tae pray fur masel like ah'd done fur Granny all those years ago. God doesnae always give you whit you want, but he does give you whit you need, and ah huv every faith that this isnae the end. That's whit ah'm tellin masel.

A scan hus revealed a dark shadow next tae ma heart. It couldnae huv been much worse. It wis taken efter ah hud pains under ma arms. Only David knows, and he's not religious. Ah cannae put that oan the girls' shoulders, not right now. So ah can only trust in God and the power o ma prayers.

Cathy's friend is the receptionist in the Victoria Hospital, and ah'd no option but tae check in wi hur. Efter the dark shadow wis discovered, ah hud another scan oan a different machine. A 'quite large' tumour wis found near ma heart. The doctor tellt me ah'd need a biopsy tae discover whether or no it wis cancerous.

A decade o steroid use wis bound tae catch up wi me, ah hink, as ah make ma way doonstairs. God must huv a plan fur me. If ah'd been born twenty years earlier, ah'd be six feet under. Ah get ma blood tested every month, and the numbers are always aff when ah'm stressed oot. Ah dinnae even know why. The doctor said even he doesnae fully understand ma condition because it's so rare.

Ah dinnae turn the kitchen light oan. Ah can see enough thanks tae a light in the fish tank. Ah cannae risk wakin up the girls and havin them ask me why ah'm up.

There's naught mair maternal than wantin tae help your sick child, even if you dinnae always see eye tae eye. Ah hink as ah sit oan the cold, leather couch. They're a life you've brought intae the world – and a life you expect tae be here until long efter you've gone. Maw would see cancer as 'Oh ma God, this is the end'. But even if she knew, ah'm worried there's too much water under the bridge.

Efter the hit–and–run, there wis little chance o a reconciliation. If Maw reached oot now, Sandra and Cathy would never talk tae hur again, and ah know Maw – it would be easier tae explain a fallin oot wi one child than a fallin oot wi two. Ah know ah'll never huv a reconciliation wi oor extended family, and ah dinnae want one either. They never enhanced oor lives.

Maw said hur hoose felt like a prison, but at least those four walls are familiar even if the weed filled plant pots ootside them now leave a lot tae be desired. Fur all Sandra hus hur faults, ah could justify lockin up Cathy and Leanne and throwin away the key, but not hur, even if she did condone me gettin a record. It hud been only a matter o time before she hit someone. She hus one o the biggest cars and no qualms aboot flyin over the speed bumps that slow everyone else doon.

Ah look at the farm at the back o the garden, outlined against the night sky. Ah played in the fields that once surrounded it as a child. Ah'd even watched these hooses being built. Everyone aspired tae live in a Wellington hoose then. That wis as far as your average Joe's ambition went, but ah know ma girls huv dreams o mair efter seen their Dad in America. Nowadays, everyone's weans go tae university, but back then, you wur expected tae leave school at sixteen unless you wur particularly clever... or your parents hud money tae burn.

Ma legs shiver. Ah look up. An animal must huv set aff the garden light. The grass hus a dustin o frost oan it. Ah've left ma dressin gown upstairs. The last hing ah need when ah've a stoma is another cold, so ah go back tae bed.

***

The trial's a welcome distraction fae ma health. Isla spent the day before wi a friend because she didnae want tae work hursel up intae a frenzy, and Kate and David wur at work. Ah spent it cleanin the hoose fae top tae bottom, ma eyes stingin fae a lack o sleep. Doing too much around the house usually sets ma lung condition off, but ah cannae help masel.

Once it's as clean as a new pin and ah'm breathless, ah look at the laptop. Ah'm a few clicks away fae gaun doon the rabbit hole, but ah know that no amount o reassurance is ever gaun tae be enough. Ah'd just work masel up intae a frenzy, and there's nought ah can dae tae fix the trouble in ma family now. The Devil finds work fur idle hauns. Ah make hamemade soup and rhubarb crumble fur dinner.

***

Kate arrives hame first. Stress affects different people in different ways, and she's broken oot in painful-lookin spots. Most o hur nails are bitten back tae the pulp. Ah put hur coat away upstairs while she sits doon in the livin room. It stinks o cigarette smoke, but ah dinnae question it. Kate's always been a worrier, and it's got worse since the day the police sat doon in this bloody house. Ah just say no boy will want tae kiss an ashtray.

'How wis work?' ah ask.

'Fine.'

'That's the boiler oan so you can huv a warm bath.'

Kate ignores me. She rearranges the crumble oan hur plate wi hur left haun while she chews oan the nails o hur right.

'You've got such nice nails,' ah say. 'Dinnae ruin them like that.'

A tear rolls doon hur cheek, and she rushes upstairs. The girls share a room, but ah wish they didnae. Ah dinnae run efter hur, but efter fifteen minutes, ah follow. Ah huv tae ask if she's OK. Isla will huv nae sympathy fur hur, and ah'm no gien them a chance tae huv a go at each other.

'Kate's always goin around in circles wi hur worryin,' Isla would say.

A put ma ear tae the bedroom door. It's silent. When ah open it, Kate's sittin against the radiator, knees up tae hur chin.

'I feel sick,' she says, standin up.

Ah'd offer hur a glass o wine, but a hangover is the last hing she needs. She's too slight tae handle hur drink.

When David gets hame, ah tell him Kate's climbin the walls, and he suggests gien hur one o his codeine tablets, which does the trick. She's so tiny that anything would knock her out. Hur eyes are hingin oot hur head so she goes tae bed at nine. That poor girl's anxious at the best o times. Ah'm glad. Isla bursts through the door, and she starts kickin aff aboot whit might happen at the trial.

'Kate better not start cryin,' Isla says.

'She's gaun tae dae hur best,' ah reply, 'and ah'm sure that they know that the odds arenae stacked in their favour.'

'Don't let your emotions get the better o you either, Mum. Knowin those bastards, they're gaun tae pull oot all the stops tae hurt us.'

'And we'll be mair than fit fur them.'

\*\*\*

We dress tae impress fur the trial. Ah tell Kate tae wear one o Isla's fancy, but smart dresses and insist that David wears his best suit. We are never talkin tae them again, and efter Leanne gied us aw oor character oan Facebook, ah want tae show that we can look smarter than all o them put taegether. Isla doesnae need tellin, and she's bought a new ootfit fur the occasion: a long black coat and a tichtly fitted black and white dress. Any excuse.

Efter we arrive, ah go tae the toilet. We've turned up half an hour early. The only public bathroom is locked so ah pop across the street tae the nearest café.

The biggest problem wi huvin a stoma bag is that there's nowhere in a public toilet tae put it. Ah cannae leave it fur people tae pick up, so ah put it intae the nearest public bin. Ma hoose is spotless, and ah've too much self respect tae be a minger ootside. Puttin it intae a sanitary bin is oot o the question. It wouldnae fit. And ah willnae use the disabled toilet because ah know people will look at me and hink ah'm not disabled.

As ah walk along the pavement, ah'm stopped by a wumman. She's wearin a black jaiket wi its hood up even though it isnae rainin. Hur eyes are full o tears and hur face is red and swollen.

'Dinnae worry, ah'm no gaun'ae mug ye,' she says. Ah'm taken aback. Before ah huv a chance tae reply, she adds, 'Ah've just been hit.'

'Dae you want me tae call the police?'

'Can ye gie me ma bus fare so ah can go hame?'

'Ah'm sorry, ah dinnae carry cash.'

'Ah'll come wi ye tae a machine,' she suggests.

Ah sigh. Ah wis born oan the Clyde, ah didnae come up it oan a banana boat. Ma face tells hur ah'm a lost cause, and she walks aff. But fur the grace o God, there go ah, ah hink, realisin ma life isnae much better; ah've hud enough sickness tae last a lifetime. Ah learned early oan that most wrong wans in Glasgae dinnae huv two brain cells tae rub together.

Ah take ma time walkin back tae the court, deliberately lettin ma mind wander. Maw must know that the odds o Sandra gettin off scot-free are slim. She's always thought the worst o everyhin, even when me and ma pal Martin struck gold as weans.

*** 

We hud been playin in the bins next tae the Clydesider when we made our great discovery. Sommat glintin beneath the rubbish caught our eyes, and we dug tae find the biggest whisky bottle either o us hud ever seen. It would o made mair sense if it hud been hidden in wan o the silver kegs stacked by the staircase. We squealed in delight. Fur all they wur big drinkers, our das never hud a dram unless it wis Christmas or a funeral, so there wis no question aboot takin it hame. We also thought someone would huv said 'gie the weans a pound fur findin the whisky'. All that separated our hoose and the pub wis a small park and a hill, but me and Martin hud tae heave and pant fur an hour before we got it through the gate.

'That's pish!' Maw said, inspectin the oversized whisky bottle we brought hame one efternoon. 'There's pish in that.'

'Well, there's only wan way tae find oot,' Da said.

He unscrewed the bottle's cap and smelled its contents. Our neighbours, who'd piled intae our livin room efter news o me and Martin's discovery hud spread, gasped.

Da smiled. 'Who's fur a wee dram?' The room erupted intae applause.

Even though Da loved a drink, money wis tight, so he didnae huv tae go tae the Clydesider fur a good few weeks. The next time he wis there, he heard the barman sayin they'd been broken intae.

'Oh wur ye?' he said.

You cannae throw a stone in Thistlegate without hittin your cousin, and it wasnae long before the robber's reaction got around. He wis kickin himsel when he heard the whisky hud been swiped by two weans. That wis him gettin his just desserts. We could huv done wi the reward money, but by the time we heard, it wis too late.

***

When ah get back tae the court, Isla, David and Kate are sittin in silence. Kate's starin at the clock oan the wall. She wis always pullin funny faces in the photos we huv o hur as a wean, but now she doesnae even open hur mouth tae smile. It'll be worse efter this. We huv fifteen minutes tae kill.

'Sorry, Mum, but I need tae go outside,' Kate says, standin up.

She hus a packet o Silk Cut and a green lighter in hur hauns as she walks oot o the room. Ah hope she'll kick the habit once the trial is over.

Oan hur return, she smells like a dirty ashtray. David looks at hur disapprovingly, but Isla casts hur a reassurin smile. Ten minutes later, a wumman walks intae the room.

'It's time to go into court,' she says.

'You've got this,' Isla says tae Kate.

***

The court is emptier than Maw's heart. Ah hope a journalist turns up so that the Clan get named and shamed in the papers – especially Cathy and Leanne. Sendin the police tae someone's door just because ye can is abusin a position o trust oan another level. The press will huv a field day if the judge brings up Leanne's Facebook post and claim that Isla walked in front o Sandra's car deliberately. Sandra walks in first.

Hur short hair is stuck taegether in dark, gel-like curls. She isnae wearin hur usual heavy eyeliner, but a pair o black trousers and a light, white blouse. Hur thistle tattoo is creepin oot fae under it.

Leanne turns up lookin like a force tae be reckoned wi. As usual, hur hair's straightened tae within an inch o its life, and she's wearin a suit wi a black and white turtleneck blouse. Ah'm glad tae see that Cathy husnae gone tae as much effort. She doesnae look as bad as Sandra, but she doesnae look as good as me. They're usually mutton dressed up as lamb.

Ah focus all o ma hatred oan Cathy. She's poison, ah tell masel, and she's latched oantae the only vulnerability she can see in me: ma health.

The Clan are sittin across fae ma family. Ah dinnae try tae make eye contact wi anyone but Cathy, but she keeps hur eyes fixed oan the ground, lookin up only tae acknowledge the judge.

Sandra's lawyer is a bald man in his mid-fifties, but he looks mair like a bodyguard. Hilary hus turned up wi a black, leather briefcase, and she's already set up hur laptop and arranged printed evidence next tae it. She better put the fear o God intae that lot, ah hink, rememberin all the times they turned a blind eye tae the pill boxes in ma house. Ah'm sick and always will be. Jist like ma family's never bein pally wi them again. Sandra's lawyer only hus a notepad wi him, and he hus a haun covered in pen. Gary probably thought better o comin, and Jamie must huv a hangover. Ian will be oan babysittin duties.

The jury files intae the room. Ah can't help but grab oantae ma cross. You could cut the tension wi a knife, but wi the exception o an elderly wumman in a grey suit, the rest o them look like they'd rather be anywhere else. A baldin man starts starin aff intae space as soon as he sits doon. Ah take a nervous breath.

Isla's the first person tae get called tae the stand. The judge asks hur tae recount whit happened oan the mornin o the hit-and-run.

'Me and Kate wur headin fur the bus together when Kate realised she'd forgot hur purse,' she says. 'Sandra hit me as ah wis crossin the road.'

'Were you paying attention as you crossed?' the judge asks.

'Ah wis in a rush,' Isla says. 'But there's blind spots in our street, and Sandra wis gaun far too fast fur a twenty zone anyway.'

Sandra is up next, and she sticks tae the story that Isla hud walked oot in front o hur car so that she could get revenge fur whit happened tae me. She says Isla only suffered a scratch.

'If ah'd hit hur that hard, ah'd huv hud tae stop,' Sandra says.

'Fuck up,' Isla says, under hur breath.

'She appeared fae nowhere,' Sandra continues, 'but she just brushed hursel against the side o the car and threw hursel oantae the ground. The stone kerb's no high. There's next tae nought tae hurt hursel oan, so ah dinnae hink she expected tae break anyhin.'

Sandra's lawyer stands and offers a new piece o evidence tae the judge: a crumpled piece o paper. Me, the girls and David look at each other. The judge casts a curious glance over it.

'Step down from the stand, Mrs Lowry,' she says. 'Before we go any further, the only witness has a right to speak. Miss Stirling, can you come forward?'

Ah run ma haun doon the side o Kate's shoulder as she stands. She takes a deep breath. She's wearin a pair o Isla's high heels, and she struggles tae walk in them. Isla breathes a sigh o relief when she makes it tae the stand without trippin.

'Miss Stirling, can you recount what happened oan the morning of February sixth?'

'It happened very quickly,' Kate begins. She hus such thick hair, but thankfully, she resists hidin behind it. 'I realised I'd forgot my purse at the end of our driveway, and Isla took a few steps ahead of me onto the road because she didn't want to be late for work. Then there was a bang and a scream. There was no way she walked in front of Sandra's car deliberately.'

'Thank you, Miss Stirling,' says the judge, turnin tae Leanne. 'I'm not going tae call Miss Brown tae the stand. The jury has already had a chance to read the police statements from the day Mrs Stirling was charged with a breach of the peace.'

Ah look at Leanne, who starts pickin hur nails, and then Isla, half hur lip curls intae a smirk. They're as glamorous as each other on a good day and in another world, could have been as thick as thieves.

'However, I'm going to have to call a brief break so that this new piece of evidence can be photocopied and given to the jury,' the judge says, holdin up the crumpled piece o paper. 'Court adjourned for half an hour.'

Isla's face falls. We've been through the mill since the family fell oot, but hur most o aw.

Before we stand, me and David look at each other. He purses his lips, forcin all o his energy oan breathin.

'Let's not go outside,' David says. 'We don't want to bump into any of that lot while they're smoking.'

Without another word, we go tae the toilets. Me, Kate and David relieve ourselves while Isla checks hur phone in the hall-way.

She's shakin when we come back ootside.

'That fuckin bastard,' Isla says, tryin and failin tae keep hur voice doon.

'Whit's happened?' ah say.

'Ah know you're not gaun tae like this, but ah used tae go oot wi this boy, and it didnae end very well. He wis in the year above me at school, and he seemed sweet at first – he even wrote poetry. Ah said some fings ah shouldnae huv efterward.

When ah found oot he'd cheated, ah sent him a few threats, but ah didnae mean any o it. Ah wis just being dramatic. Like ah threatened tae huv cow shit delivered tae his doorstep.'

David shakes his head. He really is a quiet man, who'd quite literally married intae merry hell.

'Well, we can only hope that the jury thinks that they're dramatic too. I'm guessing that you didn't act on any of your silly threats, Isla?' he asks.

'No! Ah've got a temper like Leanne, but ah'm no a malicious bitch like hur.'

'Watch your language,' ah warn. 'If you speak like that in front o the judge, no one is gaun tae hink you're any different fae hur.'

'Look, as hard as it is, we need to try and stay calm,' David says.

'Can ah huv one o your cigarettes, Kate?' Isla asks.

'That's not gaun tae help anyhin,' ah say.

'We need to speak to Hilary before anyone thinks about smoking,' David says. 'You three go back to the waiting room, and I'll track her down.'

Once we are back in the waitin room, Isla begins tae send messages oan hur phone – fur once, ah wish she wis takin selfies like the ones snapped in hur room mirror. Kate tells hur that it's only gaun tae dae mair harm than good, havin bit off whit remains o hur nails.

Ah look at the clock. There's only fifteen minutes left until the trial begins again. David walks intae the room, and Hilary's nowhere tae be found.

*** 

As Maw would say, Leanne and Cathy look like the cat that got the cream when they sit back doon, and Sandra hus put oan some make-up. Isla's ex-boyfriend is the last tae arrive. He hus an untamed beard, mousy brown hair, and he is wearin a suit that hus tae be at least two sizes too small fur him. Ah can see why Isla got so angry when he cheated oan hur. He turns his head tae hur and winks. The cheeky git.

Ma eyes fall oan Sandra. She looks him up and doon. She's probably hinkin the same hing as me. You'd huv thought Isla would huv taken up wi someone who could at least maintain their facial hair. If she'd brought him intae me, ah'd huv fell aff the chair.

He cracks his knuckles when the trial begins and straightens his tie.

'Mr Smith,' Sandra's lawyer says, holdin up the piece o paper. 'You said that you were in a relationship with Miss Stirling, and after its breakdown, she went out of her way to harm you. Is that correct?'

'Aye. Ah dunno whit ah wis finkin gaun oot wi hur,' he says. He wishes, ah hink – ma Isla's a catch. 'Ah've hud some mental girlfriends before, but Isla took the biscuit.'

'How can he even count as a witness?' Isla says.

Hilary raises a finger tae hur mouth.

'Anyway, as ah wis sayin,' he continues, 'Isla wis mental. Whenever she didnae know where ah wis, she'd send me hunners o texts and phone calls. Efter a while, it gat too much fur me tae handle, and ah ended up gettin aff wi another lassie. Ah'm no prood o whit ah done, but the way she acted efterward wis bang oot.'

'What about it was 'bang oot'?' the judge asks, lookin at the piece o paper in front o hur. She must be frustrated too, as it's that lot we've got the real problem wi. 'Did Miss Stirling act on any of these emotionally charged statements?'

'Aye. She tellt ma new burd ah wis a cheat.'

The judge rolls hur eyes.

\*\*\*

Whitever the ootcome o the trial, it isnae lookin good fur

Sandra, and part o me cannae help but feel sorry fur hur. She isnae different fae me in a lot o ways. Maybe she never took tae me because at a subconscious level she knew that ah wis the one who wis gaun tae cause the trouble in the family.

Sandra, Leanne and Cathy look like ghosts as they walk back intae the courtroom. Sandra's heavily wrinkled face is streaked wi eyeliner, and she hus a tissue in hur haun. Their only hope is Isla's ex-boyfriend.

'The jury has reached their decision on this indictment,' the judge says. 'Sandra Lowry, for your role in the injury of Miss Stirling, you will be stripped of your driving licence and serve a three-month sentence at HM Prison Cornton Vale.'

Tears spill doon Sandra's face.

'Mr Smith,' the judge says, looking at Isla's ex-boyfriend. He might be tall, but he's no prize, especially wi that fuzzy beard. 'If you even think about coming into a court with nothing more than a personal axe to grind again, you will be leaving it with a record for perverting the course of justice.'

He nods.

'On the subject of perverting the course of justice,' the judge says, 'I cannot let this person's misconduct slide in the related charing of Mrs Stirling, which has been dismissed. Cathy Brown, as a police officer, you have a duty to be an upstanding member of the community. Mrs Stirling's charge wis not founded on anything other than malice, especially as Miss Stirling has since admitted that she swore and not her mother, which you failed to report at the time. You will be charged with wasting police time and removed from your position with immediate effect.'

Kate exhales and says, 'Thank fuck.'

'You also will be charged with wasting police time,' the judge says tae Leanne.

Leanne's face is blank. Cathy's is red wi anger. When the

judge says this case is closed, Cathy stands and narrows hur eyes. Oor relationship is never comin back fae this.

'Ah hope you fuckin die o cancer, Marie,' she says. 'You've been oan the sick long enough, and all you've done wi your life is ruin other people's.'

Ah freeze. David takes ma haun. The girls look at each other, eyes wide.

'Don't even think about replying,' David says. 'Let's get out of here.'

Kate and Isla's faces are expressionless. Ah resist the urge tae make the sign o the cross as they mouth the word cancer tae each other. They look at me and through me wi the blue eyes we share. Ah roll ma eyes, brushin it aff. They force a smile.

# The Loony Bin

'Good morning, Mrs Brennan,' says a wee lassie. 'What would you like for breakfast today?'

'Toast and banana, hen. But wi nae butter oan the toast.'

Ah'm bein awkward, but honesty's the best policy, and ah know ma mind by noo. Ah look aroond the livin room. Maist o the auld biddies are starin aff intae space, and there's wan auld man who looks hauf deid in a green chair, hauns clasped in front o him. The sichts ye see when ye dinnae huv a gun. Ah've been stuck in the loony bin fur a month, and ah'm already losin ma mind. Ah'm prayin fur the Sacred Heart tae save me fae the fires o Hell and this dump an aw. Naebody wants ye when yer auld. If ah'd popped ma clogs by noo, it would o been like the rubbish takin itsel oot. There wis nae need tae put me in here. But God hudnae gien me the wan hing ah needed: an extra pair o hauns.

Ah look doon at ma cross and shake ma heid. Cathy husnae darkened the hame's doorstep, despite livin nearby, and ma Stella Marie wouldnae pish oan me if ah wis oan fire. It came as surprise fae Cathy. She's wasnae jist the spit o me as a wean, she puts hursel first maist o the time – jist like me. Ah wouldnae dare tell hur ah'm lonely. The last hing ah want is fur folk tae talk aboot me oan Facebook the way they talk aboot Stella Marie and the Stirlings – and it's no like people willnae wonder why wur no talkin tae them in the first place. Fur aw she's a touchy bugger, ah want hur tae be a part o ma life. God bless Sandra, she's gaun through the mill in jail, but ah've tellt hur tae hold ticht, and it'll be ower in nae time.

The last time ah saw hur before the trial, she wis like the Fifth Sorrowful Mystery. Ah asked if she fancied a swally, but she wis huvin nane o it. If ainlie Isla hudnae walked oot in front o hur car. Ma Sandra wouldnae hurt a fly.

Ah look up. The wee lassie's back.

She's wearin a green uniform and a pair o blue troosers. Hur lang, black hair's tied back in a bun. Just like oor Kate, there isnae room inside hur fur a rheumatic pain.

'Let me know if you'd like anything else,' she says, haundin me ma breakfast.

'Thanks, hen.'

Ah wolf it doon efter hearin a crash in the hallway. Mad Ruth's awake and causin merry hell already. God knows how that wee lassie manages tae serve us aw breakfast. Mad Ruth threw a cup at hur wan mornin.

Ah've seen hings in here ah'll take tae ma grave. Maist o the auld biddies cannae tell their arses fae their elbows. The other week, weans fae the local school wur brought in tae entertain us. Probably because they are the ainlie folk in Thistlegate oan the same level as these auld duffers, and even then, some could-nae stay awake.

But Mad Ruth's in a league o hur ain. The first week ah wis here, she smeared hur shite oantae the windaes. The next week, she went wan step further, grinnin fae ear-tae-ear wi shite she callt chocolate cake stuck tae hur yella teeth.

Ah could o stayed at hame nae bother if ma toilet hudnae

been upstairs. That and it wasnae big enough fur a chair. In here, there's a chair in the shower, and a toilet seat wi handlebars. But fur aw auld age is a bummer, ah shook ma heid when the nurses offered me a nappy. Ah've no pished masel since ah wis a wean.

The zombies stagger intae the livin room and plonk their arses oan the mismatched chairs. Mad Ruth's naewhar tae be seen. She must be huvin mair fun causin trouble ootside. Ah look at the cross aroond ma neck and pray that she pops hur clogs soon. If she'd hur mind aboot hur, she'd rather be died.

She's gat a doll that she hinks is a real wean and sits nursin it aw day as happy Larry. She tellt me the wean's callt Tommy, and ah tellt hur that wis a rare name. Ah know ah kin be a mean auld bugger, but it's nice tae be nice. She turns roond and starts lookin at the big, white burdhoose in the garden.

It hus tae be wan o the best gardens in Thistlegate. Ah've never seen anythin like it roond here. There's so many pots and hingin baskets ootside the door, it looks like the florist hus been rabbed. There's a wee bonnie cherub holdin a lamp by the pond, and another pishin doon the water feature.

'Ah see that the tinkers huv moved in,' Irene says, pointin at the burdhoose.

'Whit?' ah say.

'NURSE!' she shouts. 'NURSE!'

Ah bury ma heid in ma hauns. The wee lassie who does the breakfast comes ower.

'Is everything alright, Irene?' she asks.

'It's the tinkers,' she says. 'They've moved intae that white hoose ootside. Ye should be chargin them rent!'

Ah look oot the windae. Dinnae get me wrang, it's the biggest burdhoose ah've ever seen, but it's still a bloody burdhoose.

'It's a burdhoose, Irene,' ah say. 'Fur burds.'

The wee lassie smiles at me and walks away. If ainlie ah'd ma legs and could follow hur oot the livin room. There is nae escapin this lot.

'Ah the tinkers,' Irene says, puttin a haun oan ma arm. 'They'll be bringin the whole area doon wi them noo. Mark ma words.'

'Away ye and shite!' ah shout.

The wee lassie turns back taeward us. Ah cross ma legs and put wan haun oan the other before openin ma mooth tae thank hur.

Before ah've a chance, she says, 'Come on, Irene. I'll get you a better seat next to the telly.'

She takes Irene's arm and helps hur up and away fae me.

'Yer an angel, hen,' ah say as they stagger away.

Ah look roond the livin room. Irene's daughter is in early fur hur visit. She probably thinks ma weans are six feet under. She's pourin a cup o tea while Irene sits bolt upricht in a chair, wan haun in hur mooth. So much fur a big family gettin me intae Heaven. At this rate, ah'll settle fur jist gettin oot the hame.

Oot the door and across the hall, a carer who's the spit o Isla is standin aroond like a spare part. Isla hus the maist beautiful freckles ah ever did see. But ma favourite hing aboot hur is hur big blue eyes. Ma mind's playin tricks oan me.

Efter ma accident, ah tried tae block Stella Marie oot o ma mind, but bein sick jist made me think aboot hur even mair, especially when the doactor gave me a day-o-the-week pillbox like the wan she hus. She showed me hur stoma wance. It wis hard tae believe anywan could survive wi their insides stickin oot their tummy. God knows whit she's gaun through now that she micht huv the cancer, but that doesnae excuse whit she did. She's like a cat wi nine lives. Ah wis thinkin the worst when Cathy tellt me aboot the biopsy. But ma Stella Marie will pull through like she always does.

Ah've been debatin whether or no tae ask the nurse tae phone hur. Yer a lang time died after aw. Ah'd just get the nurse tae tell Stella Marie where ah am. It's hur Catholic duty tae honour hur father and mother. Then ah'd wait fur hur conscience tae kick in, and we could clear the air.

Fur aw ah'm no wan fur the drinkin, ah'm parched. The carers huv kept the booze under lock and key because there's a few alkys cuttin aboot. The last time Sandra came tae visit, ah asked hur if she'd brought me anymair holy water bottles.

'Ye've got plenty!' she said.

'Aye, but it's fur the vokda, the Bacardi…'

Sandra howled.

'Ah'm sure oor Holy Mother will understand.'

Ah hink o the statue o Saint Joseph oan St Margret's altar. Ah should o nicked that hollow bugger fur booze an aw.

Noo that wee Irene hus been moved, ah look intae the hallway tae see whit's gaun oan. Ah keep an eye oan the nurses' office, so ah kin hear whit's the talk o the toon – or rather, the hame. Aw the auld biddies talk is pish.

Nane o the nurses or carers huv clocked whit ah'm daein. When ye've gat a face full o wrinkles and ghostly white hair, it's easy tae pretend yer jist starin aff intae space aw the time. Last week, ah heard that two o the auld buggers hud slept taegether. God knows how they managed that. The thocht o wan o these buggers wi their wrinkly haun oan another's chest as they dae the deed gies me the boak. Apparently, they left the sticky condom fur the carers tae clean up. Clartie bastarts.

\*\*\*

Ah ask the wee lassie if she kin take me tae the dinin room because Irene wis shoutin and ballin when ah wis eatin, and ma tummy's still rumblin. She says aye. No that the blindin yella walls exactly create a tranquil environment, but ah kin stare oot the windaes at the beautiful gairdens and big, white burdhoose.

The dinin room is almaist always empty by the time the lassie starts servin tea. She wheels me tae an empty table, disappears fur a minute, then plonks a silver bowl o grapefruit in front o me. It helps me keep ma strength up.

The nurses' voices are lowered. Ma ears prick up.

'That's Eileen away,' the heid nurse says.

Ah know that she's in charge because she's wearin a dark blue uniform. The others wear a licht blue wan. She's gat a foreign accent. Great Scottish fur somebody who's nae fae here.

'Sure, Ruth smashed her cup the other mornin,' the Irish nurse replies. 'Call me superstitious, but I knew she wis done for when that happened.'

'We'll let the residents she was friends with know tonight,' the heid nurse says. 'Her body's not been collected yet. The undertaker's sending people after lunch.'

'What undertaker?' the lassie trainin tae be a nurse asks.

'The Co-Operative.'

'Their undertakers huv gat the best arses ah've ever seen,' a carer says. 'When ma time comes, ah know who's collectin me!'

They aw laugh. Well, it's nice tae hink there's sommat nice in this hame, lookin roond at the blindin yella walls.

'When's the new resident getting here?' the Irish nurse asks.

'Should be around about now. Remember ladies, mum's the word about who she is,' the heid nurse said.

The phone starts ringin, but ma ear couldnae be closer tae the wall. Fur aw we're Jock Tamson's bairns, there's naught special aboot the folk livin here the noo, hinkin o a wumman puttin hur face richt up tae another presumably fur a gossip. Sommat guid is comin oot in the washin.

'I doubt anyone will recognise her,' the Irish nurse says, answerin the phone.

The breakfast lassie walks intae the room, and ah quickly

pick up ma spoon. The grapefruit looks like yella slugs. Ah say ma heid's mince.

'Mrs Brennan, have you had enough grapefruit?' she asks, pointin at ma silver bowl. 'I need to set up the tables for lunch.'

It's jist ma luck. She's holdin a pile o blue place mats and silver cutlery. Ah've nae idea why she's botherin. The dinin room's a dump. It's painted a blindin bricht yella. As fur the seats, ah'm mair comfortable oan the bog.

'Aye,' ah say.

\*\*\*

Ah ask the breakfast lassie tae park ma arse away fae the telly because the seats there are always empty. Ah'm no puttin up wi the shite folk talk in here any mair than ah huv tae. The nurses willnae let me go back tae ma bedroom efter dinner. But sittin wi a wooden table, two measly biscuits and a cup o tea is nae substitute tae bein tucked up in bed. It'll be an ill wind that blows some guid if ah end up sick enough tae stay there.

The breakfast lassie gies me a copy o the *Thistlegate Post*. It's full o shite, but it passes the time. There's an article aboot a lassie who's gien birth in a nichtclub. Ah roll ma eyes. Ah cannae even read a paper without gettin reminded o Stella Marie. In ma heart of hearts, ah never thocht she'd dae anything but honor hur father and mother.

Before ah know whit's happenin, Maureen puts oan some music – she's a wumman who comes in tae entertain us. She tells the auld biddies tae claw up their hauns and dae the 'Thriller' dance. Ah want tae drop deid there and then. Ah roll ma eyes.

Aw ah want is a fag. Ah've hud tae aw but gie it up. It's whit the nurses encourage. But ah've smoked since ah wis fourteen, and ah've nae intention o stoppin noo. They're jist scared some auld bugger sets the place oan fire.

'We're going to do some light exercises, Mrs Brennan,'

Maureen says. 'Do you want to move closer to the other residents so that you can join in?'

Ah look at hur. 'Hen, ah know this is yer job, but ye've gat another hing comin if ye hink ah'm gaun tae dae that shite.'

'Can I at least get you a cup of tea?'

'Aye.'

Maureen walks oot, and Edith is brought in and put across fae me. She's a hunner and four and gat a mention in the local paper because o it. Hur eyebaws barely fit in their sockets anymair, and she doesnae wear falsers because she ainlie eats saft food. Proof some folk live far too long.

Edith always ootstretches hur hauns and grins wi an open mooth when she gets a laugh oot o hur creepy-lookin stuffed fox. It's gat two big marbles fur eyes, a wee leather snout and a dried-up body that should o been planted years ago. It's the kind o hing that would scare the shite oot o a wean. Edith cannae talk anymair, but ah reckon we'd huv been guid pals if she'd been twenty year younger.

She's a rare laugh. Whenever the nurses walk past hur, they cannae help but look at hur fox so she sticks hur legs oot and trips them up. Ah love watchin Edith in action. It's that or entertainin masel by starin oot the windae at the gairden trees, and if ah'm lucky, watchin some auld duffers get a day oot in the minibus. The nurses know whit she's up tae, but they're always run aff their feet.

Maureen comes back in wi ma tea and a Tunnock's Teacake.

'Here you go, Mrs Brennan. Now, since you're not going to be taking part in today's exercises, would you like to keep the new resident company?'

Ah narra ma eyes. It's the wumman the nurses huv been talkin aboot.

'Oh aye,' ah say, lookin at the wooden table in front o me tae pretend ah'm none the wiser. 'Ah'd love tae meet them.'

'Wonderful. I'll bring her over shortly.'

\*\*\*

Hauf an hour later, ah swatch the new resident. Ah hink it's the new resident anyway. Some folk are lucky enough no tae look their age. Mibbie Maureen's huvin me oan, but why else would she be holdin oantae hur arm?

Hur hair's dyed broon. She's wearin mair rings than a kin coont and a smashin pair o hooped earrings. She's gat the maist beautiful back sequin toap oan. Stands oot like a sore thumb.

Ah kin tell she'd huv been sommat special in hur day, but ah'm guid at gettin the gossip oot o people. By the end o the efternoon, ah'll know whit's so special aboot hur. Wan hing's fur sure, the nurses are gaun tae huv a hard time keepin it secret in here.

'Jean, this is our newest resident, Lizzie,' Maureen says. 'I think you two will get on.' She turns tae Lizzie. 'Jean's new as well.'

Lizzie smiles at me. 'Hello,' she says. 'Lovely to meet you.'

'It's lovely tae meet ye too,' ah say.

Ah'm taken aback by hur accent. She's Scottish, but too proper soundin tae be fae Glasgae. Mibbie she hails fae Edinburgh. Hur eyebroos are even dyed broon – the ainlie sign o hur age are the liver spots oan hur haun. There's nae way ah'm gaun tae huv the maist glamorous pal in here if she cannae understand a wurd comes oot ma mouth – even though that's whit folk expect fae a wumman who comes fae nought. Lizzie smiles again, sittin doon beside me. She looks roond the room.

'This is, erm, nice,' she says.

'It's awricht,' ah reply, tryin ma best tae sound posh. 'I mean, it's alright.'

She looks intae ma eyes. Ah cannae help but stare deep intae hurs. Surely not? ah think. It cannae be. There's nae way oan God's green Earth...

'Are you local?' Lizzie asks, bringin me back intae the moment.

'Born and bred in Thistlegate. Yourself?' ah reply.

Ma mind's playin tricks oan me.

'I was born here, but I moved away before the war for work.'

'Whit's yer family name? Ah micht know ye.'

'Black,' she says.

Ah'll catch a fly if ma mooth opens any wider. It's Lizzie Black. There's nae two ways aboot it. Ah dinnae know whit tae dae. She's been a star. Rubbin shoulders wi the rich and famous back in the day. She's lived the life ah'd dreamed o – walkin the reid carpet while ah wis huvin weans.

Hur eyes narra. There's some folk who never forget a face, even when it's wrinkled tae buggery.

'Are you alright?' she asks, lookin at the teacup which ah've luckily managed tae avoid spillin oan masel. 'That wis a lucky miss.'

Maureen runs ower wi a tea towel tae clean up the mess and smiles at us.

'Sorry. What's your family name?' Lizzie asks.

'Brennan, but ma maiden name's Kelly,' ah reveal, lookin intae the green eyes ah kin still remember as clear as day.

She smiles saftly. She husnae furgat hur auld pal.

'Jeannie Kelly!'

Lizzie puts hur haun oan ma shoulder. We're too frail tae hug each other.

'Ah never thocht ah'd live tae see the day ye came back!'

There's nae point pretendin tae be anythin other than a wumman who lives in a two-bed semi in this stupid wee toon. Lizzie and me grew up oan the same close. It hus been razed tae the groond noo. We'd draw nylons oan the back o each other's legs. We hud naught.

'You know, I've still got a picture of you and the girls that one of my Mammy's friends gave to me. It must be from the seventies, after we lost touch. One of the girls has a wee guitar and another a right memorable pair of tartan trousers!' Lizzie said. 'I really have thought about you a lot over the years. After *The Showgirl and the Sailor* came out...' she trails aff.

'Ah vaguely mind that photie,' ah say. 'God, we must huv looked so poor in it.'

'But you were all smiling bar one of your girls who was hiding behind her hair!'

Ah laugh then sigh. Lizzie hud wrote tae me oan and aff fur a guid while efter she left, but ah eventually tellt hur no tae bother. The truth wis that ah didnae like hearin aboot how hur life wis gaun and comparin it tae mine. Ah tellt masel it wis God's plan.

Lizzie wance enclosed a photie o hursel. Ah kin still remember it noo. There wis a lake in the background, but she wis the undisputed focal point. Hur dark hair wis perfectly curled, hur lips plumper than maist; an effortless warmth beamed oot fae hur eyes.

'It wis a rare picture, Lizzie.'

When ah saw *The Showgirl and the Sailor* in the pictures, it wis the first and the last time. But fur the first time in sixty odd years, ah want tae gie it another watch. It kin wait another day.

Ah've always wondered whit ah'd say tae Lizzie if ah ever saw hur again. If ah'd met hur sixty year ago, ah'd huv tried tae get hur tae help me, but those days are long gone – jist like Copland and Lye.

'Ye've hud some life, Lizzie. But tell me, did it make ye happy?'

She hauf smiles. 'It did for a while, but I have my regrets. I got too caught up in the movies, and when I finally stopped, it was too late for me to have a family.'

There's naught ah kin say. Aw ah've done wi ma life is huv a family. The wan ah reared is nae mark tae leave oan the world. No like the life ah'd dreamed o huvin oan the silver screen, fur aw ah looked the part whenever ah'd wan o ma weans or grandweans oan ma knee.

'Caledonia was calling me back home. Like the song,' Lizzie says. 'I've got no one to look after me in my old age, so it was now or never.'

Fur wance in ma life, ah'm speechless.

'When my time comes, I want to be buried beside my mammy.'

Lizzie's mammy wis hur biggest fan. She didnae approve o hur movin so far away, but when hur career took aff, she knew Lizzie wis exactly where she needed tae be.

The phone rings fae the hall, and Lizzie changes the subject.

She smiles wi the big lips she's kept richt intae hur auld age. 'And what about you, Jeannie. Did you have a good life?'

Ma life's been wan big disappointment. Ah've hud some guid times though, hinkin o a photie o me and Sandra singin karaoke.

'It wasnae a bad life…'

Ah pause. Honesty's the best policy, and she's jist tellt me she wishes she'd hud weans. There's nae point pretendin ma life hus gane the way ah'd wanted it tae.

'But it wasnae whit ah'd dreamed o either. Ah shouldnae huv gien up oan ma dream durin the war, but ye remember whit it wis like, we aw thocht we wur done fur. By the time it wis ower, ah wis married. God. There's so many photies o me ower the years and ah'm carryin a wean in maist o them.'

'Fame's not the be-all and end-all,' she says.

'Easy enough fur ye tae say. Me and Donald didnae huv the best o marriages, the bugger drank like a fish, and ah'm gaun'ae be honest wi ye, it turned me intae a bitter auld bag lang before ma time.'

Ma eyes tear up.

'Jeannie?' Lizzie says. 'Are ye awricht?'

Ah look up. She's a shadow o the young girl she'd been back then and so am ah. Ah smile at the thocht o us tryin tae draw nylons oan the back o each other's legs noo. But ah dae envy hur fur huvin broon hair and big lips at hur age, even if she's gat a panic button roond hur neck. Ah've hud white hair since Isla and Kate wur tots.

'Sorry hen. Ah thocht ah'd never see ye again, and it's bringin back so many memories. The Bible says God's gat a plan fur everywan, and this must be a part o it.'

She smiles. 'God will supply your needs.'

'Lizzie, kin ye tell me aw aboot Hollywood wan day? It'd be nice tae at least imagine whit it would o been like. Sorry fur bein a moanin auld bugger.'

Ah look oot the windaes at the tall trees surroundin the hame, and fur wance, ah'm glad tae be here.

'Only if you tell me what it was like being a mammy, especially to so many lassies!'

'Ah'll need tae get ma Cathy tae bring us in some sherry fur that.'

'We've gat aw the time in the world.'

The exercise class stoaps fur lunchtime. The grub in here makes me sick tae ma stomach.

'Dinnae hauld yer breath when it comes tae the food,' ah say.

She laughs. 'It'll take me back to my childhood.'

***

Ah'm a skinny bugger these days, and ah've no gat much o an appetite, but fur somebody used tae the best o grub, Lizzie doesnae hauf scoff doon hur lunch. She could o eaten the scabby heid aff a wean. We've been served haggis, neeps and totties.

'I've not had haggis in years,' she says.

A gormless-lookin auld wumman who is lang owerdue a wig stares at Lizzie. Awbody in here is used tae folk comin and gaun, but nane o them hink Lizzie is a resident. Irene even hud the cheek tae ask me if ma wee sister hud come fur a visit. Ah try naw tae take it personally, even if ah'm mair conscious than ever o ma wrinkles and the bags under ma eyes.

Irene's starin oot the gairden windae, past the trees, and intae space. Hur dinner is gaun cauld. It's ainlie a matter o time before Mad Ruth comes in and swipes it. Irene stoaps wan o the carers.

'Eileen's sittin ower there cryin,' she says, pointin at an empty seat next tae the telly.

The carer's eyes widen.

'She's heartbroken that she's gat nae dinner. Ye should know as well as ah dae that haggis, neeps and totties is hur favourite!'

Ah've ainlie really seen the carers helpin folk aroond and wi their hauns aroond cups o tea, but she does sommat ah've never seen them dae. She goes alang wi Irene and walks ower tae the empty seat and bends doon. Eileen micht as well huv been sittin in hur usual reid chair, holdin hur haundbag under wan arm, and wearin hur electric blue cardi and lang, dark tartan skirt.

'I'm so sorry, Eileen. I've been rushed off my feet today. I'll get that sorted right away. Just you let me know if you want any extra pudding.'

The carer turns back tae Irene.

'Thanks, hen.'

She bolts. Naeb'dy else notices. But then again, maist o them arenae the full shillin – jist like the Stirlings fur fallin oot wi their whole family despite livin so close. Gies the absolute fear.

'Dinnae worry yersel,' Irene says tae the empty seat. 'Ah keep a guid eye oan the nurses.'

Hur eyes are glazed ower. She looks mair spaced oot than

the junkies oan Sauchiehall Street. Ah look away. She's deep in conversation wi somebody who isnae there. Ah'm nae stranger tae the other world. God's answered a few o ma prayers, and Donald wis a gravedigger efter aw. But that's the first time ah've seen it fur masel.

Ah feel Lizzie's haun oan ma shoulder. She furrows hur brows as the colour drains fae hur face. 'Jeannie, are you OK? You look like you've just seen a ghost.'

'Ah huvnae. Irene hus,' ah say, gesturin tae hur.

Whit ah've jist seen is almaist as creepy as that time Donald tellt me whit oor dug Bonnie did at the cemetery gates. If ah remember correctly, they're high, black, metal hings, topped wi golden spikes. He used tae take Bonnie wi him when it wis his turn tae lock up. Wan nicht in October, Bonnie wouldnae go near the cemetery gates. Donald hud nae fear, but even he admitted tae quakin in his boots.

Wan o ma weans needs tae bust me oot before this creepy shite scares aff the last o ma marbles. Ah need help, and Stella Marie's the ainlie wan who kin answer ma prayers. We've been guid tae each other, and we need each other. She's gat a stoma, sommat else ah cannae mind, and if she's gat the cancer an aw, ah'll try and pray it away.

A carer pours me a cup o tea, and ah ask if ah kin use the phone. She wheels me in the office door. Ah tell hur ah want hur tae pass oan a message.

'Kin ye speak tae hur fur me, hen?' ah ask.

'Are you sure, Mrs Brennan?' she says. 'I'm sure she'll be happy to hear from you.'

'She's gat nae idea ah'm in here.'

The carer furrows hur broos. 'What?'

'It'd take me aw nicht tae explain the trouble in ma family.'

'Oh, I see. What should I say?'

'Jist tell hur that hur auld mammy's in a hame. Feel free tae tell hur ah'm at death's door because that's whit it feels like bein in here.'

Ah point at a calendar in the office. It's fae the local funeral parlour, Morgans. Talk aboot advertisin in the richt place. Ah mind visiting their stall doon the shoppin centre a while back – their parlour is nearby. The bastarts hud even printed their name oantae a pen that wis lyin oan the nurses' desk.

'Fur puck's sake,' ah say.

'I'm sorry, Mrs Brennan. Most of the residents don't even notice it,' the carer says, takin it aff the wa and puttin it intae a drawer.

'Ye micht as well keep it oot. At least ye'll huv the number tae haun fur when the next auld biddy pops their clogs.'

She passes me the telephone. Ah type in Stella Marie's number. Ah'm desperate and know hur number aff by heart. Ah gie the phone back tae the nurse. Ah've made a mess o ma family, but ah hope Stella Marie will feel sorry fur me and honor hur mother like a guid Catholic.

Ah make the sign o the cross and take a deep breath as the carer presses call. Stella Marie's ma ticket tae a better life. Unlike Lizzie, ah didnae come here o ma ain accord. It's the langest five seconds o ma life. The nurse presses another button and taps hur foot.

'I'm sorry, Mrs Brennan,' the carer says, 'but this number's not in use anymore.'

Ma heart sinks. 'Whit?'

Then ah mind that ma family husnae just hud a tiff, they've fallen oot fur guid. Stella Marie changed hur number, and ah'd tried tae get the damn hing aff Bettie before ah landed in here. Ma memory's away.

'Do you know anyone else who's got your daughter's number?'

'Naw.'

'Maybe it's in the phonebook,' the carer says. 'I've not got a copy in here, but I'll have a look when I get home and let you know if I find it tomorrow.'

'It's awricht,' ah reply. 'Probably fur the best.'

# A Dark Shadow

## KATE

February 25th

Things have been bittersweet since the trial. Feel mostly hopeful though. Mum said it's God's job to judge the Clan now; we've to put it to bed. Thought of that old man in the pub again – the one with the creepy glass eye. He said all bad memories eventually fade into nothingness. Hope he's right. Wouldn't wish cancer on my worst enemy, but Aunty Cathy was always going to be out for blood. All things considered, six months is a minor sentence, and Aunty Sandra will be on her best behaviour during probation. Wonder how Granny Jean feels. She will be having yet another an Annie Rooney. Bet she wishes a gypsy had told her the damage her tongue would do. Visited a psychic for 20p in primary school. Took it with a pinch of salt. But she said my education lines went off in different directions. Maybe my luck's about to turn.

February 27th

Mum dropped a bombshell tonight. Finally got an interview in London. Was sitting at the table telling Mum when she interrupted me. Told me we needed to talk about something else. Her body language told me it was serious, and she was holding her *All Through Mary* book. Her face blank, tearful. Aunt Cathy's words popped into my head. Said the doctor found a tumour in her heart. A tumour he described as a 'dark shadow' at first. She's getting a biopsy to discover whether or not it's cancerous. Whenever cancer is mentioned, it's hard not to jump to the worst-case scenario. Mum doesn't deserve to die. Took a moment and cried.

February 28th

Feel surprisingly calm about Mum's health even though I have no reason to. Her luck's bound to run out eventually, but she doesn't want me to worry so I'm giving her what she wants. Told me she feels well enough tonight and that she doesn't think this is the end. Dad's the calmest. Said it was another health problem for Mum to add to her impressive NHS CV. Know it's not the same, but when I was little, we had a pet bird who hated everyone – called Fred after Fred West. Just before he died, he decided he liked us and was very calm too. Always feared that Mum's been living on borrowed time, and after the discovery of the 'dark shadow', the odds aren't in her favour, but there's hope.

March 2nd

Was looking out of the window in my room today when I reminisced about all the times I saw Aunty Sandra walking Rufus down the street. Didn't care about anything after Uncle Robert left – including herself. Dad used to say that Granny was old before her time and history had repeated itself with Aunty Sandra. She's taken the brunt of the hit for the Clan's actions, even though none of us thought she deserved it most, but someone had to pay the price. Turned around. Mum was standing behind me. Told her what I was thinking. She said she is praying that one day Aunty Sandra turns her life around. Agreed. For all she has her faults, everyone deserves a second chance at happiness, and she's always genuinely loved Granny – as much as she's been a bit too involved with the rest of her family. Wish I could say the same about Aunty Cathy, but it's almost impossible to wish her well after the cancer comment.

***

Wonder if falling asleep will ever not be a challenge. Tonight's no exception. All it takes for my heart to race is for one bad thought to enter my head. Don't know how I managed to get over getting stuck in a baby swing at high school… or get over the nickname Kate 'Swingtime' Stirling. Then there was that time I got up close and personal with a snake at the zoo – for all I was raised a Catholic. These days, I can have nightmares so bad I wake up in a cold sweat. Mum said I never liked being cuddled as a child and haven't grown into the most affectionate of adults. But when it's late at night, and my mind is racing, the only thing that helps is feeling someone close to me.

The night before my final uni exam, adrenaline rushed through my veins. Every time I looked at the clock, I hit the panic button in my brain. Mum told me to come into her bed when Dad went to work at 5 a.m. Against the odds, she calmed me down. That's not a love that's easy to replace. For all she'd tell me to put my faith in God like she does.

Isla's tossing and turning tonight too. No wonder. From what she's said, she's seen it all in the nursing home. Eventually turned to me and said, 'Kate, you're gaun tae fink ah'm takin the piss, but ah've got sommat ah need tae tell you.' I ask what it is, and she swears me to secrecy. I agree. 'It's Lizzie Black,' she says, 'the film star. She's in the home.' Remembered the fact that the care home looks like a castle and probably isn't the worst one to end up in – Google said it earned a glowing report. Still told Isla to fuck off, but she insisted that she was serious. Said she apparently had her reasons for coming back to Thistlegate in her old age. I can't help but wonder if Granny and Lizzie's paths have crossed in the home. Would have loved to have been a fly on the wall. If I were in Isla's shoes, I don't think I'd be able to resist asking Lizzie about her life.


March 4th

Never been a sciencey person, but I'm more than aware of the nature versus nurture debate. Every time I think of my family, I talk myself out of having children. Couldn't bring myself to watch *One Born Every Minute* with Isla tonight. Was more into dinosaurs than baby dolls as a child anyway, and I can't bear the thought of bringing someone like Leanne into the world. Struggle to understand how I'm related to people who are so different from me – even if me and Granny have more in common than I thought. One thing's for sure, me and Mum are birds of a feather. From what she's told me, life passed her by until she met Dad. Hoping my life turns around like hers did.

Mum said everything changed for her when she agreed to go on a blind date with Dad. Coming from a long line of alcoholics, Dad was the first man she'd met whose life didn't revolve around the pub. Granny told her daughters never to take up with a man from Thistlegate, and Mum was the only one who did it, so I'll never understand why Granny has never been that keen on Dad. He followed his heart into boat build-ing. He wasn't that money motivated. He wanted to be happy. Growing up around the sea, he loves boats. He took Mum sailing when they first started dating. She said that's when she knew he was the one.


March 6th

Mum's getting her biopsy results in two days, and she's struggling to stay calm. She's up at the crack of dawn with Dad and has barely had a bite to eat. Every time I get a suspicious-looking spot, the anxious part of my brain always thinks about the Big C. Mum said our angels would give us all strength and talked about Granny. Mum isn't scared of dying. She's scared of dying and not having done the right thing. Said she'd tell Granny if she has cancer – if Granny doesn't already know. That she wouldn't want her to find out from a stranger that her daughter has a serious illness. The more I think about it, the more I understand why she said she has the disease to please. She cares more about other people than herself, even in the face of death.

There's no way of knowing if Cathy has told Granny about the dark shadow on Mum's scan, but it's a safe bet. If I was in Granny's position, the guilt would have driven me mad. Don't imagine Granny would be honest with Lizzie about the state of her good, Catholic family if they ended up having the catch-up of the century in the home. She's too proud and thinks that cross around her neck means she's only ever surrounded herself with good people. Mum said she thinks the dark shadow is why Granny will come to the door. That it would need to be something big for her to come to the door, especially as she needs more than just prayers to get around these days, but there's such a thing as too much water under the bridge.

March 7th

It's a strange feeling going about your day-to-day life when you know it could all change in forty-eight hours. Trying and failing to put Mum's health to the back of my mind. Mum told me that the only thing she wanted me to do today was to go to mass. Didn't think it would make a difference, but I agreed. Every time I go alone, I feel like the biggest fraud in the universe. Mum says God is insulted when nonbelievers go to his house. Couldn't add insult to injury by telling her how I felt. Wouldn't exactly say I'm a nonbeliever, but don't believe in a god that punishes people the way the Catholic one does. Did my best anyway. Said eight decades of the rosary while the priest rambled from the pulpit and left after communion. Brought me no comfort.

Keep thinking of the worst-case scenario and having to blink the tears away. Scared there's an afterlife, and Mum will come back to haunt me if I put a toe out of line in this one. Said the worst thing I could ever do would be to have an abortion. Not planning on it, but I don't know what's going to happen in the future. Told a Muslim friend about my morality crisis, and she said that's not how the afterlife works. Managed to comfort me a bit. Apparently, Mum will be too busy living her life in the next world to concern herself with what I'm doing in this one. Guess on some level I don't want our relationship to become like hers and Granny's.

March 8th

Woke up in a surprisingly good mood this morning. Looking to the future now the trial's over. Tripped up on the way to work and didn't care. Stepped out of my comfort zone and agreed to go to a colleague's housewarming party. Laughed when another colleague said Leanne's friend Rachel is like

Henry the Hoover – she sucks the fun out of a room. Reality hit me like a brick when I sat down. Have no idea what will happen to Mum, for all it looks like I could pull London out of the bag. Texted Isla to see if there was any news at lunchtime. Told me Mum's appointment was at two. Couldn't concentrate when I got back to work. I'm my own worst enemy. Then Mum texted me just after two to say she'd got the all-clear. For once in my life, my gut was right.

Everything felt like it was back to normal when I got home. Was overcome with relief. Dad was enjoying a beer, and Mum was drinking a glass of wine with some chocolate. She said the scare had made her reassess her life – wants to put the trouble with her family behind her, so she can enjoy the time she has left. Mum and her sisters have always lived too close for comfort. Her and Dad are window-shopping for a new house online. If they move to Edinburgh, Mum will finally be free of her family, and Dad's commute will be non-existent. She said she wants to be long gone by the time Granny dies. Made me think about her health. Doctor said he'd patients like Mum who've walked in this door, and he'd had patients who've been wheeled in. Somebody up there must like Mum, but her luck is bound to run out one of these days.

March 10th

Nothing puts life into perspective more than a major loss or the possibility of one. Truly counting my blessings now. Mum made Isla and I memory boxes today to celebrate getting the all-clear. I love them. She wanted us to have as many pieces of our early lives as possible. If mine was anything to go by, my early life was characterised by two things – art and religion. Smiled at the accuracy. Mum kept letters I'd written to God thanking him for my blessings which, at the age of five, consisted of nothing more than my goldfish and my toys. Box also included Mum's positive pregnancy test – still marked with two faint lines even after twenty-two years. Who'd have thought it? Found all the stories I'd forgot writing as a child. My favourite was one about magic beans. Felt like more than coincidence now I am seriously chasing my dream.

March 13th

Mum said a psychic once told Granny Jean that one of her children would be on the stage. Laughed and said that would've gone down like a lead balloon, but maybe they meant one of her grandchildren. Still can't believe what I read in that letter from Lizzie Black. Wonder if Granny would have slagged me off for being so quiet if she'd known I was writing a film. Then again, I judged Granny too. In my head, I was better than her because I was doing something creative with my life, and all she'd done was be fruitful and multiply.

Granny never voiced her dream because she thought it was never going to happen, and I've done the same thing. Would give my right arm to have a chat with her now. We could have had a connection that no one else would have understood. Now it's too late, but maybe this is what she wanted.

Phone rang after we'd all settled down for the night. It was Isla. Mum answered. She always chances her arm asking for a lift from the home – she's only in her element when she's posing away, wine glass in hand. Mum's voice went quiet when she said, 'Thanks for letting me know.' Me and Dad looked at her, and she burst out crying. She said Granny took a turn for the worst during the night, and the carers called an ambulance. Isla said it wouldn't have been wise of her to go to the hospital with Granny. Her next of kin is Aunty Cathy now, and Isla chooses her battles wisely most of the time. Dad hugged

Mum and told her not to worry until we know what's going on. Mum let her dinner go cold and started to rant and rave about Granny.

Offered to pray, and she nodded. Anything to calm her down. Her finger always starts going when she's upset ... that or she'll look into the mirror and have an argument with someone who isn't there. She did both – and it's no wonder after she lost her whole family. Said that she would call the hospital first thing and say that she was Granny's daughter. Forced a comforting smile. Dad added that if she tried to call now, Aunty Cathy would know and start calling her for everything.

March 14th

Woke with a start to the phone ringing this morning. Heard feet thudding downstairs, and my body tensed up. Seems Mum slept in too. Looked over at Isla's empty bed. She must have an update about Granny. That job is a blessing in disguise. Admire her for being such a hard worker – for all she can party hard too. By the time I got downstairs, Mum was crying. Told me that Granny has suspected pneumonia, but she isn't in a critical condition. She has quite literally been given a taste of her own medicine – discovering first-hand how pneumonia can knock a person for six. Didn't know what to say so just gave Mum a hug and said Granny was in the best place.

March 15th

Checked my emails this morning and jolted when I saw a message from Gary. There was a kiss at the end of it. Sent me his phone number and told me Mum had to call him about Granny Jean. Said that she'd taken another turn for the worst during the night. She was always so full of life at family dos that it was hard to imagine her so sick. Thought it was the technological equivalent of the call. Granny had to be on her deathbed… or she'd already popped her clogs. Called up Mum and said that I was so sorry. Didn't know what to do with myself. Went for a walk near the office. Was angry at myself for being sad. Granny is someone I love to hate. Thought to myself that the universe wanted a life from our family and was going to take Granny instead of Mum at the last minute.

# A Sign o Peace

## ISLA

Granny Jean loves hur faith and showin it off tae the world. She willnae be caught dead without hur gold cross around hur neck or miss Sunday mass. Blessin hursel at every available opportunity, she's convinced that the Almighty's oan hur side. But fur all she believes God forgives people fur their sins, this isnae a virtue she shares. Granny only cares aboot hursel – and hur so-called good Catholic family. Mum says prayers can move mountains, and Mum genuinely leaves fings tae God. If Granny got wind o Mum gettin the all-clear, she'd take sole credit fur it being the result o hur prayers and hur prayers alone. Granny's a witch, and hur great faith is the broomstick she uses tae stir hur cauldron.

After ah got a foot in the door wi carin, Granny said she'd asked Father Murphy tae say a mass fur me. God bless St Jean Brennan o Thistlegate, ah joked at the time. Now that Aunty Sandra, Aunty Cathy and Leanne are payin the price fur their actions, she'll be havin a word wi the Sacred Heart, tellin him tae punish me fur ma sins.

Aunty Sandra's probably climbin the walls in jail, and Aunty Cathy and Leanne will be callin me every name under the sun fur as long as they've got breath in their bodies. But it's not like we hud a choice aboot gaun tae court. Ye couldnae make whit they did up. It's a good fing Kate's got a picture o the police in oor livin room tae prove it.

Ma phone rings fae inside ma bag as ah slowly walk home. It's Mum. She tells me she's gone tae see Granny, but they huvnae hud a reconciliation. Ma first thought is that Granny's oan hur deathbed.

'Gary contacted Kate this mornin efter Granny took a turn fur the worst,' Mum says, 'but ah spoke tae a doctor, and he wis confident she'll live tae fight another day.'

'Whit did you say tae hur?'

'She wis oot o it, Isla. Your dad's been kickin aff all night because he hinks ah shouldnae huv gone without knowin Granny wis dyin.'

'Whit dae you mean by oot o it? Wis she unconscious or just confused?'

'Unconscious. She'd no idea ah wis there.'

'Wis it because o the medication?'

'Aye, and ye know whit yer granny is like. She wis probably kickin aff, and the nurses decided tae shut hur up so they could get some peace.'

Ah laugh.

'Gary said he's gaun tae keep me updated.'

'Ah guess he's mair o a man than ah gave him credit fur.'

'Anyway, ah'm gaun tae let you go. We can talk aboot it when you get hame.'

Efter the call, ah hink aboot last night's dream. It wis aboot a coffin. At Granny's age, en'in can be a death sentence, so ah googled it when ah woke up. Admittedly, it wouldnae huv taken a psychic tae analyse. It's supposed tae represent the death o sommat or an endin, and ah wonder if Granny's number is up.

Ah blame Mum for being so superstitious. Ah hate it because it makes me paranoid. Most o Mum's superstitions are so predictable ah could make them up masel. An ex-boyfriend bought me a beautiful, baby-blue watch.

'Dinnae gie a partner a watch,' she said.

'Oh, let me guess. Because it puts a time oan your relationship?'

She nodded.

Granny said she didnae recognise this world, ah think, lookin at a police call fur information aboot a robbery oan a lamppost.

As ah walk up the driveway, ah hear Mum and Dad arguin. They rarely huv a cross word, and ah know ah huv tae calm them down.

'Your biggest problem in life is that you're too soft,' Dad says tae Mum as ah step in the door. 'That old bat knows it, and she's going to use it to take advantage.'

'We didnae even speak!' Mum protests.

'The nurses will tell her you were in when she wakes up.'

Ah walk intae the livin room, and they stop arguin.

'You've nought tae worry aboot,' ah say. 'Mum willnae go near hur again unless Granny's a goner.'

'The amount o times ah've come close tae speakin tae hur hus been ridiculous,' Mum says. 'Ah've every faith God wouldnae huv let me go if ah shouldnae huv been there, but there's a reason she wasnae awake today. Maybe this isnae it.'

Dad sighs. 'How was the home today?' he asks.

'A nightmare,' ah say, tellin them that an old lady lobbed another wi a teacup.

Mum laughs intae hur glass o wine.

Ah go upstairs fur a bath. Ah huv tae do ma ablutions fur the sake o ma sanity. Geriatrics huv no filter. Ah wis mortified when one o them told me ma hair looked like a greasy chip pan. A few years ago, Granny who hud no excuse, especially back then, said ah've thighs like tree trunks.

In ma nineteen years, ah've seen death a few times, and it's never been quick. Mum said that people suffer before they die so they dinnae huv tae go tae purgatory. If there's a God, Granny's gaun tae suffer fur hur sins before hur number's up. God's supposed tae come lookin fur the members o his flock who stray. But she should know that better than anyone. She didnae shut up aboot dyin in hur old age.

Granny talked aboot dyin while enjoyin everyhin that made life worth livin. Me and Kate wur altar servers at Granda Donald's funeral, and we wur in floods o tears throughout the service. A few months later, while puffin away oan a cigarette and holdin a glass o sherry in hur other hand, Granny told me and Kate not tae shed a tear at hur funeral. It wis bullshit. In hur eyes, funerals are popularity contests.

'So how long dae you want tae live fur, Granny?' ah asked, takin a bite o one o the cream cakes she'd brought tae the house.

'Oh ah dinnae want tae go oan much langer.'

She wis approachin hur mid-eighties at the time.

'Just hink, if you manage tae hold oan fur another twenty years, you'll get a letter fae the Queen.'

'Big Lizzie? She kin keep hur puckin letter.'

\*\*\*

By the time ah go back downstairs tae talk tae Mum, Dad hus gone tae bed. Mum hus topped up hur glass o wine and is readin a book aboot the afterlife.

'You alright?' ah ask, sittin oan the couch opposite hur.

She gulps hur wine and closes hur book.

'Ah know it cannae be easy, but if the worst comes tae the worst, at least it's happenin now and not further down the line.

All hings considered, Granny's got some penance tae dae. Ah reckon there's life in the old dog yet.'

'Ah'm surprised Granny managed tae live this long.'

'If ah know hur, she wouldnae want tae be in a hame anyway.'

'Ah thocht hur number wis up the moment she ended up in a chair,' Mum says, lookin at the clock oan the mantlepiece.

'Ye'd be surprised how long people can go oan fur,' ah say. 'Not many people huv seen death like ah huv.'

'True, but Granny would huv known she wasnae gettin back hame efter the trial. Cathy wis never steppin up tae the mark.'

'Dae you not think they'll sell the house?'

'Granny's got a wee bit o money in the bank from Granda's pension. It wasn't like she hud tae spend much wi me runnin efter hur. Maybe Sandra's agreed tae take Granny in once she's served hur time, and Cathy wis happy tae lose a bit o hur inheritance.'

Maybe Granny is gaun tae dae hur penance fur hur sins after all.

She loves people runnin after hur, but only oan hur terms. She'd Mum wrapped around hur little finger – care like that isnae possible in the home. Everyone is overworked and underpaid. Even wi the best will in the world, the carers can only dae so much.

***

'Ah hope carin gets easier,' ah say tae Mum a few days after hur visit tae Granny – if you can even call it a visit.

'It will, and if you become a nurse, it means you've got a secure job fur life unlike—'

Mum cuts hursel off mid-sentence.

Kate's in the city waitin tae catch the bus tae London fur hur job interviews. Ah hink she's in wi a fightin chance. She's a lot smarter than she gives hursel credit fur.

Fings in the house huv been quiet fur a few days, although Mum is oan tenterhooks. Ah say no news is good news. The phone rings. Mum rushes tae answer.

'Thanks fur lettin me know,' Mum says.

Hur face hus turned red, and hur eyes bulge wi tears.

'It's happening,' she says, puttin the phone down in its black holder. 'And ah dinnae hink ah'm gaun tae get tae speak tae Granny because she's still oot o it.'

Ah give hur a big hug and look at the Sacred Heart oan the table under the stairs. She starts sobbin.

'Dad will take you tae the hospital when he gets home,' ah say, and without hinkin add, 'and ah'll come wi you.'

'OK. Let's no tell Kate whit's happenin until she comes hame fae London. It'll only put hur aff hur interviews.'

Ah nod.

Mum isnae gaun intae the lion's den alone and part o me wants tae see Granny again. Everyone says that ah'm a real Brennan, but ah want tae show that lot that ah'm different – that ah can furgive.

***

The last time ah saw Granny, ah wis in church alone. Ah'd arrived first, and Granny and Aunty Cathy sat in front o me. Aunty Cathy must huv been takin Granny oot the hame every so often so she got tae mass, and ah should huv known better than tae sit behind the only wheelchair appropriate space oan the Virgin's side. Now the trial wis over, ah wondered if Granny would turn around tae make the sign o peace. She hud tae practice whit she preached at some point.

Granny hud tried tae shake Kate's hand efter Mum wis charged, but Aunty Cathy hud stopped hur. There's a lot mair water under the bridge now.

If ah'm honest, part o me wanted Granny tae turn around. Even if she wis only able tae be at peace wi me in the House o

God, it would be better than not bein at peace wi me at all. If she tried tae shake ma hand after everyhin, even if Aunty Cathy stopped hur again, she could say she wis a good Catholic in good conscience. Ah promised masel if Granny tried tae make the sign o peace wi me, ah'd swing by hur room in the home.

Ah wis sad, and there wis somethin sad aboot Granny's eyes an aw durin mass. Granny wis never one fur wearin much make-up, but she always kept hur hair nice. Ah dinnae remember there ever being a white curl oot o place. Now, it wis a shadow o its former glory – only the white hair closest tae hur face wis curled.

Ah wasnae angry at Granny, ah dinnae hink ah ever hud been, not truly. Mair than en'in ah wis disappointed in hur. Mair than en'in, ah wanted hur tae make the sign o peace wi me, but she didnae. Maybe ah knew that it wis the last time ah wis gaun tae see hur. Our paths huv crossed mair than a few times since all hell broke loose, but it wis the first and only time ah've wanted hur tae reach oot.

Now that the end's approachin, Mum told me tae remember Granny like she wis a few years ago. The Granny who wanted tae know aboot ma escapades at the dancin and who'd slip me a tenner tae buy cheap vodka and Coke.

***

Granny used tae always say 'pray fur a happy death'. We dinnae know much aboot Granny's condition, but pneumonia's got a reputation fur takin old people oot quickly when it takes hold. It doesnae seem fair compared tae whit Granda went through.

Granny spent hur whole life livin by the Catholic faith, or at least tellin hursel that she wis, but ah wonder if hur faith hus faltered oan hur deathbed. She's only human. Granny accidentally let Granda die alone. She said he'd put a hand oan his heart, buckled over in pain. She rushed downstairs tae call an ambulance. By the time she got back, he wis stone cold. She might huv acted like a force tae be reckoned wi, but beneath all the Catholic bravado, Granny's just like everybody else – scared o meetin hur maker.

If ah'd lived Granny's life, ah'm not sure whit would be worse than failin at the one fing she said she wis good at. Mum told me God wis willin tae forgive everyone fur their sins. She went as far as tae say that if a murderer wis sorry, God would forgive them. Even if that wis true, Granny likely hus no remorse.

How could God offer forgiveness tae people who arenae willin tae give it tae each other? It doesnae make any sense. Mum's the better Catholic. She's gaun tae go and make peace.

***

The moment we walk through the revolvin doors intae the hospital, ah start shakin. The NHS take no bullshit. Now Leanne's been charged wi wastin police time, she's gaun tae be oot fur blood. Ah'm the last person she'll be expectin tae turn up at the hospital.

Ah know ah'm doin the right fing. Mum composed hursel in the car oan the off-chance that Granny's awake. If they argue, ah'm mair than fit fur Granny. Dad willnae huv a cross word wi any o them – no in a million years.

Ah hope that, if Granny's awake, she'll tell the Clan tae get oan their bikes, so she can speak tae Mum in private. There's a line when it comes tae family disputes. Bickerin around Granny's sickbed would be a new low, even fur them. Ah'm no plannin oan stayin. Ah'll only dae it if Mum asks me tae. Granny is as weak as en'in, and ah'm no scared o hur. In an ideal world, Mum will make peace wi hur alone.

'Don't give them the satisfaction of a reaction,' Dad says in the lift tae the ward.

'We're here fur Mum,' ah reply. 'That lot are dead tae me unless they try sommat.'

Ian and Lewis are sittin at the end o the hallway. Lewis is being well-behaved, but he hus tae be in hospital. Ian is flickin through a newspaper while Lewis pushes a truck along the floor.

'Dae ye know whit the hottest part o the sun is, Lewis?'

'Naw.'

Ian points tae a naked woman.

'Page three.'

'That's ma boy.'

We ignore them and walk down a long, cream hallway dotted with wooden doors tae Granny's room. A sure-fire way tae know that you're dyin in hospital is if they give you your own room. Ah got the fear when ah woke up in one after the accident.

Granny might look hur age, but she is still as strong as an ox, ah think. Ah cannae imagine whit Granny will look like now. She wis always the life and soul o the party.

Mum comes tae a halt ootside Granny's room. She turns tae me and Dad. Hur eyes are waterin and she fumbles in hur pocket fur hur rosary beads. Granny cannae be awake. Ah look in tae see Leanne holdin Granny's hand. Adrenaline rushes through ma body as ah hink o whit she said aboot Mum oan Facebook. The self-righteous bitch.

Leanne never cared aboot Granny like ah did. She never went intae hur pocket tae buy hur sherry and fags, never mind gien up the odd evenin tae spend wi hur. Granny said ah wis the best grandwean tae hur, but she took Leanne's side when it mattered. Me standin by hur bedside isnae gaun tae make a difference. The unconscious old woman oan that hospital bed isnae someone ah loved.

'Go in alone,' ah say tae Mum. 'Ah'll stay ootside wi Dad.'

'Are you sure?'

Ah look in again and make eye contact wi Leanne.

'Yeah, ah'm sure.'

Mum takes a deep breath, turns the door handle and steps inside. Dad gestures tae the waitin room, and ah shake ma head.

There's blinds hangin inside the window tae the room, and ah put ma eye up tae them. We're a broken family noo, but ye'd hink we wur best pals judgin by that lot. Leanne and Cathy are at one side o Granny's bed and Gary is at the other. Mum takes an empty seat at Gary's side and takes hur other hand.

Someone breaks wind. Better than silent and violent. Leanne and Cathy furrow their brows.

'Well, it wasnae me,' Mum says, gesturin tae hur stoma.

'Sorry. Mexican beans,' Gary says, tryin and failin tae resist the urge tae smile. 'A bastard oan the arse.'

'Fuck sake,' ah say, laughin under ma breath.

Ma eyes fall back oan Granny, and ah remember how full o life she always looked, especially at family do's. Ah wonder if she can sense Mum's presence. Fae a distance, hur hand seems tae twitch. Mum takes out a set o rosary beads from hur pocket and begins tae pray. If Granny was awake, she'd have thanked hur. Fur aw they wur born and bred Catholics, none o them put their trust in God.

Ah turn away. Dad is pacin up and down the hallway. Ah look in again at Granny. Not many people live tae hur age, and ah hope that she holds oan a little longer, that she'll see the light o day again. She deserves tae get a piece o Mum's mind – and at the very least, hear that she turned hur back oan hur.

'Awricht, Uncle David,' says a voice.

It's Gary. Ah didnae notice him walk oot the room. Ma eyes were too fixed oan Granny.

'Listen, wan o the nurses spoke tae Granny last nicht, and she wants tae huv a word wi Aunty Marie. She wouldnae tell me whit it wis aboot.'

'I'll let her know,' Dad says.

Gary walks back intae the room and puts his hand oan Mum's shoulder as she says the rosary. Aunt Cathy and Leanne glare at him. Ah look at Mum and realise fur the umpteenth time that she's aged so much better than her sisters. Ma mind flashes back tae whit ah said tae Gary in Jelly Baby. Ah make a mental note tae apologise. The world's full o bastards, but you need tae give honest rogues their due.

After Mum says the rosary, she kisses Granny oan the forehead and leaves.

Dad tells hur Granny hus left a message wi one o the nurses. Hur eyes light up, and she asks the first nurse she sees if she can huv a word wi whoever is lookin after Granny. Mum really is a guid Catholic, and she needs to make peace fur hur own sake.

Twenty minutes later, which we spent in the waitin room, a red-headed nurse appears and smiles at Mum.

'Stella Marie?' she asks.

'Just Marie.'

The nurse gestures tae hur office, but Mum says that whatever she hus tae say she can say in front o me and Dad.

'Your mum's been in and out of consciousness. But she's been asking for you every time she's been awake. Please don't think I've been nosey, but I heard your family talking and realised you weren't on speaking terms.'

Ah smile inwardly. Common sense goes a long way when you're a nurse. Ah hope that once ah'm trained, God willin, ah've got as much as hur.

'That's puttin it politely,' Mum says tae the nurse, sighin.

'I can call you the next time she's awake?' she suggests. 'Your sisters have been getting me tae call them, but you're the one she's been asking for.'

'Thank you,' Mum says. 'That would be amazin.'

# Cigarette Smoke and Hope

March 18th

On the bus to London. Feel sick already. Someone's smoking in the toilet. Cigarettes smell like Granny Jean, and it's such a comforting smell that helps a bit. Was never a dull moment when she was around. 'Here comes eat the breid!' she'd say whenever I arrived. 'Oh Kate, there's nae room in ye fur a rheumatic pain,' she'd add, before telling me to 'fill ma boots' with whatever cake she'd brought to our house. Don't think she meant any harm with her gossip. Was passing the time of day. Isla loved winding her up. Had to come up with something mental before Granny would say she was pulling her leg. Like when she told her men on the internet were willing to pay good money for snaps of her wrinkly feet. Laughed. Too soft for my own good.

Hope things fall into place. But it's not as easy as it sounds. Feel so unsettled. Need to work on being kinder to myself, but I'll get there in the end. Not letting my degree go to waste. Was the first person in my family to go to uni. Apart from Mum, Dad and Isla, the rest of them couldn't have cared less. Will never forget a teacher asking me if I was planning on leaving school early when I failed some of my Standard Grade prelims, even though she knew I wanted to study Highers. It spurred me on to prove that bitch wrong and get into uni. Knew I could do anything I put my mind to. Anyone can.

It's just gone midnight. A man is snoring and listening to Bollywood music behind me, and a girl just drove half the bus round the bend after she sang 'Happy Birthday' to her friend on the stroke of twelve. Need to go to the toilet, but I can't face it yet. No wonder I feel sick. Telling myself that I can hold it in until Manchester. This is a classic case of where there's a will, there's a way. Not living up to anyone's expectations but my own. HR just isn't for me.

Dread to think how shit I'll feel on the way back to Scotland on the bus tomorrow night. Gearing myself up to get kicked in the face at this interview. Might as well say the rosary. Still got a good six hours to go. Need all the help I can get right now.

March 19th

Mum would say I look like a half-shut knife right now. Got an hour's sleep if I was lucky. Did my ablutions in a Wetherspoon's toilet. Look presentable all things considered. Had a breakfast wrap to set me up for the day too. Bus station's around the road from a bunch of theatres. Granny Jean would've be in her element if she saw them, and for the first time in my life, I know why. She loved the pictures with her whole heart. Could never take that away from her. Mum said she never had two words to say to Granny Ruth and Granda Joe. Cut her nose off to spite her face with them ... and with Lizzie. Granny Jean always said it wasn't over until the fat lady sang. Lizzie's letter was proof she hadn't sung yet.

Looked at my phone. Heart sank. Calling Granny was out of the question. Imagined her saying 'g'on yersel' from the hospital. But we've already mourned her, and as far as I'm concerned, it's going to be a while before she's got one foot in the grave. For her age, Granny's as fit as a fiddle. Another great saying of hers is that it's a terrible thing getting old and that she'd hate to not be able to get up and dress herself. But I'm sure there's life in the old dog yet. Will be independent enough once Aunty Sandra's done her time, and once she's got over her sickness. Guess it remains to be seen. They might have spoken, but Mum's not going to be at Granny's beck and call again. Not in a million years.

Got a few hours to kill before the first interview of the day. It's for a full-time salaried job at a media company. The second is for an internship – but even that's better than nothing. Decided to chance my arm at a film agency nearby. Couldn't hurt for them to be able to put a face to my name. Only had to submit the first fifty pages of my script, which are polished, and I put together a cover letter a few days ago on the off-chance I'd feel confident when push came to shove. Was plucking up the courage to knock when a voice asked, 'Can I help you?' Was taken off guard, turned to a smartly dressed woman and told her I'd a submission. She smiled and invited me in for coffee, saying I looked like I was about to catch my death.

Couldn't believe my luck when I sat down on a couch. The woman, whose name I later learned was Alice, came back ten minutes later with a piping hot cup of coffee. Talk about fortune favouring the bold. Asked if I'd come from Scotland to submit. I laughed and said I was just in the area. Told me she'd over three hundred submissions in her inbox and asked me for my elevator pitch. Thanked God I came prepared. Told her my script was a fictionalised account of my Granda saving a woman's life on a Scottish mountain in the fifties. That it was a romance filled with narrow escapes from death that ultimately changed mountaineering regulations for the better.

Said I well and truly had her attention and she asked me a little about my background. Told her about my degree and all the years I've spent trying to find the right story. 'I'm taken with this,' she said, 'and I think it might be a good fit for my list. I'll put it to the top of my pile and be in touch within a month.' Asked if I could refrain from submitting it to any other agents in the meantime and told me to not rush my coffee. Thanked her for her time. Glad she didn't laugh me out the door. Hope my good luck continues.

Deserve a break. This time last year, Mum and Dad were on holiday, and Isla forgot to leave the keys out for me. Remember desperately knocking on the sliding doors at the back of the house, trying to wake them up, then looking at the farm and dreading to think that it might be my only shelter. Even then, knocking on my aunts' doors was out of the question. They'd have called me for everything. Had to walk a mile in the dark to that house, bawling my eyes out. The only hotel in Thistlegate wasn't even open. Was calling Isla every name under the sun by that point. The only place with a light on was the embalming room of the local mortuary. Would have given the mortician a heart attack if I'd thrown a stone at that window. Couldn't have made it up. Had to crash with a friend.

Caught the tube from Victoria to Whitechapel. Jack the Ripper's stomping ground as Mum would say. Seeing two magpies when viewing a potential new home is a good sign, right? I hope it is. Bodes well for the future. They're battering lumps out of each other over a sandwich outside the coffee shop I'm sitting in. Just wrote my requests to the universe. Want my brain to calm the fuck down, get a good job and genuinely find happiness as much as life inevitably has its ups and downs. The script is a shot in the dark, but you never know. It's anyone's guess what an agent will sign these days. Interview's in a building just around the corner. Feel a bit overdressed since they said it was smart casual wear, but Dad's always said, 'Fail to prepare, prepare to fail.' Street looks like a crack den.

\*\*\*

Interview felt like it went well. Took Isla's approach to life and tried to charm the pants off them. One asked me for my two cents on Donald Trump. Was a left-leaning media company. They were hiring a creative copywriter. It was my dream job, and a step away from scriptwriting in my mind. Said us Glaswegians would call him a gobshite walloper. Mum would have wrung me by the neck for that one, but they burst out laughing. I'm living by everyone else's advice today. She's always said, 'Fake it till you make it.' By total coincidence, my old classmate, Emily, works there. What are the chances? Her Facebook post was part of the reason I knew London was possible. Slid into her DMs after the interview. Can't hurt. If I get the job, she can tell me what's what and maybe take me under her wing at the office. Got one more interview to go. Wishing myself luck.

\*\*\*

Just out of my internship interview. Would have avoided it like the plague if it had been unpaid, but it wasn't. Although the salary hadn't been listed on the website. Turns out that it was enough to get by. Just. Got offered it on the spot. Just about fell off my chair. Still convinced it's better than nothing – and in London. Told them I'd get back to them by the end of the day. Couldn't let my excitement get the better of me. Would be taking a huge pay cut. But if I manage to get the actual job, I'll be landing on my feet. It's more than I earn in Glasgow. Called up the company from earlier and explained the situation. Probably thought I was having them on, but the money is better, and I have an in with Emily from uni – or so I hope. Don't know what to do with myself now. Bus isn't until ten o'clock. Killing a few hours in London is easy. I'll take in the sights of Oxford Street and China Town.

***

Total bundle of nerves. Future's out of my hands now. Just hope that I made a good enough impression. Mum and Dad were over the moon when I told them I'd got the internship, but Dad told me to think long and hard about the salary and whether or not it would turn into a full-time job. Sitting in a Wetherspoon's nursing a glass of wine. Sometimes you need to take a step back and trust that the universe has your back. Noticed twenty-five WhatsApp notifications from Isla on my phone. She's got a provisional place at Glasgow Caledonian University to study nursing. Done herself and Mum and Dad proud. Mum's always said that bad luck comes in threes, but maybe good luck does too. Winning at life today when it comes to my writing. Can't go with my gut when it comes to the job because of my anxiety.

But even though there's so much I doubt, there's no doubt in my mind that what Granny Jean did was wrong. Might not have meant any harm with most of her gossip, but it was obvious to everyone, and hopefully her, that it had spiralled out of control. Just couldn't help herself. Wonder if it would have come back to bite in her the arse even if she'd got to Hollywood. Want to speak to her again, but I have to wait until the time is right.

Pretty sure that even Granny would agree that I've got my priorities right for once. Want to put each of my worries into a box, lock them up and throw away the key. Can move forward with my life then. But my anxiety is still making me think the worst. Could fall down the rabbit hole again, even in London. With life's ups and downs, it's inevitable. I just read 'you don't have to believe every thought that comes into your head' and nothing could sum up my OCD and anxiety better. If I pull

London out of the bag, it will be the ultimate win. My confidence will go through the roof, and maybe I'll be able to get a handle on my anxiety in a way that I've failed to do in Glasgow. Maybe moving here is the final piece of the puzzle when it comes to getting a life worth living.

***

I got the job at the media company! If there's anything I've learned recently, it's that the universe works in its own time. Exhausted in every sense of the word, but more than one weight's been taken off my shoulders. Mum, Dad and Isla are delighted. Dad said, 'Jobs are like buses. You wait ages for one and two come at the same time.' Can make a fresh start, and the script has a fighting chance too. Shouldn't be giving her a second thought, but I keep thinking of Granny and her dream. She had her sorrows to seek there. Been selling myself short until now. Burning the candle at both ends, but sometimes you've gotta do what you've gotta do. For once in my life, I feel happy, content and safe.

# Mammy, ah'm Comin Hame

## JEANNIE

'Yer life's jist a flash,' Mammy said. 'Wan day, ye'll know whit ah'm talkin aboot.'

Ah've blinked and missed it, ah hink, lyin oan a staun-cauld hospital bed. Mammy said a lot o folk become like weans at the end o their days so God will let them intae Heaven. Ah huvnae. When *Gone with the Wind* came oot, me and Lizzie thocht the world wis oor oyster, and if Donald hudnae put a ring oan ma finger durin the war, it would o been. Ah hink o the auld picture hoose that used tae overlook the yards. It wis finally knocked doon efter a failed stint as a bingo hall. Every mornin, as ah made ma way tae Copland and Lye, broon curls perfectly set, ah'd stare longingly at the La Scala sign, squintin ma eyes tae get a swatch o the posters below it, tellin masel that ma time would come. The cinema wis wan o a few buildin's no tae get flattenred by the Jerries. Ah should o taken it as a sign tae hold ontae ma dream a bit langer.

Ah never thocht me and Lizzie's paths would cross again. Ah'd huv sold ma soul tae the Devil fur hur life – tae be pictured daein sommat other than holdin weans. Ah couldnae stress enough that being a mammy wasnae aw that; ye cannae huv it aw, but naeb'dy could deny she's hud a rare life. Ah cannae wait tae hear aw aboot it when ah get back tae the hame, takin comfort in the knowledge that ma days there are numbered. Noo that hings huv calmed doon, wance she's served hur time, ma Sandra will dae the richt hing and look efter hur auld mammy.

When the ambulance wis callt, the nurses tellt me ah'd taken the pneumonia. Ah wis wearin a pink jaicket and toap, and ah mind hinkin fat chance o that. The inside o the hame is like a puckin furnace. Ah reckon they dae it oan purpose. Keeps the sleepy auld buggers oot o trouble, and gies their bodies guid preparation fur cremation an aw.

The doactors tellt me aw a hud wis a bad cauld. Stella Marie goes oot fur a walk come rain, hail or shine so it's nae wonder she ended up wi pneumonia. Ah'm no allowed tae smoke in the hame, and whenever ah get oot fur a smoke, it's Baltic.

The doactors huv kept me in because there's sommat wrang wi ma blood. Ah look at the liver spots oan ma hauns, restin wan oan the other. They want tae make sure ah'm as fit as butcher's dug before sendin me back tae the hame. The hospital's a welcome break fae the hame, but ah miss Lizzie. Ah still cannae believe she kept hur big lips richt intae hur auld age.

Ma Cathy brought me a big bunch o pink roses tae brichten up the room. It wis in dire need o a bit o colour. There's a blue sheet oan the bed and it's the ainlie hing that came close tae brichtenin it up. The flair's grey and the walls are cream. Aw that's in it is a broon cabinet and a moveable white tray fur ma dinner.

There's also a big oxygen tank and a clear mask ah hud tae use when ah couldnae get a breath. Ah'm strugglin tae keep food doon, so there's a plastic tube in ma left haun stoppin me fae starvin tae death. When ma Cathy wis born, ah wis put oan a drip. Ah've gat a white, moon-shaped scar oan ma haun tae this day. Noo ah'll huv another. No that it would make a difference in ma auld age.

There's a statue o St Joseph oan the table across fae me. Ah've still got ma cross aroond ma neck, but ah need mair than that noo. The nurse accidentally knocks him ower.

'I'm so sorry, Mrs Brennan!' she exclaims.

Ah strain ma neck tae see. St Joseph's in two.

'Ye've beheaded St Joseph,' ah say. 'Ye've taken doon a saint.'

Efter that, the nurse drugs me up tae ma eyeballs, and ah'm driftin in an oot o consciousness as ah watch *Calamity Jane*. Doris Day's as beautiful as Lizzie wis in hur day. Jist as it's gettin tae the best bit, when she shows the folk in the toon everyhin she's brought back fae Chicago, the door opens, and ah almaist shite masel. It's Stella Marie. She's gat a fire in hur eyes.

Wi'oot a word, she pauses the telly and turns tae me. St Joseph gies me the ceramic side eye. Stella Marie points a finger at me.

'You always said you wur a good mammy, but you wur a bad one tae me,' she says.

Ah open ma mooth tae reply, but nae words come oot.

'Ah bet Da was disgusted when he saw fae the other side,' she adds, takin a seat oan wan o the empty chairs by ma bed. Hur hauns are shakin.

'Ah wis gettin pulled in aw different directions,' ah say.

'Dae you honestly hink ah would huv started shoutin and swearin in a park?'

'Cathy's a police officer. She wouldnae huv put hur joab oan the line by lyin.'

'And look where that's got hur now.'

Ah hink o Cathy, Leanne and Sandra gettin their comeuppance. Stella Marie's richt.

'Kin we no jist let sleepin dugs lie?'

'Ah wouldnae be here if ah didnae want tae make peace, but you need tae know the damage that your behaviour caused in your family,' she says.

Sick rises fae the pit o ma stomach. Ma throat burns wi acid. Stella Marie grabs a sick bowl fur me. Ah hudnae been there fur hur when she'd been sick. Maybe ah'd huv gat ma blessings in ma auld age if ah'd been guid tae aw ma lassies. Mibbie ma family wouldnae huv fallen apart.

Ah take a few deep breaths in and oot before askin, 'And hoo huv ye been keepin, hen? Ah heard sommat aboot the cancer? Are ye still oan those pills?'

She looks at me sternly. 'It wis just a scare. There must be someone lookin oot fur me oan the other side o life, but as fur the pills, ah'll be oan them fur the rest o ma life. You should bloody well know that by now.'

Ah look away.

A blue folder is hangin fae the end o ma bed, and without askin, Stella Marie stands, walks ower, and starts tae read whit's in there. It makes me hink o the square telly in the corner o ma room at hame; ah'd rather be watchin that than the nurses writin in there. Stella Marie furrows hur broos and pulls a blank face. It cannae be that serious. The doactors are keepin a close eye oan me so they kin free up the bed fur some other poor bastart. Ma number isnae up yet.

'Ah'll get hame,' ah say, as Stella Marie reads the notes.

She smiles, closin the folder.

'Ah've missed the girls,' ah say.

'You missed oot on a lot in their lives too. That's Isla aboot tae qualify as a carer, and all being well, she's got a place at uni tae study nursin. Kate's gone fae strength tae strength too. She's just got a job in London and sent aff a film she wrote tae an agent.'

'A picture?'

Kate never struck me as a lassie wi much o an imagination, but they dae say tae watch oot fur the quiet wans. Lizzie would o never auditioned fur *The Showgirl and the Sailor* if ah hudnae encouraged hur. She said she'd nae chance.

'Ah thought that would interest you,' Stella Marie says, narrowin hur eyes. She asks, 'Why did you never tell anyone aboot your dream?'

'Whit are ye talkin aboot?'

'Ah found a letter fae Lizzie Black in your weddin album.'

Findin oot Kate's a writer is wan hing, that's another. Ma mooth opens wider than the Clyde tunnel.

Stella Marie laughs. 'Never thought you hud it in you tae keep a secret.'

There's naught ah kin say. Ah spent aw ma days talkin aboot anyhin and everyhin apart fae the wan hing that mattered.

When Lizzie wis at the height o hur fame, ah changed the subject whenever she wis mentioned. Ma eyes roll tae the back o ma heid. Ah'm a guid Catholic and need ma faith mair than ever.

'Pray fur me,' ah say, reachin fur the oxygen mask.

Stella Marie gies me a haun, askin if ah want the nurse. Ah shake ma heid.

Efter Lizzie left, ah never let anywan get tae know the real me. Donald jist thocht ah loved the dancin, weans, and gien it laldy wi ma family. As far as he wis concerned, it wis Lizzie who wanted tae be a star. Life wis easier that way. There wis ainlie wan hing ah could dae when ah'd a ring oan ma finger, and ah'd spent sixty odd years tellin folk that bein a mammy wis aw ah ever wanted. Ah thocht that wan day ah'd convince masel. Ah never did.

Stella Marie takes ma haun. She's gat mair love fur me than ah deserve. Ah look at the tube in ma haun. The area roond it is bruised black.

'So are we guid noo?' ah ask.

'Yeah, we're good.'

***

The next hing ah remember is bein woken up by somebody whisperin in ma ear. Their breath's as cauld as ice, and ah cannae place their voice. Stella Marie's hud mair than a few close calls wi the reaper, even efter she hud a stoma. Ah try tae open ma eyes, but they are so heavy ah struggle. Ma heart starts tae race, and ah pray it's the medication. Nae visitor in their richt mind would dae that tae a wumman oan hur sick bed. Aw o ma life ah've hud dreams aboot bein chased and no bein able tae run away. That's whit it feels like, but it's nae dream. When ah open ma eyes, naeb'dy's there.

Ah've a broken family, even if me and Stella Marie are guid. Mibbie it's ma punishment. Mammy spent a lot o time in hospital in hur auld age. She wasnae gaun intae a hame under ma watch, and ah did everyhin in ma power tae stoap it fae happenin fur as lang as ah could – even when that meant wipin hur arse. It wis nae picnic. No when ah'd three weans and a man who drank like a fish tae contend wi. But she tellt me that if ah wis guid tae ma Mammy, ah'd get ma blessings.

Before Mammy went intae the hame, she'd huv moments when she wasnae aw there, and that's when she tellt me aboot a white lady comin in and oot o hur room. That's when ah knew she wis a goner. She went intae the hame when she lost the rest o hur marbles. If ah'm honest, ah visited wance in a blue moon. She wis a poor wee soul, and it broke ma heart. She finally gied up the ghost efter that. Ah should o broke ma heart when ma family fell apart and Stella Marie hud hur stoma.

Ah hit the panic button roond ma neck. A nurse rushes in the broon door.

'Mrs Brennan, you're awake,' she says, smilin.

'Kin ye turn the licht oan, hen?'

'Of course. Are you feeling OK?'

'Ah jist dinnae want tae be sittin in the dark,' ah say, noddin.

\*\*\*

'Jeannie,' a voice says. 'Can you hear me?'

Somebody's holdin ma haun, and ah try ma best tae open ma eyes. Ah catch a flash o the watch ah'm wearin oan wan wrist an the gold bangle ah've gat oan the other. The ainlie folk who called me Jeannie hud known me before the war. Lizzie must huv come fur a visit.

As ma eyes slowly open, ah say, 'Lizzie.'

An oxygen mask's oan ma face, nae doubt makin me look wrinklier than ah usually dae. The cauld air helps wake me up.

'You're all right, Jeannie. If this is too much, I'll go,' Lizzie says.

Ah force ma eyes open and blink. Lizzie's gat a wee bit o reid lippy oan and is still managin tae curl hur short, broon hair in the hame.

'Thanks fur comin, pal,' ah say. 'Ah'm in some state richt noo.'

'Mrs Brennan,' says wan o the carers fae the hame. 'Do you want me to help you to sit up in bed?' she asks, holdin a large pillow.

'That would be great,' ah say.

'The nurse told me that two of your daughters were in to see you last night and Father Murphy came to'—Lizzie pauses—'give you the Sacrament of the Sick.'

The carer puts the pillow behind ma back, and ah'm finally at eye level wi Lizzie. There's oil oan ma hauns. Ah tense up. The tube in ma left haun hus been taken oot, leavin a slit above the green vain. That's no a guid sign. Someone hus put a set o rosary beads roond ma neck. There's a prayer card oan the table next tae ma bed an aw. It's a photie o the Sacred Heart. Ah pick it up, turnin it tae 'I Said A Prayer For You Today'.

'Ah gat the Last Richts, didn't ah?'

Lizzie nods.

'Ah thocht ah wis gaun'ae get hame. Ah wanted tae die in ma ain bed.'

'Jeannie, if I've learned anything in life it's that home isn't about your own bed. It's about family, and your family will be here as soon as the end comes, I can promise you that.'

'Thank God ah'm no in any pain.'

'You've had a great innings. You're only supposed to get three score years and ten and here we both are. I'll not be long at your back.'

Ah dinnae want tae hink aboot dyin. Aw ah want tae hink aboot is life. Photies o mine flash through ma heid: singin karaoke wi the grandweans, holdin them, ma white weddin tae Donald.

'Tell me aboot Hollywood. Whit wis it like when ye gat there aw those years ago?'

'Everything in America is so big,' she begins. 'When I wasn't on set, it felt like I was living in a picture. You'll never guess who the first star I met was. Clark bloody Gable.'

Ma eyes licht up at the mention o his name. Aw these years ah've lived in a two-bedroomed semi, but ah bit o me made it tae Hollywood efter aw.

'He loved the fact that I was from Scotland, and he wanted to know all about Thistlegate and the people in it. I told him about you – about how you charmed a man into buying you platinum jewelery from the Argyll Arcade and about how you knew exactly what pictures were worth going to see and which ones weren't.'

Ah hink o the days ah spent workin in the corner shoap. The snotty weans made me hate Donald even mair. Ah took up wi an engineer because ah thocht he'd provide. His drinkin dragged me doon tae a level ah never thocht ah'd sink tae.

Ye'd huv thought the yards would o scarred Donald before the drink, but efter takin a nasty tumble while pished, he'd two circles marked intae the back o his haun.

Ah smile. Ah micht huv hud a man who loved a drink, but Clark Gable knew ma name. That would o meant the world tae a lassie who came fae naught and never left.

'Lizzie, will ye dae me a favour once ah'm gone?'

'Anything.'

'Kin ye contact ma granddaughter, Kate? Hur mammy tellt me she's written a picture. Somebody's already readin it, but it willnae hurt tae huv another pair o eyes, especially fae yer contact book. Maybe part o me will end up oan the big screen efter aw.'

'I might not work as an actress anymore, but I've got my contacts.'

'Funny hoo life works oot—'

Ah start coughin. The carer hauns me a tissue. Ah freeze. Ma spit's full o blood. Ah fear that fur aw ah tried ma best tae be a guid mammy, ah'm aboot tae dae ma penance fur whit's happened tae Stella Marie.

'Don't panic,' Lizzie says. 'You're in the right place.'

'Ah always prayed fur a happy death. Ah'll need tae keep prayin that's whit ah get.'

Two nurses and a doactor rush intae the room. It's time fur Lizzie tae leave. She's ma best pal, and ah dinnae want tae say goodbye.

'Ah'm so prood o ye,' ah say.

'I'm proud of you too. We both did the best we could with our Donald Duck.'

Lizzie hauns me an auld black and white photie o us walkin doon the street in lang coats and skirts, hair perfectly curled, and ah smile at the memory.

'Mrs Brennan, we're going to have to give you more medicine,' the doactor says, gesturin tae ma catheter.

'I love you so much,' Lizzie says, 'and I'm going to miss you so much.'

'Lang may yer chimney smoke, pal.'

Lizzie hugs me, and, even though ah know ma number's up, time stands still fur a moment. Ma heart feels like it's bein ripped in two when she pulls away fae me. Ah say God bless ye tae the best pal ah've ever hud. The carer takes hur arm and leads hur oot ma room. Ah hold oantae the photie fur dear life, imaginin that we're still those two young lassies walkin doon the street wi oor whole lives ahead o us. It's the hardest goodbye o ma life. Ah look intae Lizzie's eyes a final time. She's tearin up and smilin.

\*\*\*

Ah conk oot again as soon as the doactor gies me ma medicine. When ah wake up, Stella Marie's at ma bedside. She's gat a pair o rosary beads in hur hauns. She's the ainlie wan o ma weans who's gat a real faith. Stella Marie smiles and takes wan o ma hauns.

As much as ah love ma Cathy and Sandra, ah'm glad it's jist me and Stella Marie. She isnae emotional aboot death like them, because she isnae scared o it.

'Ah know,' ah say. 'Ah know.'

Ah remember Donald meetin his maker. Ah dinnae want tae huv a stroke like him, ah jist want tae slip away. But ah huvnae done ma penance. Donald wis nae angel and neither wis ah. He'd a better chance o the Pearly Gates than me efter aw he suffered.

The room starts tae slip in and oot o focus. Ah look doon at ma bloody catheter, blamin it. Sommat in the corner catches ma eye. Stella Marie turns tae huv a swatch. It's a big baw o white licht, and ah near enough jump oot o ma skin. If there's a sure sign ma number's up, that's it.

'Whit is it?' Stella Marie asks.

Ah try tae blink it way, but it changes shape, and before ah know whit's happenin, ah see ma brother, Paddy. He's wearin a dark coat, shirt and reid tie like he did as a younger man. Ah dinnae jist see him either. The room smells o Camel cigarettes.

'Paddy,' ah say.

He wis a richt mess before the drink killed him, but he looks like his auld self again. He'd the maist brilliantly blonde hair, and it's as thick as it wis in its heyday. We've the same licht blue eyes. The whites o his arenae bloodshot anymair.

Ah look away fae Paddy and Stella Marie, tellin masel it's the medication. Ah hink o the pill box oan Stella Marie's sideboard. She's nae stranger tae it an aw. Before he died, Donald said he'd come fur me at the end.

'Ah'm gettin hame,' ah say, tryin and failin tae sit up.

'Calm doon,' Stella Marie says. She's such a skinny bugger that ah could probably still knock hur ower fae ma hospital bed. She hauns me hur rosary beads.

Ah put ma hauns taegether tae pray, but when ah see Paddy again, ah shout, 'NURSE!'

Ah fix ma eyes oan the bastart. Ah wis never in at the drugs, but ah know they kin dae aw sorts tae a person's mind. Ah hink o aw the photies o Donald wi a drink – he'd be jist as bad if he wis here.

'It's OK,' Stella Marie says.

The nurse opens the door and Paddy disappears.

'Maw's a bit agitated,' Stella Marie says.

The nurse offers me some medicine and ah gesture tae ma cross.

'Away ye and shite!'

Stella Marie rolls hur eyes. She's hud it up tae here wi me and hur sisters.

'Try tae relax. There's no point gettin yourself worked up. You always prayed fur a happy death and that's what you're gettin.'

Ma body shakes. Ah breathe in. Ah put a haun oan the rosary beads, and without closin ma eyes, pray fur Donald tae appear. It's gettin harder and harder tae get a breath. Stella Marie said hur pneumonia would o killed hur if it hudnae been fur the steroids, and me bein a stupid auld bugger who hudnae walked a mile in hur shoes, ah didnae gie it a second thocht. Ah'm a Catholic, but ah'm no a guid wan. Donald husnae came tae take me tae the other side fur a reason.

Ah kin see the auld Copland & Lye clock jist as it wis. A man in a lang black coat and bowler hat is walkin underneath it. And jist fur a moment, ah'm there, a lassie wi a dream, lookin oot the windae and doon the street tae the dancin halls. That's where dreams wur made in those days.

'*Are ye dancin?*' Donald whispers in ma ear.

'Are ye askin?'

Ah look at St Joseph and then ma Stella Marie, who really wis guid tae hur mammy. Ma eyes are heavy. The time's come tae meet ma maker. Mammy said ma faith wis the greatest gift in the world, and she wis richt.

Ah finally shut ma eyes and say, 'Mammy, ah'm comin hame.'

Stella Marie tichtens hur grip o ma haun. Ah cannae remember bein born and ah willnae remember dyin.

'Yer a guid lassie,' ah say. 'Ma star o the sea.'

# Acknowledgements

I'd like to thank my parents for putting up with me and my writing and for providing me with the support I needed to chase my dream.

I'd like to thank Chris Agee for seeing potential in my stories before I saw it myself and everyone at the Oscar Wilde Centre at Trinity College Dublin for their support in the early development of this novel. A huge thanks also goes out to John Mitchinson at Unbound, my editor Sam Boyce and copyeditor Katrina Harvey.

Lastly, I'd like to thank Anastasia Arellano for always being the Frodo to my Sam and all the amazing people who pledged to make *be guid tae yer mammy* a reality.

Unbound is the world's first crowdfunding publisher, established in 2011.

We believe that wonderful things can happen when you clear a path for people who share a passion. That's why we've built a platform that brings together readers and authors to crowdfund books they believe in – and give fresh ideas that don't fit the traditional mould the chance they deserve.

This book is in your hands because readers made it possible. Everyone who pledged their support is listed at the front of the book and below. Join them by visiting unbound.com and supporting a book today.

Jason Cobley
Jude Cook
Chris Cusack
Michael Dempster
Aven Dighton-Brown
Samuel Dodson
Lorcan Dunne
Keira Estall
David Eves
Sarah Faichney
Jamie Fallon
Isabella Fausti
Marisa Feathers
Lorna Fergusson
Mick Freed
G.E. Gallas
June Gemmell
F. Ghiandai
Mike Gibson
Alan Gillespie
Roxane Girard
Paul Grealish
Josephine Greenland
Edward Guinness
Maureen Guinness
William Guinness
Tracy Harvey
Lloyd Hemming
Sandy Herbert
E O Higgins
Kate Higgins
Marcus Hogan
Robert Jackman
Jodie Jackson
Amanda Aine Jean
Gail Jones
Holly Jones
Katherine Karr
Ed Keates
Barry Kelly
Dan Kieran
Laura Kilty
Patrick Kincaid
Shona Kinsella
A.B. Kyazze
Tucker Lieberman

Camille Lofters
Amy Lord
Chris Love
Caolán Mac An Aircinn
Brian Mackie
Maureen Maclean
Cameron MacLeod
Granny May and Grandpa Jimmy
Jean-Marie McAdams
Codes McCode
Laura McCormick
Caron McKinlay
Brian Mcleish
Sophie McNaughton
Barbara Joan Meier
Shawn Monitor
Max Morkson
Danny Mowatt
Christopher Murray
Carlo Navato
Louisa Newby
Kevin Nicholl
Chris Nicolson
Josiah Norris
John-Michael O'Sullivan
Airidas Petkevicius
William Pettersson
Jennifer Pierce
Justin Pollard
Sarah Priscus
Patricia Puttnam
Sobia Quazi
Maddie Rackham
Alex Radu
Katherine Rasmussen
Mihai Risnoveanu
Lewis Robertson
Wendy Sangston
Ross Sayers
Elissa Soave
Elle Spellman
David Stirling
Eleanor Stirling
Lady Stirling
Allison Strachan
Barbara Sutton

M T
Laura Thomson
Kelly Throw
Aldo Togneri
Trinity College Dublin Literary Society

Tom Van der Klugt
Sasha Vtyurina
Lorna Wallace
Tom Ward
Derek Wilson
Laura Wood